おはなし
聞いて語って

東京子ども図書館
月例お話の会 500 回記念プログラム集

「第3回 お話をたのしむ会」
プログラム　1969年12月17日

To be a good storyteller
one must be
　gloriously alive.
　　　— Ruth Sawyer —

よい語り手であるためには、
あふれるばかりの生命力をもって、
いきいきとしていなければなりません。
『ストーリーテラーへの道』日本図書館協会 より

月例お話の会がはじまる前の"黎明期"
「お話をたのしむ会」プログラム
＊p18〜22参照

← 第1回
1967年12月18日

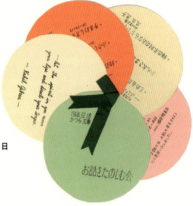

第2回 →
1968年12月18日

↑ 第4回
1970年12月13日

第5回 →
1971年12月22日

第 6 回
1972 年 12 月 22 日 ↓→

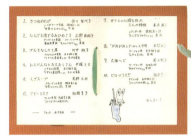

← 第 7 回
　1973 年 12 月 20 日

第 8 回 →
　1974 年 12 月 26 日

第 9 回 →
　1975 年 12 月 25 日

← 第 10 回
1976 年 12 月 24 日

↓ 第 11 回
1978 年 12 月 21 日

 「月例お話の会」プログラム
＊p23〜参照

↑ 第 1 回
1972 年 1 月 25 日

第 29 回 →
1974 年 9 月 24 日
大社玲子 絵

「お話の会 100 回記念」→
東京子ども図書館刊
1981 年 12 月
デザイン 川瀬紀子

←↑ 第 200 回
1991 年 2 月 26 日

第 300 回 →
2000 年 3 月 30 日
デザイン 森本真実
アイリーン・コルウェルさんの言葉
を掲載（p189 参照）

大社玲子絵

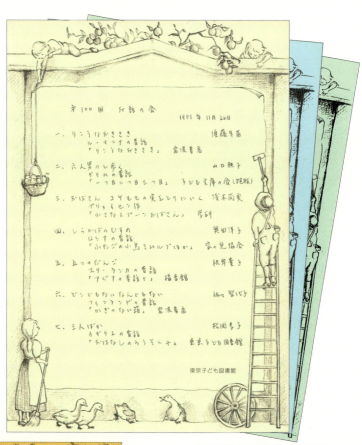

40周年記念 →

★ その他いろいろ
デザイン 古賀由紀子

← 松岡享子 絵

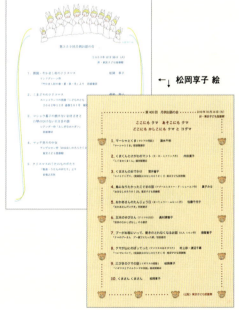

第 399 回 →
2009 年 12 月 20 日

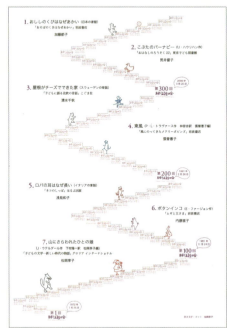

第 400 回　2010 年 1 月 26 日

第 499 回
第 500 回
2019 年 12 月 24 日

おはなし万歳!

東京子ども図書館 名誉理事長　**松岡享子**

　東京子ども図書館の月例お話の会は、1972年の1月にはじまっています。その時点ではまだ図書館になっておらず、前年の10月に2LDKのアパートを借りて設立準備委員会を発足させたばかりでした。まだ事務所の体制も整っていないのに、最初の仕事として大人のためのお話会を計画したのは、なんとしても子どもたちにおはなしを届ける人を増やしたい、そのためにはまず大勢の人におはなしがどんなものか知ってもらいたいという強い願いがあったからでした。

　実は、それに先立つ1967年から、わたしたち――というのは、当時少しずつおはなしの勉強をはじめていたいくつかのグループや、文庫の仲間たちですが――は、毎年12月に「お話をたのしむ会」を開催していました。第1回の国際文化会館での会は、大人のために開かれた最初のお話会で、今から考えると歴史的な意味合いをもつものでした。日本でも子どもたちのための「おはなし」がはじまったことを知っていただこうと、毎回石井桃子さんや瀬田貞二さんをお招きしていましたが、第1回が成功裏に終わった後、石井先生が力をこめて「やっぱり女でなくっちゃだめね」とおっしゃったことや、かつら文庫での会で、瀬田先生が一口咄を語ってくださったことなどは、心温まる思い出として残っています。

　けれども、この会は、公開されたものではなく、いわば仲間内の発表と懇親の会でしたから、会がたのしければたのしいほど、このたのしさをもっと多くの人に、という思いはつのりました。体制の整うのも待たず「月例お話の会」開催に踏み切ったのも、そんな思いが後押ししていたのでした。設立準備委員会の事務所ではじまった最初のころの会は、お客さまには8畳ほどのLDKの床にお座布団を敷いて座っていただき、最後列の方はキッチンの流しを背もたれにして……という有様でした。プログラムも、設立準備委員会のメンバーが、自分の持ち話をつぎつぎに語るだけで、バランスや、色どりを考える余裕はありませんでした。

　1年あまりしてお客さまも増えたころ、事務所と同じ階にもう一部屋借りることができ、もう少し条件のいいところで会をもつことができるようになりました。そこでは、ろうそくは使わず、フロアースタンドの明かりでおはなしをしていました。そのころの忘れられない思い出のひとつは、ちょうど夕方、何かの工事で若い男の職人さんが二人来たときのことです。わたしたちが会の準備をしているのを見て、「何かあるんですか？」ときくので、お話会をするのだと答えると、来てもいいかと確かめてから姿を消し、時間になると揃って現れました。ちょうどその日、わたしは訳したばかりの「ついでにペロリ」を初めて語ったのですが、この二人がフロアースタンドのすぐ脇に座って、大きなからだをぶつけあって笑ってくれたので、大いに気をよくしたことを憶えています。ふらりとやってきたお客さまも迎えられる、のんびりした時代でした。

　第1回から数えて47年、500回とはよくつづいたものです。後にはじめた「昼のお話会」も今年100回を迎えましたから、合わせると東京子ども図書館では大人のための定例のお話会を600回開いたことになります。毎回大勢のお客さまが来てくださいますが、そのほとんどが、自分たちもお話を語る方たちです。遠方から来てくださる方も多いのですが、その人たちも自分たちの住む町で、子どもたちに、また大人たちに、お話を語っています。日本のどこへ行ってもお話を語る人に出会える——この事実こそがこの半世紀の大きな変化であり、そういってよければ、わたしたちがお話会をつづけてきたことの実りといえましょう。
　とはいえ、この大きな変化をもたらしたほんとうの力は、なんといってもおはなしそのものの魅力です。人々が聞くことをたのしみ、語ることに喜びを見出さなかったら、おはなしはこれほどの広まりを見せることはなかったでしょう。今や各地の図書館や文庫、保育園や学校で、定期的に行われるようになった「おはなしのじかん」。そこで語られる物語の数々に心動かされ、そこから栄養を吸収して育ってい

る子どもたちがいます。同時に、おはなしは、語り手たちにとっても、確かな生き甲斐になっています。「おはなしに出会って幸せです。」「今のわたしにおはなしがなければ、どうなっていたことか。」あちこちで、何人もの方たちから、くりかえし耳にすることばです。この半世紀、わたしたちのまわりにはむつかしいことがどんどん増えてきましたけれど、ことおはなしに関しては、着実にいい方向へ向かっていることを感じます。

　あらためて500回分のプログラムをたどっていると、さまざまなことが思い出されます。とりわけすでに故人となられた語り手の方たちのことが、哀切な思いとともに甦ります。どの方もわたしたちの心に物語の味わいを刻み、語りの世界を豊かにしてくださいました。今も遠くからその方たちの声が聞こえてきます。そして、語られた物語が聞き手の心のなかで生きつづけることを教えてくれます。
　また、今ではみんなに親しまれているいくつものお話――「ホットケーキ」や「番ねずみのヤカちゃん」、「やっちまったことはやっちまったこと」、「世界でいちばんきれいな声」、「こねこのチョコレート」などが、ここで"本邦初演"されたことが思い出されます。たくさんのお話が初めて訳されたり、再話されたりして、月例お話の会で試され、その後つぎつぎに「おはなしのろうそく」に収められて大勢の語り手たちのレパートリーになっていきました。月例お話の会は、おはなしの新しいテキストを世の中に送り出すきっかけもつくってきたのです。

　さて、これからも月例お話の会はつづいていくことでしょう。会が500回を重ね、またその後を追ってはじまった東京子ども図書館のお話の講習会も、修了生が1000人を超えようとしている今、おはなしがどんなものか知ってもらいたい、語

り手たちを増やしたいという当初の願いは、ほぼ達成できたといってもいいのではないでしょうか。これからは、月例お話の会も、当初の目的・責任から少し自由になって、つぎのステージへ歩みを進めていってもいいでしょう。その時期に来ているように思います。

　新しい段階の月例お話の会をどのようなものにしていくのか、それを考え、つくりあげていくのは東京子ども図書館の若いスタッフや、足しげく参加して、会を盛りたててくださる方がたですが、わたしとしては、この会が東京子ども図書館一館のものでなく、全国の語り手たちの"共有の場"として発展していくことを希望しています。物語を語るという営みは、歴史が古いだけでなく、これからの社会に対しても働きかけることのできる潜在的な力をもっていると思います。その可能性を探求し、ともにおはなしへの理解を深め、語りの質を高めることができるように、ここ月例お話の会を場として、さまざまな試みがなされ、語り手たちの刺激になることを願っています。

　具体的なことをいえば、たとえば、ひとつのテーマにそったお話会。これまでにも何回か試して成功していますが、語り手の輪が広がれば、さまざまなテーマを取り上げることができるでしょう。また、神話や古典をまとめて聞く、あるいはひとりの作家の作品世界を、いろんな作品から光をあてて、たっぷりたのしむなどというのはどうでしょう。ひとりではできないプログラムも、大勢の語り手が力を合わせれば実現できると思います。

　ときには、語り手たちが長年温めてきたお話を持ち寄って語るだけでなく、そのお話について体験したこと、心に残るエピソードなどを合わせて語ってもらうのもいいかもしれません。そういう会であれば、初期の会でやっていたように、お茶とお菓子を用意して、参加者みんなで自由に話し合う時間がほしい気がします。毎回でなくても、ときおりそうした会を企画するのもたのしいのではないでしょうか。

　また、ときには、おはなしとくみあわせて、物語の背景や、世界各地のおはなし、おはなしの歴史など、おはなしの種々相について学ぶ機会があってもいいし、詩の朗読や歌、劇など、おはなしと縁続きにあるものとのコラボレーションを試みるこ

ともできると思います。語り手としての自分を肥やすことは、常に求められているのですから。

　「本邦初演」も歓迎したいと思います。「おはなしのだいすきな王さま」のように、わたしたちはまだ聞いたことのない話を聞くのが大好きです。語り手たちが発掘し、語りやすいことばで訳したり、再話したりした物語を試しに月例で語る。そこで喜ばれた作品が「おはなしのろうそく」や、そのほかの出版物となって、さらに多くの語り手たちによって語られ、わたしたちみんなの財産になっていく。そんな道筋がこの会から開けていってほしいと期待します。

　おはなしの魅力を知った人たちによって支えられ、つづいてきた月例お話の会。1000回（!）へ向かって、これからも歩を進めることでしょう。プログラムの内容がさらに豊かになり、会に参加することで、おはなしがますますおもしろく、おはなしのもつ意味がますます深く感じとれるようになる、そんな場として、月例お話の会がこれからも成長していってくれるように心から願っています。

　先日わたしは中国の昔話「花仙人」を語りました。物語の主人公、花が大好きな秋先老人は、つぼみの開きかけている花があると、花にお酒やお茶を供え、花に向かってていねいにお辞儀をして「花、万歳！」と三声叫びます。わたしも秋先にならって、大好きなおはなしのために、精いっぱい声をあげましょう。

東京子ども図書館の月例お話の会500回　万歳！
おはなしを知って幸せになった人　万歳！
おはなし　万歳！

2019年秋

財団設立10周年記念 お話を楽しむ会
1984年4月（於：日本出版クラブ会館）

松岡享子

もくじ

カラー口絵 ……… 2

おはなし万歳！　松岡享子 ……… 9

この本の見方 ……… 16

お話をたのしむ会
　月例お話の会がはじまる前の"黎明期"のプログラムより ……… 18

月例お話の会プログラム　第1回～第500回 ……… 23

お話索引 ＊ 出典リスト ……… 189
　お話索引 ……… 190
　出典リスト ……… 206

▶ この本の見方

月例お話の会 ---- ふだん子どもたちにしているお話を、おとなの方に聞いていただくための会です。原則として毎月第 4 火曜日の夜に行っています。

　月例お話の会の第 1 回（1972 年 1 月 25 日）から第 500 回（2019 年 12 月 24 日）までのプログラムを、日付順に収載しました。（→ 23 ページ）原則、当日配布したプログラムの記載に準拠していますが、必要に応じて補足・訂正を行いました。

　また、月例お話の会が始まる前から開かれていた、**お話をたのしむ会** 第 1 回（1967 年 12 月 18 日）から第 11 回（1978 年 12 月 21 日）のプログラムも収載しました。（→ 18 ページ）記載の原則は、月例お話の会のプログラムに準じています。

🍎 **各プログラムの記載事項は、以下の通りです。**

```
     第●回    年 月 日    会場 ………… ①
     ◆ テーマ ………… ②
     お話の題名 ………… ③    語られた地域 ………… ④
       出典の題名   出版社   語り手の氏名
```

① 会場
東京子ども図書館の活動拠点が移るたびに、会場も変わりました。（右ページ一覧参照）各会場で行った最初のお話会のところに会場名を表記し、それ以外は省きました。他の場所で行った際は、そのつど表記しました。

第 1 回～13 回	東京子ども図書館設立準備委員会事務室 （中野区江原町三丁目・富士ビル）
第 16 回～61 回	東京子ども図書館 資料室 （中野区江原町三丁目・富士ビル）
第 62 回～224 回	松の実ホール（中野区江原町三丁目・松の実文庫）
第 225 回～270 回	東京子ども図書館 資料室 （練馬区豊玉北一丁目・フォレストハイツ）
第 274 回～500 回	東京子ども図書館ホール （中野区江原町一丁目・現在の建物）

② プログラムに特別なテーマがある場合は◆をつけて表記しました。
③ わらべうた、朗読、人形遊びなどは〈 〉に入れて補記しました。
④ 創作の場合は作者名（海外の場合は姓のみ）を記しました。

🍎 巻末に以下の索引・リストを付しました。

お話索引　→ 190 ページ

　本文に収載したお話を、題名の 50 音順に配列しました。朗読、詩、わらべうた、絵本の読み聞かせ、劇等は省きました。

出典リスト　→ 206 ページ

　本文に収載したお話、詩、わらべうた等の出典を、書名の 50 音順に配列しました。

お話をたのしむ会

月例お話の会がはじまる前の
"黎明期"のプログラムより

当日配布したプログラムは、
カラー口絵をご覧ください。

第1回　1967年12月18日　於：国際文化会館
- おおきなかぶ　　　　　棟方春一
- ふるやのもり　　　　　平塚みよ子
- まえがみ太郎　　　　　植木幸
- ふしぎなオルガン　　　中野訓枝
- 地主の花嫁　　　　　　桜井たい子
- 夢見息子　　　　　　　小河内芳子
- だんなも、だんなも、大だんなさま　　上野由紀子
- どこでもない　なんでもない　　佐々梨代子

――ここで、ちょっと ひとやすみ

- 小ぶたのバーナビー　　荒井督子
- かん太さまのいびき　　大倉玲子
- マッチ売りの少女　　　岡貴子
- たぬきと山伏　　　　　光野とみ
- おはなしの大すきな王さま　　石竹光江
- 金の不死鳥　　　　　　松岡享子

――はい、これで おしまい！

第2回　1968年12月18日　於：かつら文庫
◆ しずかなおはなし
- 絵のない絵本　第十四夜　アンデルセン作　「絵のない絵本」角川書店　光野とみ

- 小さいお嬢さまのバラ　ファージョン作　「ムギと王さま」岩波書店　　西尾雅子
- 手まわしオルガン　ファージョン作　「ムギと王さま」岩波書店　　加藤閑子

◆松岡享子作「くしゃみくしゃみ天のめぐみ」福音館書店　より
- とめ吉のとまらぬしゃっくり　　堀内ミチ子
- かん太さまのいびき　　平塚ミヨ
- 梅の木村のおならじいさん　　足立民子

◆むかしばなし
- 三びきのくま　イギリス　「三びきのくま」福音館書店　　小林恵子
- ねむりひめ　ドイツ　「ねむりひめ」福音館書店　　竹中淑子
- ねずみじょうど　日本　「ねずみじょうど」福音館書店　　本間容子
- なんでも信ずるおひめさま　デンマーク　「ものいうなべ」岩波書店　　上野由紀子
- ホジャ、ロバを売りにいく　トルコ　「天からふってきたお金」岩波書店　　本庄尚子

第3回　1969年12月17日　於：天風会館
- 蛙になったぼた餅　松谷みよ子再話　「信濃の民話」未来社　　尾上則子
- 三びきの子ブタ　石井桃子訳　「イギリス童話集」あかね書房　　足達真理
- ねずみのすもう　佐々木喜善著　「聴耳草紙」筑摩書房　　柴田由紀
- ジャックとマメの木　石井桃子訳　「イギリス童話集」あかね書房　　竹中淑子
- 星のひとみ　トペリウス作　「星のひとみ」岩波書店　　岡貴子

――ちょっと、おやすみ……
- みしのたくかにとをたべた王子さま　松岡享子作　　西尾雅子
- タールぼうずの話／ウサギどんとイバラのしげみ　ハリス著
　　「ウサギどんキツネどん」岩波書店　　光野とみ
- モモの木をたすけた女の子　ファージョン著　「ムギと王さま」岩波書店　　本庄尚子
- チム・ラビットのあまがさ　アトリー作
　　「チム・ラビットのぼうけん」童心社　　佐々梨代子
- 山賊の話　チャペック著　「長い長いお医者さんの話」　松岡享子

――また、らいねん！

19

お話をたのしむ会

第4回　1970年12月13日　於：国立市福祉会館
- かさじぞう　　　伊庭節子
- 金のガチョウ　　　影山洋子
- 姉いもと　　　須藤早苗
- 海の水はなぜからい？　　　梅田宣子
- まめなじいさまと せやみじいさま　　　沢登啓子
　──ちょっと おやすみ
- 金いろとさかのオンドリ　　　尾上則子
- びんぼう神　　　井上節子
- ものしり博士　　　神林とも子
- ユルマと海の神　　　本間容子
　──これでおしまい！　よいお年をおむかえください

第5回　1971年12月22日　於：東京子ども図書館設立準備委員会事務所
- チム・ラビットのいえのがらすまど　アトリー作
　「チム・ラビットのぼうけん」童心社　　　小林恵子
- 十二のつきのおくりもの　スロバキアの昔話
　「十二のつきのおくりもの」福音館書店　　　足達真理
- さるとひきがえるのもちあらそい　日本の昔話　「日本昔話百選」三省堂　　　沢登啓子
- ようせいのぬりぐすり　イギリスの昔話　「イギリス童話集」あかね書房　　　井上節子
- 一つ目二つ目三つ目　グリム昔話　「鉄のハンス」岩波書店　　　松岡享子
　──おたのしみ！
- 子うさぎましろのお話　佐々木たづ作　「子うさぎましろのお話」ポプラ社　　　佐々梨代子
- 貧しい島の奇跡　ファージョン作　「ムギと王さま」岩波書店　　　尾上則子
- ビロードうさぎ　ビアンコ作　「スザンナのお人形」岩波書店　　　根岸貴子

第6回　1972年12月22日　於：東京子ども図書館事務所
1. きつねのたび　ハンガリーの昔話　「世界のむかし話」学研　　　佐々梨代子

2. なんでも信ずるおひめさま　デンマークの昔話　「ものいうなべ」岩波書店　　上野由紀子
3. げんきなしたて屋　アイルランドの昔話　「イギリス童話集」あかね書房　　竹中淑子
4. おすだんなとおすおくさん　イギリスの昔話　「イギリス童話集」あかね書房　　平塚ミヨ
5. くぎスープ　スウェーデンの昔話　「世界のむかし話」学研　　光野とみ
6. ブドーリネク　チェコの昔話　「ひつじかいの花たば」　松岡享子
　——ちょっと、おやすみ
7. ガラスの心臓を持った三人の姉妹　レアンダー作
　　　「ふしぎなオルガン」岩波書店　　本庄尚子
8. 「がみがみシアール」と少年　ファージョン作　「ムギと王さま」岩波書店　　本間容子
9. 大海ヘビ　ファージョン作　「町かどのジム」学研　　尾上則子
10. ビロードうさぎ　ビアンコ作　「スザンナのお人形」岩波書店　　根岸貴子
　——おしまい！

第7回　1973 年 12 月 20 日　於：東京子ども図書館
1. ノロウェイの黒ウシ　イギリスの昔話　石井桃子訳　　竹中淑子
2. チム・ラビットのクリスマスツリー　アトリー作　石井桃子訳　　佐々梨代子
3. 七人さきのおやじさま　ノルウェーの昔話　瀬田貞二訳　　尾上則子
4. 山にさらわれたひとの娘　ウテルダール作　下村隆一訳　　松岡享子
5. ブタ飼い　アンデルセン作　根岸貴子訳　　根岸貴子

第8回　1974 年 12 月 26 日　於：東京子ども図書館
1. 三まいのとりのはね　グリムの昔話　「おいしいおかゆ」　斎藤恵子
2. 十二のつきのおくりもの　スロバキアの昔話　「おはなしのろうそく2」　奥田洋子
3. こびととくつや　グリムの昔話　「おいしいおかゆ」　山口雅子
4. 胸赤どり　ラーゲルレーヴ再話　「キリスト伝説集」岩波書店　　根岸貴子
　——あとは、おたのしみ
　　……おしまい　よいお年をおむかえください

お話をたのしむ会

第9回　1975年12月25日
1. クリストフとベルベルとが、自分から望んで、ひっきりなしにゆきちがいになった話　レアンダー作　「ふしぎなオルガン」　竹中淑子
2. リキ・ティキ・タヴィ物語　キプリング作
　　「子どもの文学――新しい時代の物語」　上野由紀子
3. 空飛ぶトランク　「アンデルセン童話集2」岩波書店　根岸貴子
4. ついでにペロリ　デンマークの昔話　松岡享子
5. ガラスのクジャク　ファージョン作　「ムギと王さま」岩波書店　佐々梨代子

第10回　1976年12月24日　於：東京子ども図書館 図書室
1. 小ぶたのバーナビー　奥田洋子
2. まほうの馬　山口雅子
3. チム・ラビットとはさみ　奥山真理
4. グロースターの仕たて屋　佐々梨代子
5. ばかなこねずみ　根岸貴子
――ちょっと、おやすみ
6. うぐいす　松岡享子
――よいお年をおむかえ下さい。

第11回　1978年12月21日　於：かつら文庫
1. カタカタコウノトリの話　レアンダー作　須藤早苗
2. 雪女　小泉八雲作　上野由紀子
3. 主人とけらい　アイルランドの昔話　佐々梨代子
4. ねこのお客　エインワース作　斎藤恵子
5. ほらふきくらべ　ユーゴスラビアの昔話　松岡享子

月例お話の会
プログラム
第1回〜第500回

お話して！

「お話して」と、子どもたちがいいます。
「ぼくたち、お話を食べて大きくなるの。」
「お話して」と、いわない子どもたちがいます。
「ぼくたち、お話を聞いたことがないもの。」
「お話して」という子どもたちの声にこたえましょう。
「お話して」といわない子どもたちの中にねむっている
「お話して」の声をめざめさせましょう。
さあ、HAPPY TELLING！
たの〜んで語りましょう。

松岡享子

第三九九回
おまけハガキより

第1回 1972年1月25日　於：東京子ども図書館設立準備委員会事務室（～13回まで）

1. ちびのふとっちょ　ノルウェーの昔話　「太陽の東月の西」岩波書店　竹中淑子
2. 十二のつきのおくりもの　チェコスロバキアの昔話
　　「こどものとも」189号　福音館書店　足達真理
3. 金色とさかのおん鳥　ロシアの昔話　「ロシヤの民話」未来社　尾上則子
4. すて子鳥　グリム昔話　「ホレおばさん」子ども文庫の会　西尾雅子
5. チム・ラビットのあまがさ　アトリー作
　　「チム・ラビットのぼうけん」童心社　佐々梨代子
6. エパミナンダス　ブライアント作　「母の友」151号　福音館書店　松岡享子

第2回 1972年2月11日

1. 鼠の相撲　日本の昔話　「聴耳草紙」筑摩書房　尾上則子
2. おいしいおかゆ　グリム昔話　「おいしいおかゆ」子ども文庫の会　竹中淑子
3. おばあさんとブタ　イギリスの昔話
　　「ストーリーテリングについて」子ども文庫の会　松岡享子
4. 三びきの子ブタ　イギリスの昔話　「イギリス童話集」あかね書房　足達真理
5. ミアッカどん　イギリスの昔話　「イギリス童話集」あかね書房　竹中淑子
6. 金のつなのつるべ　朝鮮の昔話　「ネギをうえた人」岩波書店　尾上則子
7. ちいちゃい、ちいちゃい　イギリスの昔話　「イギリス童話集」あかね書房　松岡享子

第3回 1972年2月22日

◆イギリスのむかし話集「イギリス童話集」あかね書房より

1. 三びきの子ブタ　　足達真理
2. トム・ティット・トット　　尾上則子
3. イグサのかさ　　佐々梨代子
4. 三人ばか　「おはなしのろうそく4」（近刊）東京子ども図書館　松岡享子
5. ジャックとマメの木　　竹中淑子
6. だんなも、だんなも、大だんなさま　　松岡享子

第4回 1972年3月28日

◆グリムのむかし話集

1. 赤ずきん　「おいしいおかゆ」子ども文庫の会　足達真理

2. おどっておどってぼろぼろになったくつ
　　　「ホレおばさん」子ども文庫の会　　佐々梨代子
3. 七わのからす　「おいしいおかゆ」子ども文庫の会　　尾上則子
4. 六人男のし歩く　「一つ目二つ目三つ目」子ども文庫の会　　山口雅子
5. ねむりひめ　「ねむりひめ」福音館書店　　竹中淑子

第5回　1972年4月25日
1. いじわる妖精　フランス系カナダ人の昔話　「トンボソのおひめさま」岩波書店　　尾上則子
2. チム・ラビットのうん　アトリー作　「チム・ラビットのぼうけん」童心社　　佐々梨代子
3. 六人男のし歩く　グリム昔話　「一つ目二つ目三つ目」子ども文庫の会　　山口雅子
4. 空の星　イギリスの昔話　「イギリス童話集」あかね書房　　竹中淑子
5. 仕立やのイトチカさんが王さまになったはなし　ポーランドの昔話
　　　「子どもの文学——昔々の物語」グロリア インターナショナル　　松岡享子

第6回　1972年5月21日
1. チム・ラビットとはさみ　アトリー作　「チム・ラビットのぼうけん」童心社　　山口雅子
2. かたやきパン　イギリスの昔話　「イギリス童話集」あかね書房　　足達真理
3. バラの花とバイオリンひき　ジプシーの昔話　「太陽の木の枝」福音館書店　　佐々梨代子
4. ウズラとキツネと犬　ルーマニアの昔話　「りこうなおきさき」岩波書店　　尾上則子
5. コショウ菓子の焼けないおきさきと口琴のひけない王さまの話　レアンダー作
　　　「ふしぎなオルガン」岩波書店　　竹中淑子

第7回　1972年5月23日
1. ブドーリネク　チェコの昔話　*The shepherd's nosegay* より　松岡享子訳　　松岡享子
2. 三まいのとりのはね　グリム昔話　「おいしいおかゆ」子ども文庫の会　　根岸貴子
3. ふしぎなオルガン　レアンダー作　「ふしぎなオルガン」岩波書店　　足達真理
4. ものぐさジャック　イギリスの昔話　「イギリス童話集」あかね書房　　山口雅子
5. のみ　スペインの昔話　「スペインのむかしばなし」福音館書店　　尾上則子

第8回　1972年6月27日
1. ありこのおつかい　石井桃子作　「ありこのおつかい」福音館書店　　佐々梨代子
2. かん太さまのいびき　松岡享子作　「くしゃみくしゃみ天のめぐみ」福音館書店　　足達真理

3. 小さいお嬢さまのバラ　ファージョン作　「ムギと王さま」岩波書店　　山口雅子
4. サムとスーキー　アメリカの昔話　「アメリカ童話集」あかね書房　　根岸貴子
5. ジーニと魔法つかい　北米先住民の昔話
　　　「オクスフォード世界の民話と伝説 3　アメリカ編」講談社　　松岡享子

第9回　1972年9月26日
1. かたやきパン　イギリスの昔話　「イギリス童話集」あかね書房　　足達真理
2. かん太さまのいびき　松岡享子作　「くしゃみくしゃみ天のめぐみ」福音館書店　　平塚ミヨ
3. ミアッカどん　イギリスの昔話　「イギリス童話集」あかね書房　　山口雅子
4. 三枚の札コ　日本の昔話　「日本昔話百選」三省堂　　光野トミ
5. ブタ飼い　アンデルセン作　「アンデルセン童話集 2」(岩波文庫)岩波書店　　根岸貴子

第10回　1972年10月10日
1. すて子鳥　グリム昔話　「ホレおばさん」子ども文庫の会　　田口照美
2. 三びきのクマのはなし　イギリスの昔話　「イギリス童話集」あかね書房　　小林恵子
3. ラピンさんとシチメンチョウ　アメリカの昔話
　　　「アメリカ童話集」あかね書房　　井上節子
4. チム・ラビットとはさみ　アトリー作
　　　「チム・ラビットのぼうけん」童心社　　本間容子
5. 風の神と子ども　日本の昔話　「日本昔話百選」三省堂　　沢登敬子
6. 三本の金の髪をもった鬼　グリム昔話　「いばら姫」岩波書店　　本庄尚子

第11回　1972年10月24日
1. 三びきのクマのはなし　イギリスの昔話　「イギリス童話集」あかね書房　　竹中淑子
2. きつねのたび　ハンガリーの昔話　「世界のむかし話」学習研究社　　佐々梨代子
3. 仙人みかん　日本の昔話　「伊豆の民話」未来社　　上野由紀子
4. 三びきの子ブタ　イギリスの昔話　「イギリス童話集」あかね書房　　足達真理
5. グラの木こり　エチオピアの昔話　「山の上の火」岩波書店　　松岡享子
6. のみ　スペインの昔話　「スペインのむかしばなし」福音館書店　　尾上則子

第12回　1972年11月28日
1. なんでも信ずるおひめさま　デンマークの昔話　「ものいうなべ」岩波書店　　上野由紀子

2. 七わのからす　グリム昔話　「おいしいおかゆ」子ども文庫の会　　佐々梨代子
3. うちの中のウシ　ワッツ作　「母の友」156号　福音館書店　　根岸貴子
4. ジャックとマメの木　イギリスの昔話　「イギリス童話集」あかね書房　　竹中淑子
5. ふしぎなオルガン　レアンダー作　「ふしぎなオルガン」岩波書店　　松岡享子
6. 大海ヘビ　ファージョン作　「町かどのジム」学習研究社　　尾上則子

第13回　1973年1月23日

1. 北風をたずねていった男の子　ノルウェーの昔話
　　　「太陽の東月の西」岩波書店　　上野由紀子
2. 七人さきのおやじさま　ノルウェーの昔話　「世界のむかし話」学習研究社　　尾上則子
3. 森の中の家　グリム昔話　「ホレおばさん」子ども文庫の会　　竹中淑子
4. かしこいモリー　イギリスの昔話
　　　「おはなしのろうそく1」(近刊)東京子ども図書館　　松岡享子
5. ゆきんこ　ロシアの昔話　「ストーリーテリングについて」子ども文庫の会　　根岸貴子
6. トム・ティット・トット　イギリスの昔話　「イギリス童話集」あかね書房　　佐々梨代子

第14回　1973年2月27日　於：北江古田町会会館

1. おんどりとひきうす　ロシアの昔話　「ロシヤの民話」未来社　　尾上則子
2. おそばのくきはなぜあかい　日本の昔話
　　　「おそばのくきはなぜあかい」岩波書店　　須藤早苗
3. 「いますぐ」さん、「だんだん」さん、「これから」さん　アメリカの昔話
　　　「アメリカ童話集」あかね書房　　根岸貴子
4. ボタンインコ　ファージョン作　「ムギと王さま」岩波書店　　佐々梨代子
5. 美しいワシリーサとババ・ヤガー　ロシアの昔話
　　　「オクスフォード世界の民話と伝説8 ロシア編」講談社　　竹中淑子

第15回　1973年3月27日　於：北江古田町会会館

1. カエルの王さま　グリム昔話　「一つ目二つ目三つ目」子ども文庫の会　　上野由紀子
2. ものいうたまご　アメリカの昔話　「アメリカ童話集」あかね書房　　竹中淑子
3. おばあさんとブタ　イギリスの昔話
　　　「ストーリーテリングについて」子ども文庫の会　　根岸貴子
4. 姉いもと　イギリスの昔話　「イギリス童話集」あかね書房　　須藤早苗

5. かしこいエルゼ　グリム昔話　「グリム昔話集2」角川書店　　尾上則子
6. ノロウェイの黒ウシ　イギリスの昔話　「イギリス童話集」あかね書房　佐々梨代子

第16回　1973年4月24日　於：東京子ども図書館 資料室（～61回まで）
1. りこうなおきさき　ルーマニアの昔話　「りこうなおきさき」岩波書店　　光野トミ
2. ビリイ・ベグと雄牛　アイルランドの昔話
　　　「アイルランドのむかしばなし」福音館書店　　上野由紀子
3. 小さなせむしの少女　レアンダー作　「ふしぎなオルガン」岩波書店　　松岡享子
4. チム・ラビットのうん　アトリー作　「チム・ラビットのぼうけん」童心社　佐々梨代子
5. 心ぞうが、からだのなかにない巨人　ノルウェーの昔話
　　　「太陽の東月の西」岩波書店　　本庄尚子

第17回　1973年5月22日
1. ものいうなべ　デンマークの昔話　「ものいうなべ」岩波書店　　平塚ミヨ
2. カラスだんなとイガイ　エスキモーの昔話
　　　「カラスだんなのおよめとり」岩波書店　　須藤早苗
3. 若返りの臼　レアンダー作　「ふしぎなオルガン」岩波書店　　上野由紀子
4. 七わのからす　グリム昔話　「おいしいおかゆ」子ども文庫の会　　佐々梨代子
5. やりこめられないおひめさま　ノルウェーの昔話
　　　「世界のむかし話」学習研究社　　本間容子
6. 小さなこげたかお　北米先住民の伝説　「アメリカ童話集」あかね書房　尾上則子

第18回　1973年6月26日
1. クルミわりのケート　イギリスの昔話
　　　「子どもに聞かせる世界の民話」実業之日本社　　上野由紀子
2. かしこいモリー　イギリスの昔話　「おはなしのろうそく1」東京子ども図書館　竹中淑子
3. 〈指あそび〉こぶたが一匹……　中川李枝子作
　　　「おはなしのろうそく1」東京子ども図書館　　須藤早苗
4. ブドーリネク　チェコの昔話　「おはなしのろうそく1」東京子ども図書館　佐々梨代子
5. 小さなこげたかお　北米先住民の伝説　「アメリカ童話集」あかね書房　尾上則子

第19回 1973年9月25日
1. おどっておどってぼろぼろになったくつ　グリム昔話
　　「ホレおばさん」子ども文庫の会　　須藤早苗
2. 魔法の小鳥　ジプシーの昔話　「きりの国の王女」福音館書店　　佐々梨代子
3. ふしぎなお客　イギリスの昔話　「イギリス童話集」あかね書房　　竹中淑子
4. 金の不死鳥　フランス系カナダ人の昔話　「トンボソのおひめさま」岩波書店　　松岡享子

第20回 1973年10月23日
1. 花をさかせるむすめ　ハンガリーの昔話
　　「世界の民話と伝説4 ソ連・東欧編」さ・え・ら書房　　尾上則子
2. たまごのカラの酒つくり　アイルランドの昔話
　　「イギリス童話集」あかね書房　　上野由紀子
3. ブドーリネク　チェコの昔話　「おはなしのろうそく1」東京子ども図書館　　佐々梨代子
4. キツツキのくちばしはなぜ長い　ルーマニアの昔話
　　「りこうなおきさき」岩波書店　　須藤早苗
5. ねむりひめ　グリム昔話　「ねむりひめ」福音館書店　　竹中淑子

第21回 1973年11月27日
1. カエルの王さま　グリム昔話　「一つ目二つ目三つ目」子ども文庫の会　　上野由紀子
2. 「ババクロウ」というさかな　日本の昔話　「ゆかいな吉四六さん」講学館　　山口雅子
3. 十二のつきのおくりもの　スロバキアの昔話
　　「おはなしのろうそく2」東京子ども図書館　　根岸貴子
4. おばあさんとブタ　イギリスの昔話
　　「ストーリーテリングについて」子ども文庫の会　　松岡享子
5. のみ　スペインの昔話　「スペインのむかしばなし」福音館書店　　尾上則子

第22回 1974年1月22日
1. おししのくびはなぜあかい　日本の昔話
　　「おそばのくきはなぜあかい」岩波書店　　根岸貴子
2. 海からきた力もち　デンマークの昔話　「海からきた力もち」ポプラ社　　上野由紀子
3. かにむかし　日本の昔話　「わらしべ長者」岩波書店　　松岡享子
4. アディ・ニハァスの英雄　エチオピアの昔話　「山の上の火」岩波書店　　山口雅子

5.「がみがみシアール」と少年　ファージョン作　「ムギと王さま」岩波書店　　竹中淑子
6. 赤鬼エティン　イギリスの昔話　English fairy tales 研究社 より　　尾上則子

第23回　1974年2月26日
1. 森の中の三人の小びと　グリム昔話　「いばら姫」岩波書店　　山口雅子
2. 小さなおうち　ロシアの昔話　「世界のむかし話」学習研究社　　尾上則子
3.「すえっ子Oちゃん」より　ウンネルスタード作
　　「すえっ子Oちゃん」学習研究社　　佐々梨代子
4. こぶじいさま　日本の昔話　「こぶじいさま」福音館書店　　根岸貴子
5. ガラスの心臓を持った三人の姉妹　レアンダー作
　　「ふしぎなオルガン」岩波書店　　須藤早苗

第24回　1974年3月25日
1. かたやきパン　イギリスの昔話　「イギリス童話集」あかね書房　　山口雅子
2. 若返りの臼　レアンダー作　「ふしぎなオルガン」岩波書店　　上野由紀子
3. のみ　スペインの昔話　「スペインのむかしばなし」福音館書店　　尾上則子
4. ガラスの心臓を持った三人の姉妹　レアンダー作
　　「ふしぎなオルガン」岩波書店　　須藤早苗
5. どこでもないなんでもない　フィンランドの昔話
　　「かぎのない箱」岩波書店　　佐々梨代子

第25回　1974年4月23日
1. ねずみじょうど　日本の昔話　「ねずみじょうど」福音館書店　　竹中淑子
2. すて子鳥　グリム昔話　「ホレおばさん」子ども文庫の会　　上野由紀子
3. 金のはしご　アフリカの昔話　　根岸貴子
4. なまくらトック　ボルネオの昔話
　　「おはなしのろうそく 3」（近刊）東京子ども図書館　　松岡享子
5. チム・ラビットのうん　アトリー作
　　「チム・ラビットのぼうけん」童心社　　佐々梨代子

第26回　1974年5月28日
1. 三びきのクマのはなし　イギリスの昔話　「イギリス童話集」あかね書房　　松岡享子

2. クリストフとベルベルとが、自分から望んで、ひっきりなしにゆきちがいに
なった話　レアンダー作　「ふしぎなオルガン」岩波書店　　竹中淑子
3. はんぶんのひよこ　スペインの昔話　「スペインのむかしばなし」福音館書店　須藤早苗
4. ヤング・ケート　ファージョン作　「ムギと王さま」岩波書店　　山口雅子
5. やったのは"わたし"　イギリスの昔話　More English fairy tales より　　尾上則子

第27回　1974年6月25日

1. チイチイネズミとチュウチュウネズミ　イギリスの昔話
　　「イギリス童話集」あかね書房　　上野由紀子
2. 長ぐつをはいたネコ　ペロー昔話　「ナマリの兵隊」岩波書店　　根岸貴子
3. チム・ラビットとはさみ　アトリー作　「チム・ラビットのぼうけん」童心社　山口雅子
4. ガチョウ番の娘　グリム昔話　「おはなしのろうそく3」東京子ども図書館　佐々梨代子
5. エパミナンダス　ブライアント作　「おはなしのろうそく1」東京子ども図書館　松岡享子

第28回　1974年7月16日　於：三井信託銀行会議室

1. クルミわりのケート　イギリスの昔話
　　「子どもに聞かせる世界の民話」実業之日本社　　上野由紀子
2. 三つの金曜日　トルコの昔話　「天からふってきたお金」岩波書店　　山口雅子
3. おおかみと七ひきのこやぎ　グリム昔話　「おいしいおかゆ」子ども文庫の会　須藤早苗
4. 空の星　イギリスの昔話　「イギリス童話集」あかね書房　　竹中淑子
5. ものいうなべ　デンマークの昔話　「ものいうなべ」岩波書店　　松岡享子

第29回　1974年9月24日

1. カメのせなかはなぜまるい　ルーマニアの昔話　「りこうなおきさき」岩波書店　山口雅子
2. サムとスーキー　アメリカの昔話　「アメリカ童話集」あかね書房　　根岸貴子
3. アナンシと五　西インド諸島の昔話　「子どもに聞かせる世界の民話」実業之日本社　須藤早苗
4. おばあさんが、はねぶとんを手にいれた話　ニューウェル作
　　「あたまをつかった小さなおばあさん」福音館書店　　竹中淑子
5. トム・ティット・トット　イギリスの昔話　「イギリス童話集」あかね書房　佐々梨代子

第30回　1974年10月22日
◆ イギリス昔話の夕べ
1. 三びきの子ブタ　「イギリス童話集」あかね書房　　奥山真理
2. たまごのカラの酒つくり　アイルランドの昔話
　　　「イギリス童話集」あかね書房　　上野由紀子
3. かしこいモリー　「おはなしのろうそく1」東京子ども図書館　　佐々梨代子
4. ノロウェイの黒ウシ　「イギリス童話集」あかね書房　　竹中淑子
5. 三人ばか　「子どもの文学──昔々の物語」グロリア インターナショナル　　松岡享子

第31回　1974年11月26日
1. ホレおばさん　グリム昔話　「ホレおばさん」子ども文庫の会　　小林恵子
2. ふしぎなたいこ　日本の昔話　「ふしぎなたいこ」岩波書店　　平塚ミヨ
3. ボタンインコ　ファージョン作　「ムギと王さま」岩波書店　　本庄尚子
4. グラの木こり　エチオピアの昔話　「山の上の火」岩波書店　　平塚ミヨ
5. ユルマと海の神　フィンランドの昔話　「かぎのない箱」岩波書店　　本間容子

第32回　1975年1月28日
1. ネコとネズミのともぐらし　グリム昔話　「ホレおばさん」子ども文庫の会　　須藤早苗
2. コショウ菓子の焼けないおきさきと口琴のひけない王さまの話　レアンダー作
　　　「ふしぎなオルガン」岩波書店　　竹中淑子
3. 青いあかり　グリム昔話　「一つ目二つ目三つ目」子ども文庫の会　　上野由紀子
4. かしこすぎた大臣　インドの昔話　「アジアの昔話1」（近刊）福音館書店　　松岡享子
5. イグサのかさ　イギリスの昔話　「イギリス童話集」あかね書房　　佐々梨代子

第33回　1975年2月25日
1. ジャックとマメの木　イギリスの昔話　「イギリス童話集」あかね書房　　竹中淑子
2. ガチョウ番の娘　グリム昔話　「おはなしのろうそく3」東京子ども図書館　　上野由紀子
3. ブドーリネク　チェコの昔話　「おはなしのろうそく1」東京子ども図書館　　[語り手不明]
4. 三まいのとりのはね　グリム昔話　「おいしいおかゆ」子ども文庫の会　　斎藤恵子
5. 仕立やのイトチカさんが王さまになったはなし　ポーランドの昔話
　　　「子どもの文学──昔々の物語」グロリア インターナショナル　　松岡享子

第 34 回　1975 年 3 月 25 日

1. **熊皮太郎**　グリム昔話　「鉄のハンス」岩波書店　　山口雅子
2. **アナンシと五**　西インド諸島の昔話
　　「子どもに聞かせる世界の民話」実業之日本社　　奥山真理
3. **心ぞうがからだの中にない巨人**　ノルウェーの昔話
　　「子どもの文学——昔々の物語」グロリア インターナショナル　　佐々梨代子
4. **ツルさんの目はなぜ青い**　エスキモーの昔話
　　「カラスだんなのおよめとり」岩波書店　　木村則子
5. **ユルマと海の神**　フィンランドの昔話　「かぎのない箱」岩波書店　　須藤早苗

第 35 回　1975 年 4 月 21 日

1. **三びきの子ブタ**　イギリスの昔話　「イギリス童話集」あかね書房　　根岸貴子
2. **セキレイはなぜしっぽをふる**　ルーマニアの昔話
　　「りこうなおきさき」岩波書店　　竹中淑子
3. **チム・ラビットのうん**　アトリー作　「チム・ラビットのぼうけん」童心社　　佐々梨代子
4. **ルンペルシュティルツヘン**　グリム昔話
　　「一つ目二つ目三つ目」子ども文庫の会　　須藤早苗
5. **山賊の話**　チャペック作　「長い長いお医者さんの話」岩波書店　　松岡享子

第 36 回　1975 年 5 月 27 日

1. **ふるやのもり**　日本の昔話　「おはなしのろうそく 4」(近刊) 東京子ども図書館　　奥山真理
2. **りこうなおきさき**　ルーマニアの昔話　「りこうなおきさき」岩波書店　　須藤早苗
3. **あなのはなし**　マラリーク作　「おはなしのろうそく 4」(近刊) 東京子ども図書館　　竹中淑子
4. **かしこいモリー**　イギリスの昔話　「おはなしのろうそく 1」東京子ども図書館　　佐々梨代子
5. **のみ**　スペインの昔話　「スペインのむかしばなし」福音館書店　　木村則子

第 37 回　1975 年 6 月 24 日

1. **三びきのクマのはなし**　イギリスの昔話　「イギリス童話集」あかね書房　　松岡享子
2. **おはなしのだいすきな王さま**　エチオピアの昔話　「山の上の火」岩波書店　　竹中淑子
3. **おどっておどってぼろぼろになったくつ**　グリム昔話
　　「ホレおばさん」子ども文庫の会　　佐々梨代子
4. **妖精のぬりぐすり**　イギリスの昔話　「イギリス童話集」あかね書房　　根岸貴子

5. 小さいお嬢さまのバラ　ファージョン作　「ムギと王さま」岩波書店　山口雅子

第38回　1975年9月23日
1. きつねのたび　ハンガリーの昔話　「世界のむかし話」学習研究社　佐々梨代子
2. ものいうたまご　アメリカの昔話　「アメリカ童話集」あかね書房　竹中淑子
3. 世界でいちばんきれいな声　ラ・フルール作　「母の友」263号　福音館書店　奥田洋子
4. 金の不死鳥　フランス系カナダ人の昔話　「トンボソのおひめさま」岩波書店　松岡享子

第39回　1975年10月28日
1. 三枚のお札　日本の昔話　「日本昔話百選」三省堂　竹中淑子
2. おどっておどってぼろぼろになったくつ　グリム昔話
　　「ホレおばさん」子ども文庫の会　須藤早苗
3. 小さなこげたかお　北米先住民の昔話　「アメリカ童話集」あかね書房　斎藤恵子
4. ふるやのもり　日本の昔話　「おはなしのろうそく4」東京子ども図書館　奥山真理
5. トム・ティット・トット　イギリスの昔話　「イギリス童話集」あかね書房　佐々梨代子

第40回　1975年11月25日
1. かにむかし　日本の昔話　「かにむかし」岩波書店　根岸貴子
2. わるいガチョウ　ロシアの昔話　「まほうの馬」岩波書店　奥田洋子
3. おばあさんとブタ　イギリスの昔話
　　「ストーリーテリングについて」子ども文庫の会　松岡享子
4. イラザーデひめのベール　ファージョン作
　　「年とったばあやのお話かご」岩波書店　山口雅子
5. ビリイ・ベグと雄牛　アイルランドの昔話
　　「アイルランドのむかしばなし」福音館書店　上野由紀子

第41回　1976年1月27日
1. ねずみのすもう　日本の昔話　「日本のむかし話」学習研究社　斎藤恵子
2. 金のガチョウ　グリム昔話　「ホレおばさん」子ども文庫の会　奥山真理
3. おむこさんの買いもの　朝鮮の昔話　「ネギをうえた人」岩波書店　竹中淑子
4. 姉いもと　イギリスの昔話　「イギリス童話集」あかね書房　須藤早苗
5. ついでにペロリ　デンマークの昔話　松岡享子訳　松岡享子

6. 魔法の小鳥　ジプシーの昔話　「きりの国の王女」福音館書店　佐々梨代子

第42回　1976年2月24日
◆「おはなしのろうそく」の夕べ　第1回　「おはなしのろうそく5」より
1. うちの中のウシ　ワッツ作　根岸貴子
2. 長ぐつをはいたねこ　ペロー昔話　上野由紀子
3. あくびがでるほどおもしろい話　松岡享子作　松岡享子
4. 三枚のお札　日本の昔話　佐々梨代子
5. ラプンツェル　グリム昔話　須藤早苗
6. 〈あそびうた〉クマが山にのぼってった　(アメリカ)　松岡享子

第43回　1976年3月23日
◆「おはなしのろうそく」の夕べ　第2回　「おはなしのろうそく4」より
1. あなのはなし　マラリーク作　斎藤恵子
2. ふるやのもり　日本の昔話　奥山真理
3. 三人ばか　イギリスの昔話　松岡享子
4. おかあさんのごちそう　中川李枝子作　須藤早苗
5. ミアッカどん　イギリスの昔話　「イギリス童話集」あかね書房　山口雅子
6. 美しいワシリーサとババ・ヤガー　ロシアの昔話　佐々梨代子

第44回　1976年4月27日
◆「おはなしのろうそく」の夕べ　第3回　「おはなしのろうそく3」より
1. ねずみじょうど　日本の昔話　竹中淑子
2. なまくらトック　ボルネオの昔話　根岸貴子
3. こすずめのぼうけん　エインワース作　「こすずめのぼうけん」福音館書店　奥田洋子
4. 金いろとさかのおんどり　ロシアの昔話　松岡享子
5. ガチョウ番の娘　グリム昔話　上野由紀子

第45回　1976年5月25日
◆「おはなしのろうそく」の夕べ　第4回　「おはなしのろうそく2」より
1. 三びきの子ブタ　イギリスの昔話　「イギリス童話集」あかね書房　根岸貴子
2. 十二のつきのおくりもの　スロバキアの昔話　奥山真理

3. ぼくのおまじない　中川李枝子作　須藤早苗
4. 森の花嫁　フィンランドの昔話　佐々梨代子
5. スヌークスさん一家　ウィリアムズ作　松岡享子

第46回　1976年6月22日
◆「おはなしのろうそく」の夕べ 第5回　「おはなしのろうそく1」より
1. ころりんケーキほーい！　ソーヤー作　「ころりんケーキほーい！」ポプラ社　丸山美勢
2. おいしいおかゆ　グリム昔話　根岸貴子
3. 〈指あそび〉こぶたが一匹……　中川李枝子作　上野由紀子
4. かしこいモリー　イギリスの昔話　佐々梨代子
5. エパミナンダス　ブライアント作　須藤早苗
6. 〈手あそび〉くまさんのおでかけ　中川李枝子作　奥田洋子
7. ブドーリネク　チェコの昔話　松岡享子

第47回　1976年7月27日　於：中野サンプラザ
◆ 夏期お話の会（昼の部）
1. あかずきん　グリム昔話　「こどものとも」80号　福音館書店　井上節子
2. パンケーキ　ノルウェーの昔話　「太陽の東月の西」岩波書店　本庄尚子
3. 味噌買橋　日本の昔話　「日本昔話百選」三省堂　小林恵子
4. グラの木こり　エチオピアの昔話　「山の上の火」岩波書店　平塚ミヨ
5. エルシー・ピドック夢で縄とびをする　ファージョン作
　　「ヒナギク野のマーティン・ピピン」岩波書店　光野トミ

第48回　1976年7月27日　於：中野サンプラザ
◆ 夏期お話の会（夜の部）
1. おおかみと七ひきのこやぎ　グリム昔話　「おいしいおかゆ」子ども文庫の会　須藤早苗
2. トム・ティット・トット　イギリスの昔話　「イギリス童話集」あかね書房　佐々梨代子
3. イラザーデひめのベール　ファージョン作
　　「年とったばあやのお話かご」岩波書店　山口雅子
4. 仕立やのイトチカさんが王さまになったはなし　ポーランドの昔話
　　「子どもの文学──昔々の物語」グロリア インターナショナル　松岡享子
5. リキ・ティキ・タヴィ物語　キプリング作

「子どもの文学——新しい時代の物語」グロリア インターナショナル　　上野由紀子

第49回　1976年9月28日
1. **物語のふくろ**　朝鮮の昔話　「ネギをうえた人」岩波書店　　竹中淑子
2. **腹のなかの小鳥の話**　アイヌの昔話　「アイヌ童話集」東都書房　　松岡享子
3. **五本のゆびさん**　ドイツの昔話　「世界のむかし話」学習研究社　　斎藤恵子
4. **サムとスーキー**　アメリカの昔話　「アメリカ童話集」あかね書房　　根岸貴子
5. **ビリイ・ベグと雄牛**　アイルランドの昔話
　　「アイルランドのむかしばなし」福音館書店　　上野由紀子

第50回　1976年10月26日
1. **マーシャとくま**　ロシアの昔話　「マーシャとくま」福音館書店　　奥田洋子
2. **アナンシと五**　西インド諸島の昔話
　　「子どもに聞かせる世界の民話」実業之日本社　　奥山真理
3. **森の中の家**　グリム昔話　「ホレおばさん」子ども文庫の会　　竹中淑子
4. **すずめとからす**　バングラデシュの昔話　「アジアの昔話1」福音館書店　　須藤早苗
5. **主人とけらい**　アイルランドの昔話　「イギリス童話集」あかね書房　　佐々梨代子

第51回　1976年11月30日
1. **七わのからす**　グリム昔話　「おいしいおかゆ」子ども文庫の会　　山口雅子
2. **あなのはなし**　マラリーク作　「おはなしのろうそく4」東京子ども図書館　　斎藤恵子
3. **青いあかり**　グリム昔話　「一つ目二つ目三つ目」子ども文庫の会　　上野由紀子
4. **ばかなこねずみ**　マルシャーク作　「どうぶつのこどもたち」岩波書店　　根岸貴子
5. **海の王国**　エイキン作　「海の王国」岩波書店　　佐々梨代子

第52回　1977年1月25日
1. **ネズミとゾウ**　トルコの昔話　「子どもに聞かせる世界の民話」実業之日本社　　斎藤恵子
2. **心ぞうが、からだのなかにない巨人**　ノルウェーの昔話
　　「太陽の東月の西」岩波書店　　上野由紀子
3. **アリとお医者さま**　トペリウス作　「星のひとみ」岩波書店　　須藤早苗
4. **ふしぎなお客**　イギリスの昔話　「イギリス童話集」あかね書房　　竹中淑子
5. **金の不死鳥**　フランス系カナダ人の昔話　「トンボソのおひめさま」岩波書店　　松岡享子

第 53 回　1977 年 2 月 22 日

1. 金いろとさかのおんどり　ロシアの昔話
　　　「おはなしのろうそく 3」東京子ども図書館　　竹中淑子
2. おやゆびたろう　グリム昔話　「おいしいおかゆ」子ども文庫の会　　根岸貴子
3. りこうなおきさき　ルーマニアの昔話　「りこうなおきさき」岩波書店　　須藤早苗
4. おいしいおかゆ　グリム昔話　「おはなしのろうそく 1」東京子ども図書館　　竹中淑子
5. ふしぎなオルガン　レアンダー作　「ふしぎなオルガン」岩波書店　　奥山真理

第 54 回　1977 年 3 月 22 日

1. マメ子と魔物　イランの昔話　「子どもに聞かせる世界の民話」実業之日本社　　山口雅子
2. 小ぶたのバーナビー　ヘアレイハン作
　　　「子どもの文学――新しい時代の物語」グロリア インターナショナル　　奥田洋子
3. 長ぐつをはいたねこ　ペロー昔話
　　　「おはなしのろうそく 5」東京子ども図書館　　上野由紀子
4. クリストフとベルベルとが、自分から望んで、ひっきりなしにゆきちがいに
　　　なった話　レアンダー作　「ふしぎなオルガン」岩波書店　　竹中淑子
5. ノロウェイの黒ウシ　イギリスの昔話　「イギリス童話集」あかね書房　　佐々梨代子

第 55 回　1977 年 4 月 26 日

1. ねずみのすもう　日本の昔話　「日本のむかし話」学習研究社　　斎藤恵子
2. やもめとガブス　インドネシアの昔話　花岡泰隆・松岡享子訳　　松岡享子
3. 岩じいさん　中国のミャオ族の昔話
　　　「子どもに聞かせる世界の民話」実業之日本社　　根岸貴子
4. はんぶんのひよこ　スペインの昔話　「スペインのむかしばなし」福音館書店　　須藤早苗
5. ラプンツェル　グリム昔話　「おはなしのろうそく 5」東京子ども図書館　　上野由紀子
6. チム・ラビットみつばちをかう　アトリー作
　　　「チム・ラビットのおともだち」童心社　　佐々梨代子

第 56 回　1977 年 5 月 24 日

1. 三まいのとりのはね　グリム昔話　「おいしいおかゆ」子ども文庫の会　　山口雅子
2. ふしぎなたいこ　日本の昔話　「ふしぎなたいこ」岩波書店　　川瀬紀子
3. この世のおわり　フィンランドの昔話　「世界のむかし話」学習研究社　　奥田洋子

4. 狐と狼　日本の昔話　「日本昔話百選」三省堂　　吉田延子
5. たまごのカラの酒つくり　アイルランドの昔話
　　「イギリス童話集」あかね書房　　上野由紀子
6. チム・ラビットとはさみ　アトリー作　「チム・ラビットのぼうけん」童心社　　奥山真理

第57回　1977年6月28日
1. 風の神と子ども　日本の昔話　「日本昔話百選」三省堂　　根岸貴子
2. 小石投げの名人タオ・カム　ラオスの昔話　「アジアの昔話1」福音館書店　　須藤早苗
3. くわずにょうぼう　日本の昔話　「くわずにょうぼう」福音館書店　　山口雅子
4. チム・ラビットのあまがさ　アトリー作
　　「チム・ラビットのぼうけん」童心社　　佐々梨代子
5. ドシュマンとドゥースト　イランの昔話　「アジアの昔話1」福音館書店　　上野由紀子
6. ついでにペロリ　デンマークの昔話　松岡享子訳　　松岡享子

第58回　1977年7月26日
1. いぬとにわとり　石井桃子作　「いぬとにわとり」福音館書店　　上野由紀子
2. すて子鳥　グリム昔話　「ホレおばさん」子ども文庫の会　　後藤節子
3. たぬきと山伏　日本の昔話　「わらしべ長者」岩波書店　　斎藤恵子
4. 空の星　イギリスの昔話　「イギリス童話集」あかね書房　　竹中淑子
5. ものいうなべ　デンマークの昔話　「ものいうなべ」岩波書店　　藤井いづみ
6. アリョーヌシカとイワーヌシカ　ロシアの昔話　「まほうの馬」岩波書店　　奥田洋子

第59回　1977年9月27日
1. なら梨とり　日本の昔話　「おはなしのろうそく6」（近刊）東京子ども図書館　　根岸貴子
2. かしこすぎた大臣　インドの昔話　「アジアの昔話1」福音館書店　　斎藤晴子
3. 歌うふくろ　スペインの昔話　「おはなしのろうそく6」（近刊）東京子ども図書館　　竹中淑子
4. こぶとり爺　日本の昔話　「日本昔話百選」三省堂　　山本真基子
5. 七人さきのおやじさま　ノルウェーの昔話　「世界のむかし話」学習研究社　　須藤早苗
6. グリーシ　アイルランドの昔話　「イギリス童話集」あかね書房　　佐々梨代子
7. 〈読み聞かせ〉ぶたのめいかしゅローランド　スタイグ作
　　「ぶたのめいかしゅローランド」評論社　　山本真基子

第60回　1977年10月25日

1. かたやきパン　イギリスの昔話　「イギリス童話集」あかね書房　　斎藤恵子
2. 雌牛のブーコラ　アイスランドの昔話　「新編世界むかし話集3」社会思想社　　奥田洋子
3. 姉いもと　イギリスの昔話　「イギリス童話集」あかね書房　　伊藤道子
4. 三枚のお札　日本の昔話　「おはなしのろうそく5」東京子ども図書館　　上野由紀子
5. ヤング・ケート　ファージョン作　「ムギと王さま」岩波書店　　茨木啓子
6. 金の不死鳥　フランス系カナダ人の昔話　「トンボソのおひめさま」岩波書店　　松岡享子

第61回　1977年11月29日

1. すて子鳥　グリム昔話　「ホレおばさん」子ども文庫の会　　萩原紀子
2. とめ吉のとまらぬしゃっくり　松岡享子作
　　「くしゃみくしゃみ天のめぐみ」福音館書店　　須藤早苗
3. 十二のつきのおくりもの　スロバキアの昔話
　　「おはなしのろうそく2」東京子ども図書館　　奥山真理
4. こすずめのぼうけん　エインワース作
　　「こすずめのぼうけん」福音館書店　　影山洋子
5. トム・ティット・トット　イギリスの昔話　「イギリス童話集」あかね書房　　佐々梨代子

第62回　1978年1月31日　於：松の実ホール（～224回まで）

1. キツネとオオカミ　ロシアの昔話　「まほうの馬」岩波書店　　山口雅子
2. こすずめのぼうけん　エインワース作　「こすずめのぼうけん」福音館書店　　有正伸子
3. 金のつなのつるべ　朝鮮の昔話　「ネギをうえた人」岩波書店　　奥田洋子
4. ねずみのすもう　日本の昔話　「日本のむかし話」学習研究社　　斎藤恵子
5. フンブとノルブ　朝鮮の昔話　「金剛山の虎退治」太平出版社　　熊谷みえ子
6. ゆきんこ　ロシアの昔話　「ストーリーテリングについて」子ども文庫の会　　島原泉
7. ルンペルシュティルツヘン　グリム昔話
　　「一つ目二つ目三つ目」子ども文庫の会　　須藤早苗

第63回　1978年2月26日

1. カボチャの種　朝鮮の昔話　「ネギをうえた人」岩波書店　　西村米子
2. 腹のなかの小鳥の話　アイヌの昔話　「アイヌ童話集」東都書房　　斎藤恵子
3. すずめとからす　バングラデシュの昔話　「アジアの昔話1」福音館書店　　中川享子

4. りこうなおきさき　ルーマニアの昔話　「りこうなおきさき」岩波書店　　佐々木法美
5. 若返りの白　レアンダー作　「ふしぎなオルガン」岩波書店　　上野由紀子
6. 兄と妹　グリム昔話　「一つ目二つ目三つ目」子ども文庫の会　　佐々梨代子
7. ついでにペロリ　デンマークの昔話　「おはなしのろうそく6」東京子ども図書館　　松岡享子

第64回　1978年3月28日

1. 雌牛のブーコラ　アイスランドの昔話　「新編世界むかし話集3」社会思想社　　奥田洋子
2. 赤ずきん　グリム昔話　「おいしいおかゆ」子ども文庫の会　　山内素子
3. ふしぎなたいこ　日本の昔話　「ふしぎなたいこ」岩波書店　　大沢澄
4. アリとお医者さま　トペリウス作　「星のひとみ」岩波書店　　須藤早苗
5. 小石投げの名人タオ・カム　ラオスの昔話　「アジアの昔話1」福音館書店　　長井裕子
6. 三まいのとりのはね　グリム昔話　「おいしいおかゆ」子ども文庫の会　　湯沢朱実
7. コショウ菓子の焼けないおきさきと口琴のひけない王さまの話　レアンダー作
　　「ふしぎなオルガン」岩波書店　　竹中淑子

第65回　1978年5月23日

1. マメ子と魔物　イランの昔話　「子どもに聞かせる世界の民話」実業之日本社　　山口雅子
2. 三人の糸つむぎ女　グリム昔話　「ホレおばさん」子ども文庫の会　　山崎美紀
3. 不幸な星の下の娘　イタリアの昔話　「みどりの小鳥」岩波書店　　佐々梨代子
4. ほらふきくらべ　ユーゴスラビアの昔話　松岡享子訳　　松岡享子
5. リキ・ティキ・タヴィ物語　キプリング作
　　「子どもの文学――新しい時代の物語」グロリア インターナショナル　　上野由紀子

第66回　1978年6月27日

1. 百姓のおかみさんとトラ　パキスタンの昔話
　　「アジアの昔話2」福音館書店　　須藤早苗
2. 七わのからす　グリム昔話　「おいしいおかゆ」子ども文庫の会　　田中文子
3. とんだ ぬけさく　エチオピアの昔話　「山の上の火」岩波書店　　上野由紀子
4. 小さなせむしの少女　レアンダー作　「ふしぎなオルガン」岩波書店　　奥田洋子
5. チム・ラビットのあまがさ　アトリー作
　　「チム・ラビットのぼうけん」童心社　　佐々梨代子
6. ユルマと海の神　フィンランドの昔話　「かぎのない箱」岩波書店　　斎藤恵子

第67回　1978年7月25日
1. 小石投げの名人タオ・カム　ラオスの昔話　「アジアの昔話1」福音館書店　　須藤早苗
2. たぬきと山伏　日本の昔話　「わらしべ長者」岩波書店　　斎藤恵子
3. 青いあかり　グリム昔話　「一つ目二つ目三つ目」子ども文庫の会　　上野由紀子
4. セキレイはなぜしっぽをふる　ルーマニアの昔話
　　「りこうなおきさき」岩波書店　　竹中淑子
5. 金の不死鳥　フランス系カナダ人の昔話　「トンボソのおひめさま」岩波書店　　松岡享子

第68回　1978年9月26日
1. 金のひき臼　リフランドの昔話　「新編世界むかし話集3」社会思想社　　奥田洋子
2. 六人男のし歩く　グリム昔話　「一つ目二つ目三つ目」子ども文庫の会　　山口雅子
3. かしこい証人　ポーランドの昔話　　斎藤恵子
4. ネコとネズミのともぐらし　グリム昔話
　　「ホレおばさん」子ども文庫の会　　山本真基子
5. 青いハスの花　ファージョン作　「年とったばあやのお話かご」岩波書店　　茨木啓子
6. ブドーリネク　チェコの昔話　「おはなしのろうそく1」東京子ども図書館　　佐々梨代子

第69回　1978年10月24日
1. 皇帝の玉座でうたったオンドリ　ユーゴスラビアの昔話　松岡享子訳　　松岡享子
2. たにし長者　日本の昔話　東京子ども図書館再話　　根岸貴子
3. イラザーデひめのベール　ファージョン作
　　「年とったばあやのお話かご」岩波書店　　山口雅子
4. 雌牛のブーコラ　アイスランドの昔話　「新編世界むかし話集3」社会思想社　　奥田洋子
5. マハデナ・ムッタ　スリランカの昔話　「アジアの昔話3」福音館書店　　伊藤悦子
6. ガチョウ番の娘　グリム昔話　「おはなしのろうそく3」東京子ども図書館　　上野由紀子

第70回　1978年11月28日
1. 腹のなかの小鳥の話　アイヌの昔話　「アイヌ童話集」東都書房　　斎藤恵子
2. ブドーリネク　チェコの昔話　「おはなしのろうそく1」東京子ども図書館　　南昌子
3. 三つめのかくればしょ　フィンランドの昔話　「かぎのない箱」岩波書店　　佐々梨代子
4. ひなどりとネコ　ビルマの昔話
　　「子どもに聞かせる世界の民話」実業之日本社　　上野由紀子

5. 山にさらわれたひとの娘　ウテルダール作
　　「子どもの文学――新しい時代の物語」グロリア インターナショナル　　松岡享子

第71回　1979年1月30日
1. 山の上の火　エチオピアの昔話　「山の上の火」岩波書店　　須藤早苗
2. ゆきんこ　ロシアの昔話　「ストーリーテリングについて」子ども文庫の会　　奥田洋子
3. キツネとオオカミ　ロシアの昔話　「まほうの馬」岩波書店　　山口雅子
4. 熊の皮をきた男　グリム昔話
　　「おはなしのろうそく7」(近刊) 東京子ども図書館　　佐々梨代子
5. 白いマス　アイルランドの昔話　「イギリス童話集」あかね書房　　田中敏子
6. ほらふきくらべ　ユーゴスラビアの昔話　松岡享子訳　　松岡享子

第72回　1979年2月27日
1. ドシュマンとドゥースト　イランの昔話　「アジアの昔話1」福音館書店　　上野由紀子
2. ノックグラフトンのむかしばなし　アイルランドの昔話
　　「イギリス童話集」あかね書房　　伊原智
3. とんだ ぬけさく　エチオピアの昔話　「山の上の火」岩波書店　　松岡享子
4. 白いシカ　ジプシーの昔話　「太陽の木の枝」福音館書店　　佐々梨代子
5. ねこのお客　エインワース作　瀬田貞二訳　　斎藤恵子
6. 七わのからす　グリム昔話　「おいしいおかゆ」子ども文庫の会　　山口雅子

第73回　1979年4月24日
1. ねずみじょうど　日本の昔話　「おはなしのろうそく3」東京子ども図書館　　竹中淑子
2. ルンペルシュティルツヘン　グリム昔話
　　「一つ目二つ目三つ目」子ども文庫の会　　恵良恭子
3. ブタ飼い　アンデルセン作　「アンデルセン童話集2」(岩波文庫) 岩波書店　　山本真基子
4. 金のつなのつるべ　朝鮮の昔話　「ネギをうえた人」岩波書店　　奥田洋子
5. 七人さきのおやじさま　ノルウェーの昔話　「世界のむかし話」学習研究社　　須藤早苗
6. お日さまをつかまえたウサギ　北米先住民の昔話
　　「オクスフォード世界の民話と伝説3 アメリカ編」講談社　　佐々梨代子

第74回　1979年5月22日

1. 歌うふくろ　スペインの昔話　「おはなしのろうそく6」東京子ども図書館　　竹中淑子
2. くわずにょうぼう　日本の昔話　「くわずにょうぼう」福音館書店　　山口雅子
3. なんでも見える鏡　ジプシーの昔話　「太陽の木の枝」福音館書店　　三神弘子
4. 森の花嫁　フィンランドの昔話　「おはなしのろうそく2」東京子ども図書館　　奥田洋子
5. サムとスーキー　アメリカの昔話　「アメリカのむかし話」偕成社　　根岸貴子
6. トム・ティット・トット　イギリスの昔話　「イギリス童話集」あかね書房　　佐々梨代子

第75回　1979年5月29日

1. 悪魔と勝負をした百姓　チェコの昔話
　　「三本の金の髪の毛」(近刊) ほるぷ出版　　松岡享子
2. ルンペルシュティルツヘン　グリム昔話
　　「一つ目二つ目三つ目」子ども文庫の会　　湯沢朱実
3. チイチイネズミとチュウチュウネズミ　イギリスの昔話
　　「イギリス童話集」あかね書房　　須藤早苗
4. トンボソのおひめさま　フランス系カナダ人の昔話
　　「トンボソのおひめさま」岩波書店　　菅原汎子

第76回　1979年6月26日

1. 小鳥になった美しい妹　ギリシアの昔話
　　「おはなしのろうそく7」東京子ども図書館　　根岸貴子
2. アリョーヌシカとイワーヌシカ　ロシアの昔話　「まほうの馬」岩波書店　　後藤節子
3. 絵姿女房　日本の昔話　「こぶとり爺さん・かちかち山」岩波書店　　児島満子
4. 小ぶたのバーナビー　ヘアレイハン作
　　「子どもの文学――新しい時代の物語」グロリア インターナショナル　　奥田洋子
5. カラスだんなとイガイ　アラスカ・エスキモーの昔話
　　「カラスだんなのおよめとり」岩波書店　　須藤早苗
6. ジャックとマメの木　イギリスの昔話　「イギリス童話集」あかね書房　　竹中淑子

第77回　1979年7月31日

1. 井戸にうかんだ三つの首　イギリスの昔話
　　「ジャックと豆の木 ほか」家の光協会　　山口雅子

2. マメ子と魔物　イランの昔話　「子どもに聞かせる世界の民話」実業之日本社　　谷島美菜子
3. 水底の主ニッカーマン　チェコスロバキアの昔話
　　「三本の金の髪の毛」(近刊) ほるぷ出版　佐々梨代子
4. おいしいおかゆ　グリム昔話　「おはなしのろうそく1」東京子ども図書館　　竹中淑子
5. ジーニと魔法つかい　北米先住民の昔話
　　「オクスフォード世界の民話と伝説3　アメリカ編」講談社　　松岡享子

第78回　1979年9月25日

1. 世界のはての井戸　イギリスの昔話　「新編世界むかし話集1」社会思想社　　奥田洋子
2. なんでも信ずるおひめさま　デンマークの昔話　「ものいうなべ」岩波書店　　辻尚実
3. かにむかし　日本の昔話　「かにむかし」岩波書店　　須藤早苗
4. 「こぎつねルーファスのぼうけん」より　アトリー作
　　「こぎつねルーファスのぼうけん」岩波書店　　佐々梨代子
5. あるだんなさんとおかみさんのはなし　クラウス作
　　「おはなしのろうそく6」東京子ども図書館　　秋葉恵子
6. 忠臣ヨハネス　グリム昔話　「いばら姫」岩波書店　　根岸貴子

第79回　1979年10月23日

1. わるいガチョウ　ロシアの昔話　「まほうの馬」岩波書店　　奥田洋子
2. 鶴女房　日本の昔話　「日本昔話百選」三省堂　　古市静子
3. まほうの馬　ロシアの昔話　「まほうの馬」岩波書店　　山口雅子
4. カタカタコウノトリの話　レアンダー作　「ふしぎなオルガン」岩波書店　　須藤早苗
5. 悪魔の生皮　フィンランドの昔話　「ソリア・モリア城」ほるぷ出版　　佐々梨代子

第80回　1979年11月27日

1. おどっておどってぼろぼろになったくつ　グリム昔話
　　「ホレおばさん」子ども文庫の会　　須藤早苗
2. チム・ラビットとキツネ　アトリー作
　　「チム・ラビットのおともだち」童心社　　佐々梨代子
3. 星の銀貨　グリム昔話　「完訳グリム童話集4」岩波書店　　奥田洋子
4. 美しいワシリーサとババ・ヤガー　ロシアの昔話
　　「おはなしのろうそく4」東京子ども図書館　　上野由紀子

第81回　1980年1月29日

1. 三びきのクマのはなし　イギリスの昔話　「イギリス童話集」あかね書房　松岡享子
2. 牛方とやまんば　日本の昔話　「おはなしのろうそく8」東京子ども図書館　山口雅子
3. 世界でいちばんきれいな声　ラ・フルール作
　　「母の友」263号　福音館書店　奥田洋子
4. ちびのふとっちょ　ノルウェーの昔話　「太陽の東月の西」岩波書店　秋葉恵子
5. ガラスの心臓を持った三人の姉妹　レアンダー作
　　「ふしぎなオルガン」岩波書店　須藤早苗
6. イグサのかさ　イギリスの昔話　「イギリス童話集」あかね書房　佐々梨代子

第82回　1980年2月26日

1. マーシャとくま　ロシアの昔話　「マーシャとくま」福音館書店　奥田洋子
2. 山の上の火　エチオピアの昔話　「山の上の火」岩波書店　須藤早苗
3. 「すえっ子Oちゃん」より　ウンネルスタード作
　　「すえっ子Oちゃん」学習研究社　佐々梨代子
4. きりの国の王女　ジプシーの昔話　「きりの国の王女」福音館書店　山崎美紀
5. ちっちゃなゴキブリのべっぴんさん　イランの昔話
　　「アジアの昔話5」福音館書店　松岡享子

第83回　1980年3月25日

1. たにし長者　日本の昔話　「おはなしのろうそく7」東京子ども図書館　根岸貴子
2. ガチョウ番の娘　グリム昔話　「おはなしのろうそく3」東京子ども図書館　菅まゆみ
3. ヤギとライオン　トリニダード・トバゴの昔話
　　「子どもに聞かせる世界の民話」実業之日本社　山口雅子
4. りこうなおきさき　ルーマニアの昔話　「りこうなおきさき」岩波書店　須藤早苗
5. 梅の木村のおならじいさん　松岡享子作
　　「くしゃみくしゃみ天のめぐみ」福音館書店　平塚ミヨ

第84回　1980年4月22日

1. ものいうなべ　デンマークの昔話　「ものいうなべ」岩波書店　根岸貴子
2. 小さな赤いセーター　マックリー作　「おはなしのろうそく8」東京子ども図書館　島原泉
3. 森の中の家　グリム昔話　「ホレおばさん」子ども文庫の会　須藤早苗

4. **木仏長者**　日本の昔話　「改訂版 日本の昔話」角川書店　　奥田洋子
5. **おばあさんが、はたけになにをうえたかという話**　ニューウェル作
　　「あたまをつかった小さなおばあさん」福音館書店　　西村米子
6. **ウリボとっつぁん**　イタリアの昔話　「ネコのしっぽ」ほるぷ出版　　佐々梨代子

第85回　1980年5月27日
1. **小鳥になった美しい妹**　ギリシアの昔話
　　「おはなしのろうそく7」東京子ども図書館　　山口雅子
2. **こすずめのぼうけん**　エインワース作　「こすずめのぼうけん」福音館書店　辻尚実
3. **妖精のぬりぐすり**　イギリスの昔話　「イギリス童話集」あかね書房　　藤井早苗
4. **世界でいちばんやかましい音**　エルキン作　松岡享子訳　　松岡享子
5. **ナンキンムシのさかもり**　朝鮮の昔話　「ネギをうえた人」岩波書店　　竹中淑子
6. **森の花嫁**　フィンランドの昔話　「おはなしのろうそく2」東京子ども図書館　奥田洋子

第86回　1980年6月24日
1. **ものしり博士**　グリム昔話　「ホレおばさん」子ども文庫の会　　根岸貴子
2. **三びきのやぎのがらがらどん**　ノルウェーの昔話
　　「三びきのやぎのがらがらどん」福音館書店　　蝦名純子
3. **アリョーヌシカとイワーヌシカ**　ロシアの昔話　「まほうの馬」岩波書店　　辻尚実
4. **地主のはなよめ**　ノルウェーの昔話　「太陽の東月の西」岩波書店　　山口雅子
5. **ちっちゃなわるっこ鳥**　スペインの昔話　「ネコのしっぽ」ほるぷ出版　　秋葉恵子
6. **ガチョウ番の娘**　グリム昔話　「おはなしのろうそく3」東京子ども図書館　佐々梨代子

第87回　1980年7月22日
1. **あひるの一族**　イタリアの昔話　「みどりの小鳥」岩波書店　　平田美恵子
2. **ツグミひげの王さま**　グリム昔話　「おはなしのろうそく9」東京子ども図書館　須藤早苗
3. **ボタンインコ**　ファージョン作　「ムギと王さま」岩波書店　　佐々梨代子
4. **カメの遠足**　イギリスの昔話　「新編世界むかし話集1」社会思想社　　奥田洋子
5. **ジーニと魔法使い**　北米先住民の昔話
　　「おはなしのろうそく9」東京子ども図書館　　松岡享子

第88回　1980年9月30日

1. わるいガチョウ　ロシアの昔話　「まほうの馬」岩波書店　　奥田洋子
2. かごのなかの水　イタリアの昔話　「みどりの小鳥」岩波書店　　山口雅子
3. ルンペルシュティルツヘン　グリム昔話
　　「一つ目二つ目三つ目」子ども文庫の会　　石井恭子
4. 象のふろおけ　ビルマの昔話　「象のふろおけ」ほるぷ出版　　辻尚実
5. クルミわりのケート　イギリスの昔話
　　「子どもに聞かせる世界の民話」実業之日本社　　後藤節子
6. 王さまにおかゆのたべかたをおしえたむすめ　プリョイセン作
　　「しあわせのテントウムシ」岩波書店　　根岸貴子

第89回　1980年10月28日

1. ウズラとキツネと犬　ルーマニアの昔話　「りこうなおきさき」岩波書店　　須藤早苗
2. しらかばのむすめ　モルダビア共和国の昔話
　　「ふたごの小鳥ミムルグ ほか」家の光協会　　奥田洋子
3. 小さいお嬢さまのバラ　ファージョン作　「ムギと王さま」岩波書店　　鵜飼利江
4. 長ぐつをはいたねこ　ペロー昔話
　　「おはなしのろうそく5」東京子ども図書館　　佐々梨代子
5. 王さまノミを飼う　スペインの昔話　「ネコのしっぽ」ほるぷ出版　　木村則子
6. ほらふきくらべ　ユーゴスラビアの昔話　「三本の金の髪の毛」ほるぷ出版　　松岡享子

第90回　1980年11月25日

1. かにむかし　日本の昔話　「わらしべ長者」岩波書店　　根岸貴子
2. おむこさんの買いもの　朝鮮の昔話　「ネギをうえた人」岩波書店　　津田明子
3. とめ吉のとまらぬしゃっくり　松岡享子作
　　「くしゃみくしゃみ天のめぐみ」福音館書店　　浅木尚実
4. すて子鳥　グリム昔話　「ホレおばさん」子ども文庫の会　　山口雅子
5. 主人とけらい　アイルランドの昔話　「イギリス童話集」あかね書房　　佐々梨代子
6. 小さなこげた顔　北米先住民の昔話　「アメリカのむかし話」偕成社　　木村則子

第91回　1980年12月23日
◆ 瀬田貞二さんを偲んで
1. かさじぞう　日本の昔話　「かさじぞう」福音館書店　　須藤早苗
2. いい香のする名前　ソログーブ作　「世界少年文学名作集21」精華書院　　茨木啓子
3. だめといわれてひっこむな　プロイセン作
　　「おはなしのろうそく9」東京子ども図書館　　浅木尚実
4. 悪魔の生皮　フィンランドの昔話　「ソリア・モリア城」ほるぷ出版　　佐々梨代子
5. この世のおわり　フィンランドの昔話　「世界のむかし話」学習研究社　　奥田洋子
6. ねこのお客　エインワース作　瀬田貞二訳　　秋葉恵子
7. 〈読み聞かせ〉ぶたのめいかしゅローランド　スタイグ作
　　「ぶたのめいかしゅローランド」評論社　　山本真基子

第92回　1981年1月27日
1. 金のガチョウ　グリム昔話　「ホレおばさん」子ども文庫の会　　須藤早苗
2. キツネとオオカミ　ロシアの昔話　「まほうの馬」岩波書店　　山口雅子
3. 十二のつきのおくりもの　スロバキアの昔話
　　「おはなしのろうそく2」東京子ども図書館　　恵良恭子
4. にげたにおうさん　日本の昔話　「ふしぎなたいこ」岩波書店　　根岸貴子
5. 小さなこげた顔　北米先住民の昔話　「アメリカのむかし話」偕成社　　内藤直子
6. 世界でいちばんやかましい音　エルキン作
　　「おはなしのろうそく10」東京子ども図書館　　松岡享子

第93回　1981年2月24日
1. ねずみじょうど　日本の昔話　「おはなしのろうそく3」東京子ども図書館　　浅木尚実
2. かわいいメンドリ　チェコスロバキアの昔話　「三本の金の髪の毛」ほるぷ出版　　小関知子
3. ゆきんこ　ロシアの昔話　「ストーリーテリングについて」子ども文庫の会　　菊池敬子
4. ベッチィ・ストーグの赤ちゃん　イギリスの昔話
　　「新編世界むかし話集1」社会思想社　　奥田洋子
5. どこでもないなんでもない　フィンランドの昔話
　　「かぎのない箱」岩波書店　　佐々梨代子

第 94 回　1981 年 3 月 24 日

1. かちかち山（兎こむがす）　日本の昔話
　　「おはなしのろうそく 10」東京子ども図書館　　山口雅子
2. あなのはなし　マラリーク作　「おはなしのろうそく 4」東京子ども図書館　　影山洋子
3. 魚のむすめ　トルコの昔話　「ものいう馬」ほるぷ出版　　根岸貴子
4. 絵姿女房　日本の昔話　「アジアの昔話 2」福音館書店　　小林恵子
5. ヘンゼルとグレーテル　グリム昔話　「ホレおばさん」子ども文庫の会　　須藤早苗
6. だんなも、だんなも、大だんなさま　イギリスの昔話
　　「イギリス童話集」あかね書房　　松岡享子

第 95 回　1981 年 4 月 28 日

1. 小ぶたのバーナビー　ヘアレイハン作
　　「子どもの文学――新しい時代の物語」グロリア インターナショナル　　奥田洋子
2. 三枚のお札　日本の昔話　「おはなしのろうそく 5」東京子ども図書館　　小板橋陽子
3. おいぼれズルタン　グリム昔話　「おいしいおかゆ」子ども文庫の会　　伊藤悦子
4. ネズミ捕り屋の娘　ハウスマン作　松岡享子訳　　松岡享子
5. カタカタコウノトリの話　レアンダー作　「ふしぎなオルガン」岩波書店　　浅木尚実
6. 三本の金の髪の毛　チェコスロバキアの昔話
　　「三本の金の髪の毛」ほるぷ出版　　佐々梨代子

第 96 回　1981 年 5 月 26 日

1. 地蔵浄土　日本の昔話　「日本昔話百選」三省堂　　秋葉恵子
2. マメ子と魔物　イランの昔話　「子どもに聞かせる世界の民話」実業之日本社　　山口雅子
3. 小石投げの名人タオ・カム　ラオスの昔話　「アジアの昔話 1」福音館書店　　須藤早苗
4. 世界のはての井戸　イギリスの昔話　「新編世界むかし話集 1」社会思想社　　奥田洋子
5. スヌークスさん一家　ウィリアムズ作
　　「おはなしのろうそく 2」東京子ども図書館　　根岸貴子
6. 三本の金の髪の毛　チェコスロバキアの昔話
　　「三本の金の髪の毛」ほるぷ出版　　佐々梨代子

第 97 回　1981 年 7 月 28 日

1. 象のふろおけ　ビルマの昔話　「象のふろおけ」ほるぷ出版　　浅木尚実

2. カッコウの鳴く時まで　アルメニアの昔話
　　　Once there was and was not より　中村悦子訳　　志磨道子
3. ヤギとライオン　トリニダード・トバゴの昔話
　　　「子どもに聞かせる世界の民話」実業之日本社　　山口雅子
4. 三つの金のオレンジ　スペインの昔話　「ネコのしっぽ」ほるぷ出版　　佐々梨代子
5. ムカデとモグラの婚約　朝鮮の昔話　「金剛山(クムカンサン)のトラたいじ」ほるぷ出版　　須藤早苗
6. 羊飼いの花たば　チェコスロバキアの昔話　「三本の金の髪の毛」ほるぷ出版　　柳田いづみ

第98回　1981年9月29日

1. 腹のなかの小鳥の話　アイヌの昔話　「アイヌ童話集」東都書房　　松岡享子
2. なまくらトック　ボルネオの昔話　「おはなしのろうそく3」東京子ども図書館　　渡部セキ子
3. おばあさんと泥棒　スコットランドの昔話　「子どもの館」94号　福音館書店　　菅沢清
4. ジーリコッコラ　イタリアの昔話　「みどりの小鳥」岩波書店　　奥田洋子
5. 猫の足　インドの昔話　「語りつぐ人びと2――インドの民話」福音館書店　　根岸貴子
6. ユルマと海の神　フィンランドの昔話　「かぎのない箱」岩波書店　　須藤早苗

第99回　1981年10月27日

1. カンチル穴に落ちる　インドネシアの昔話　松岡享子訳　　山口雅子
2. 小さなせむしの少女　レアンダー作　「ふしぎなオルガン」岩波書店　　小原玲子
3. 熊の皮を着た男　グリム昔話　「おはなしのろうそく7」東京子ども図書館　　佐々梨代子
4. ちっちゃなわるっこ鳥　スペインの昔話　「ネコのしっぽ」ほるぷ出版　　秋葉恵子
5. 魔女に追われたむすめ　ポーランドの昔話　「三本の金の髪の毛」ほるぷ出版　　浅木尚実
6. カメの遠足　イギリスの昔話　「新編世界むかし話集1」社会思想社　　奥田洋子

第100回　1981年11月24日

1. りこうなおきさき　ルーマニアの昔話　「りこうなおきさき」岩波書店　　須藤早苗
2. 六人男のし歩く　グリム昔話　「一つ目二つ目三つ目」子ども文庫の会　　山口雅子
3. おばさん、コケモモの実をとりにいく　プリョイセン作
　　　「小さなスプーンおばさん」学習研究社　　浅木尚実
4. しらかばのむすめ　ソビエトの昔話

「ふたごの小鳥ミムルグ ほか」家の光協会　　奥田洋子
5. 五つのだんご　スリランカの昔話　「アジアの昔話6」福音館書店　　根岸貴子
6. どこでもないなんでもない　フィンランドの昔話
　　「かぎのない箱」岩波書店　　佐々梨代子
7. 三人ばか　イギリスの昔話　「おはなしのろうそく4」東京子ども図書館　　松岡享子

第101回　1981年12月22日
◆ 瀬田貞二さんを偲んで
1. かみなりこぞうがおっこちた　瀬田貞二作
　　「こどものとも」179号　福音館書店　　秋葉恵子
2. 小さなおうち　ロシアの昔話　「世界のむかし話」学習研究社　　戸谷陽子
3. つばさ　ソログーブ作　「世界少年文学名作集21」精華書院　　茨木啓子
4. かさじぞう　日本の昔話　「かさじぞう」福音館書店　　山本真基子
5. ねこの大王　イギリスの昔話　「世界のむかし話」学習研究社　　根岸貴子
6. 人は何で生きるか　トルストイ作　「イワンのばか」岩波書店　　松岡享子

第102回　1982年1月26日
1. しあわせとふしあわせ　ルーマニアの昔話　「りこうなおきさき」岩波書店　　山口雅子
2. 三人兄弟　日本の昔話　「日本昔話百選」三省堂　　塚原博
3. ツグミひげの王さま　グリム昔話
　　「おはなしのろうそく9」東京子ども図書館　　柳田いづみ
4. やっちまったことはやっちまったこと　チェコの昔話
　　浅木尚実・松岡享子訳　　浅木尚実
5. とんでいった洋服　イランの昔話　「身代わり花むこ ほか」家の光協会　　奥田洋子
6. 山の上の火　エチオピアの昔話　「山の上の火」岩波書店　　須藤早苗
〈おまけ・朗読〉二つ三つ四つ　日本の昔話　「河内(かわち)の兄(あに)マ」みちのく豆本の会　　松岡享子

第103回　1982年2月23日
1. かしこいモリー　イギリスの昔話　「おはなしのろうそく1」東京子ども図書館　　松岡享子
2. おそばのくきはなぜあかい　日本の昔話

「おそばのくきはなぜあかい」岩波書店　　須藤早苗
3. 七羽のからす　グリム昔話　「おはなしのろうそく10」東京子ども図書館　　後藤節子
4. ウリボとっつぁん　イタリアの昔話　「ネコのしっぽ」ほるぷ出版　　佐々梨代子
5. だめといわれてひっこむな　プロイセン作
　　　「おはなしのろうそく9」東京子ども図書館　　浅木尚実
6. 小さな仕立屋さん　ファージョン作　「ムギと王さま」岩波書店　　本庄尚子

第104回　1982年3月23日

1. たにし長者　日本の昔話　「おはなしのろうそく7」東京子ども図書館　　根岸貴子
2. ビリー　ゾロトウ作　「ストーリーテリングについて」子ども文庫の会　　後藤節子
3. スートン王の冒険　マレーシアの昔話　「アジアの昔話2」福音館書店　　山口雅子
4. モモの木をたすけた女の子　ファージョン作　「ムギと王さま」岩波書店　　奥田洋子
5. 大男フィン・マカウル　アイルランドの昔話
　　　「イギリスとアイルランドの昔話」福音館書店　　竹中淑子

第105回　1982年4月27日

1. 花さかじい　日本の昔話
　　　「さてさて、きょうのおはなしは……日本のむかしばなし」福音館書店　　竹中淑子
2. ヤング・ケート　ファージョン作　「ムギと王さま」岩波書店　　中島信子
3. とうさん子とかあさん子　ルーマニアの昔話
　　　「三本の金の髪の毛」ほるぷ出版　　須藤早苗
4. やさしのドーラ　チェコスロバキアの昔話　松岡享子訳　　松岡享子
5. ナニナの羊　ド・モーガン作　「風の妖精たち」岩波書店　　佐々梨代子

第106回　1982年5月25日

1. アリョーヌシカとイワーヌシカ　ロシアの昔話　「まほうの馬」岩波書店　　奥田洋子
2. てつがくのライオン　工藤直子作　「てつがくのライオン」理論社　　寺澤香代子
3. 瓜子姫子　日本の昔話　「信濃の昔話」日本放送出版協会　　須藤早苗
4. パンドラ——この世にどうして「くるしみ」がやってきたか　ギリシア神話
　　　「ギリシア神話」あかね書房　　山口雅子
5. ツルさんの目はなぜ青い　アラスカ・エスキモーの昔話
　　　「カラスだんなのおよめとり」岩波書店　　浅木尚実

6. 金の水さし　スペインの昔話　「ネコのしっぽ」ほるぷ出版　　根岸貴子

第107回　1982年6月22日　於：中野サンプラザ
1. たぬきと山伏　日本の昔話　「わらしべ長者」岩波書店　　秋葉恵子
2. ブレーメンの音楽隊　グリム昔話　「おいしいおかゆ」子ども文庫の会　　山口雅子
3. 無法者の町からやってきた弱虫　アメリカの昔話（カウボーイのほら話）
　　「アメリカのむかし話」偕成社　　根岸貴子
4. かしこすぎた大臣　インドの昔話　「アジアの昔話１」福音館書店　　平田美恵子
5. ボタンインコ　ファージョン作　「ムギと王さま」岩波書店　　須藤早苗
6. ジャックとマメの木　イギリスの昔話
　　「イギリスとアイルランドの昔話」福音館書店　　竹中淑子

第108回　1982年6月29日
1. 白いゾウ　インドの昔話　「アジアの昔話４」福音館書店　　浅木尚実
2. ボタンインコ　ファージョン作　「ムギと王さま」岩波書店　　戸谷陽子
3. ベッティ・ストーグの赤ちゃん　イギリスの昔話
　　「新編世界むかし話集１」社会思想社　　奥田洋子
4. 三つの金のオレンジ　スペインの昔話　「ネコのしっぽ」ほるぷ出版　　佐々梨代子
5. 黒いブッカと白いブッカ　イギリスの昔話
　　「新編世界むかし話集１」社会思想社　　山本真基子
6. ネズミ捕り屋の娘　ハウスマン作　松岡享子訳　　松岡享子

第109回　1982年9月28日
1. オンドリとネズミと小さい赤いメンドリ　イギリスの昔話
　　「おはなしのろうそく12」東京子ども図書館　　浅木尚実
2. ジーリコッコラ　イタリアの昔話　「みどりの小鳥」岩波書店　　奥田洋子
3. イラザーデひめのベール　ファージョン作
　　「年とったばあやのお話かご」岩波書店　　山口雅子
4. たまごのカラの酒つくり　アイルランドの昔話
　　「イギリスとアイルランドの昔話」福音館書店　　湯沢朱実
5. 王女のなぞ　ドイツの昔話　「世界の民話１　ドイツ・スイス」ぎょうせい　　佐々梨代子
6. ちっちゃなゴキブリのべっぴんさん　イランの昔話

「アジアの昔話 5」福音館書店　　松岡享子

第110回　1982年10月26日

1. **ぬかふくとこめふく**　日本の昔話　「おばばの夜語り」平凡社　　山口雅子
2. **すて子鳥**　グリム昔話　「ホレおばさん」子ども文庫の会　　槇枝聖子
3. **茂吉のねこ**　松谷みよ子作　「茂吉のねこ」偕成社　　奥村満智子
4. **しらかばのむすめ**　ソビエトの昔話
　　「ふたごの小鳥ミムルグ ほか」家の光協会　　奥田洋子
5. **どろぼうの名人**　アイルランドの昔話
　　「イギリスとアイルランドの昔話」福音館書店　　竹中淑子
6. **かれい**　グリム昔話　「おいしいおかゆ」子ども文庫の会　　根岸貴子

第111回　1982年11月30日

◆瀬田貞二さんを偲ぶ会

1. **クナウとひばり**　アイヌの昔話　「母の友」75号　福音館書店　　茨木啓子
2. **おんちょろちょろ**　日本の昔話
　　「さてさて、きょうのおはなしは……日本のむかしばなし」福音館書店　　戸谷陽子
3. **きつねのたび**　ハンガリーの昔話　「世界のむかし話」学習研究社　　佐々梨代子
4. **七人さきのおやじさま**　ノルウェーの昔話　「世界のむかし話」学習研究社　　秋葉恵子
5. **だめといわれてひっこむな**　プロイセン作
　　「おはなしのろうそく9」東京子ども図書館　　浅木尚実
6. 〈朗読〉**郵便机**　余寧金之助（瀬田貞二）作
　　「新選日本児童文学3 現代編」小峰書店　　松岡享子

第112回　1983年1月25日

1. **ブレーメンの音楽隊**　グリム昔話　「おいしいおかゆ」子ども文庫の会　　山口雅子
2. **かさじぞう**　日本の昔話　「かさじぞう」福音館書店　　宮秋智子
3. **しあわせばあさん ものしりばあさん**　デンマークの昔話
　　「ものいうなべ」岩波書店　　湯沢朱実
4. **尻尾の釣**　日本の昔話　「日本昔話百選」三省堂　　山本真基子
5. **おばあさんとブタ**　イギリスの昔話
　　「おはなしのろうそく7」東京子ども図書館　　松岡享子

6. ボダイジュがかなでるとき　リンドグレーン作
　　「小さいきょうだい」岩波書店　　川野泰子

第113回　1983年2月22日

1. 北風をたずねていった少年　北欧の昔話
　　「おはなしのろうそく13」(近刊) 東京子ども図書館　　根岸貴子
2. うぐいすの里　日本の昔話　「日本昔話百選」三省堂　　古市静子
3. ペンナイフ　ソビエトの昔話　「ソビエト昔話選」三省堂　　中川享子
4. ジャックとマメの木　イギリスの昔話
　　「イギリスとアイルランドの昔話」福音館書店　　竹中淑子
5. なんげえはなしっこしかへがな　日本の昔話
　　「なんげえはなしっこしかへがな」銀河社　　黒沢克朗
6. メリー・ゴウ・ラウンド　マーヒー作　「子どもの館」118号　福音館書店　佐々梨代子

第114回　1983年3月22日

1. ちびのふとっちょ　ノルウェーの昔話　「太陽の東月の西」岩波書店　秋葉恵子
2. あくびがでるほどおもしろい話　松岡享子作
　　「おはなしのろうそく5」東京子ども図書館　　山本真基子
3. 死人の腕　イタリアの昔話　「みどりの小鳥」岩波書店　　山口雅子
4. おどっておどってぼろぼろになったくつ　グリム昔話
　　「ホレおばさん」子ども文庫の会　　茨木啓子
5. とんでいった洋服　イランの昔話　「身代わり花むこ ほか」家の光協会　奥田洋子
6. 山にさらわれたひとの娘　ウテルダール作
　　「子どもの文学──新しい時代の物語」グロリア インターナショナル　松岡享子

第115回　1983年4月26日

1. 三びきのクマの話　イギリスの昔話
　　「イギリスとアイルランドの昔話」福音館書店　　松岡享子
2. たにし長者　日本の昔話　「おはなしのろうそく7」東京子ども図書館　根岸貴子
3. おおかみと七ひきのこやぎ　グリム昔話
　　「おいしいおかゆ」子ども文庫の会　　浅木尚実
4. 金いろとさかのおんどり　ロシアの昔話

「おはなしのろうそく3」東京子ども図書館　　竹中淑子
5. **チム・ラビットのうん**　アトリー作　「チム・ラビットのぼうけん」童心社　　佐々梨代子
6. **マハデナ・ムッタ**　スリランカの昔話　「アジアの昔話3」福音館書店　　伊藤悦子

第116回　1983年5月24日
1. **ねずみじょうど**　日本の昔話　「おはなしのろうそく3」東京子ども図書館　　竹中淑子
2. **小鳥になった美しい妹**　ギリシアの昔話
   「おはなしのろうそく7」東京子ども図書館　　山口雅子
3. **かしこいモリー**　イギリスの昔話　「おはなしのろうそく1」東京子ども図書館　　松岡享子
4. **おばさん、コケモモの実をとりにいく**　プリョイセン作
   「小さなスプーンおばさん」学習研究社　　浅木尚実
5. **おどっておどってぼろぼろになったくつ**　グリム昔話
   「おはなしのろうそく13」(近刊)東京子ども図書館　　佐々梨代子
6. **黄太郎青太郎**　タイの昔話　「アジアの昔話4」福音館書店　　山本真基子

第117回　1983年6月28日
1. **ものしり博士**　グリム昔話　「ホレおばさん」子ども文庫の会　　根岸貴子
2. **かちかち山**　日本の昔話　「おはなしのろうそく10」東京子ども図書館　　湯沢朱実
3. **マーシャとくま**　ロシアの昔話　「マーシャとくま」福音館書店　　谷出千代子
4. **大男フィン・マカウル**　アイルランドの昔話
   「イギリスとアイルランドの昔話」福音館書店　　竹中淑子
5. **雨の乙女**　ド・モーガン作　「風の妖精たち」岩波書店　　佐々梨代子

第118回　1983年7月26日
1. **三びきの子ブタ**　イギリスの昔話
   「イギリスとアイルランドの昔話」福音館書店　　須藤早苗
2. **しがまの嫁コ**　日本の昔話　「日本の民話2 東北1」ぎょうせい
   へび／かみなりさまのふんどし　日本の昔話
   「なんげえはなしっこしかへがな」銀河社　　福士直子
3. **やっちまったことはやっちまったこと**　チェコの昔話
   Gone is gone より　浅木尚実・松岡享子訳　　浅木尚実
4. **たぬきと山伏**　日本の昔話　「わらしべ長者」岩波書店　　秋葉恵子

5. 元気な仕立て屋　アイルランドの昔話
　　「イギリスとアイルランドの昔話」福音館書店　　竹中淑子
6. 仕立やのイトチカさんが王さまになったはなし　ポーランドの昔話
　　「おはなしのろうそく6」東京子ども図書館　　松岡享子

第119回　1983年9月27日

1. なら梨とり　日本の昔話　「おはなしのろうそく6」東京子ども図書館　　竹中淑子
2. ウサギどんのサカナつり　アメリカの昔話
　　「ウサギどんキツネどん」岩波書店　　光野トミ
3. エコーとナルキッソス　ギリシア神話　「ギリシア神話」あかね書房　　茨木啓子
4. 金ワシ　ファージョン作　「年とったばあやのお話かご」岩波書店　　根岸貴子
5. ヤギとライオン　トリニダード・トバゴの昔話
　　「子どもに聞かせる世界の民話」実業之日本社　　大春耕子
6. ヴァイノと白鳥ひめ　フィンランドの昔話
　　「おはなしのろうそく11」東京子ども図書館　　佐々梨代子

第120回　1983年10月25日

1. ウズラとキツネと犬　ルーマニアの昔話　「りこうなおきさき」岩波書店　　須藤早苗
2. かあさん子のたからさがし　デンマークの昔話　「ものいうなべ」岩波書店　　沖野素子
3. うさぎの狩り　北米先住民の昔話
　　「オクスフォード世界の民話と伝説3 アメリカ編」講談社
　　お日さまをつかまえたウサギ より　　佐々梨代子
4. 金の鳥　グリム昔話　「一つ目二つ目三つ目」子ども文庫の会　　熊田富士江
5. 〈朗読〉風　宮口しづえ作　「ミノスケのスキー帽」小峰書店　　松岡享子

第121回　1983年11月29日

1. 金いろとさかのおんどり　ロシアの昔話
　　「おはなしのろうそく3」東京子ども図書館　　竹中淑子
2. 熊の皮を着た男　グリム昔話　「おはなしのろうそく7」東京子ども図書館　　佐々梨代子
3. 天福地福　日本の昔話　「おはなしのろうそく14」(近刊) 東京子ども図書館　　根岸貴子
4. ちゃっかりトディエと欲ばりリツェル　シンガー作
　　「まぬけなワルシャワ旅行」岩波書店　　宮秋智子

5. ふしぎなオルガン　レアンダー作　「ふしぎなオルガン」岩波書店　佐藤千代子

第122回　1983年12月20日
◆瀬田貞二さんを偲んで
1. きつねのたび　ハンガリーの昔話　「世界のむかし話」学習研究社　佐々梨代子
2. かじやセッポのよめもらい　フィンランドの昔話　「かぎのない箱」岩波書店　茨木啓子
3. だめといわれてひっこむな　プロイセン作
　　　「おはなしのろうそく9」東京子ども図書館　伊藤道子
4. ねむりひめ　グリム昔話　「ねむりひめ」福音館書店　竹中淑子
5. 七人さきのおやじさま　ノルウェーの昔話　「世界のむかし話」学習研究社　川瀬紀子
6. ねこのお客　エインワース作　秋葉恵子

第123回　1984年1月24日
1. ちびのふとっちょ　ノルウェーの昔話　「太陽の東月の西」岩波書店　竹中淑子
2. 山の上の火　エチオピアの昔話　「山の上の火」岩波書店　須藤早苗
3. キツネとオオカミ　ロシアの昔話　「まほうの馬」岩波書店　山口雅子
4. ねこのお客　エインワース作　槙枝聖子
5. 七わのからす　グリム昔話　「おいしいおかゆ」子ども文庫の会　菊池敬子
6. ブタ飼い　アンデルセン作　「おはなしのろうそく14」(近刊)東京子ども図書館　根岸貴子

第124回　1984年2月28日
1. すて子鳥　グリム昔話　「ホレおばさん」子ども文庫の会　後藤節子
2. 小犬を拾って仕合せになった爺さんの話　日本の昔話
　　　「黄金の馬」三弥井書店　木村則子
3. ものぐさジャック　イギリスの昔話
　　　「イギリスとアイルランドの昔話」福音館書店　竹中淑子
4. とめ吉のとまらぬしゃっくり　松岡享子作
　　　「くしゃみくしゃみ天のめぐみ」福音館書店　須藤早苗
5. 美しいワシリーサとババ・ヤガー　ロシアの昔話
　　　「おはなしのろうそく4」東京子ども図書館　佐々梨代子

第125回　1984年3月27日

1. 皇帝の玉座でうたをうたったオンドリ　ユーゴスラビアの昔話
　　　「三本の金の髪の毛」ほるぷ出版　　竹中淑子
2. 聴耳頭巾　日本の昔話　「日本昔話百選」三省堂　　奥村満智子
3. チム・ラビットとはさみ　アトリー作
　　　「チム・ラビットのぼうけん」童心社　　卜部千恵子
4. おやゆびたろう　グリム昔話　「おいしいおかゆ」子ども文庫の会　　根岸貴子
5. ウリボとっつぁん　イタリアの昔話　「ネコのしっぽ」ほるぷ出版　　佐々梨代子

第126回　1984年4月24日

1. チモとかしこいおひめさま　フィンランドの昔話
　　　「おはなしのろうそく14」東京子ども図書館　　西村米子
2. 金剛山(こんごうさん)のトラ　朝鮮の昔話　「ネギをうえた人」岩波書店　　根岸貴子
3. クリストフとベルベルとが、自分から望んで、ひっきりなしにゆきちがいに
　　なった話　レアンダー作　「ふしぎなオルガン」岩波書店　　竹中淑子
4. 牛方とやまんば　日本の昔話　「おはなしのろうそく8」東京子ども図書館　　藤木まゆみ
5. 不幸な星の下の娘　イタリアの昔話　「みどりの小鳥」岩波書店　　佐々梨代子

第127回　1984年5月22日

1. たにし長者　日本の昔話　「おはなしのろうそく7」東京子ども図書館　　根岸貴子
2. ねがいごとをかなえる木　ビセット作　「こんどまたものがたり」岩波書店　　中島信子
3. ラプンツェル　グリム昔話　「おはなしのろうそく5」東京子ども図書館　　石井恭子
4. セキレイはなぜしっぽをふる　ルーマニアの昔話
　　　「りこうなおきさき」岩波書店　　竹中淑子
5. 三本の金の髪の毛　チェコスロバキアの昔話
　　　「三本の金の髪の毛」ほるぷ出版　　佐々梨代子

第128回　1984年6月26日

1. おおかみと七ひきのこやぎ　グリム昔話　「おいしいおかゆ」子ども文庫の会　　須藤早苗
2. 絵姿女房　日本の昔話　「こぶとり爺さん・かちかち山」岩波書店　　児島満子
3. ジャックとマメの木　イギリスの昔話
　　　「イギリスとアイルランドの昔話」福音館書店　　竹中淑子

4. のっぺらぼう　日本の昔話　「こわいおばけ」ポプラ社　　篠塚尚子
5. サムとスーキー　アメリカの昔話　「アメリカ童話集」あかね書房　　根岸貴子
6. 雨の乙女　ド・モーガン作　「風の妖精たち」岩波書店　　佐々梨代子

第129回　1984年7月24日　於：中野サンプラザ
1. アリョーヌシカとイワーヌシカ　ロシアの昔話　「まほうの馬」岩波書店　　佐々梨代子
2. たぬきと山伏　日本の昔話　「わらしべ長者」岩波書店　　竹中淑子
3. うちの中のウシ　ワッツ作　「おはなしのろうそく5」東京子ども図書館　　横田素子
4. ちっちゃなゴキブリのべっぴんさん　イランの昔話
　　　「アジアの昔話5」福音館書店　　松岡享子
5. ユルマと海の神　フィンランドの昔話　「かぎのない箱」岩波書店　　須藤早苗
6. 海の赤んぼう　ファージョン作　「年とったばあやのお話かご」岩波書店　　根岸貴子

第130回　1984年9月25日
1. 三枚のお札　日本の昔話　「おはなしのろうそく5」東京子ども図書館　　竹中淑子
2. カタカタコウノトリの話　レアンダー作　「ふしぎなオルガン」岩波書店　　須藤早苗
3. ものしり博士　グリム昔話　「ホレおばさん」子ども文庫の会　　根岸貴子
4. 三つの金曜日　トルコの昔話　「天からふってきたお金」岩波書店　　本庄尚子
5. どろぼうの名人　アイルランドの昔話
　　　「イギリスとアイルランドの昔話」福音館書店　　平塚ミヨ

第131回　1984年10月23日
1. チモとかしこいおひめさま　フィンランドの昔話
　　　「おはなしのろうそく14」東京子ども図書館　　須藤早苗
2. 蛇婿入り　日本の昔話　「日本昔話百選」三省堂　　細谷みどり
3. おやゆびたろう　グリム昔話　「おいしいおかゆ」子ども文庫の会　　根岸貴子
4. クルミわりのケイト　イギリスの昔話
　　　「おはなしのろうそく10」東京子ども図書館　　佐々梨代子
5. 棟の木かざり　ファージョン作　「年とったばあやのお話かご」岩波書店　　藤井早苗

第132回　1984年11月27日
1. 小鳥になった美しい妹　ギリシアの昔話

「おはなしのろうそく7」東京子ども図書館　　佐々木淑恵
2. ムカデとモグラの婚約　朝鮮の昔話　「金剛山（クムカンサン）のトラたいじ」ほるぷ出版　　須藤早苗
3. 一つ目二つ目三つ目　グリム昔話　「一つ目二つ目三つ目」子ども文庫の会　　竹中淑子
4. 葉っぱの魔法　マーヒー作　「魔法使いのチョコレート・ケーキ」福音館書店　　浅木尚実
5. 主人と家来　アイルランドの昔話
　　「イギリスとアイルランドの昔話」福音館書店　　佐々梨代子

第133回　1984年12月18日
◆ 瀬田貞二さんを偲んで
1. ねずみのすもう　日本の昔話　「日本のむかし話」学習研究社　　秋葉恵子
2. 五本のゆびさん　ドイツの昔話　「世界のむかし話」学習研究社　　奥村満智子
3. かさじぞう　日本の昔話　「かさじぞう」福音館書店　　伊藤道子
4. どこでもないなんでもない　フィンランドの昔話
　　「かぎのない箱」岩波書店　　佐々梨代子
5. ねこの大王　イギリスの昔話　「世界のむかし話」学習研究社　　茨木啓子
6. 〈朗読〉パンパのラッパ　瀬田貞二作　「お父さんのラッパばなし」福音館書店　　根岸貴子

第134回　1985年1月29日　於：中野サンプラザ
◆ グリムの夕べ1
1. おおかみと七ひきのこやぎ　「おいしいおかゆ」子ども文庫の会　　須藤早苗
2. 三人の糸つむぎ女　「ホレおばさん」子ども文庫の会　　山本真基子
3. 熊の皮を着た男　「おはなしのろうそく7」東京子ども図書館　　佐々梨代子
4. ものしり博士　「ホレおばさん」子ども文庫の会　　根岸貴子
5. 六人男のし歩く　「一つ目二つ目三つ目」子ども文庫の会　　山口雅子
6. マリアの子ども　「子どもに聞かせるグリムの童話」実業之日本社　　佐藤千代子

第135回　1985年2月26日　於：中野サンプラザ
◆ グリムの夕べ2
1. 金のガチョウ　「ホレおばさん」子ども文庫の会　　竹中淑子
2. 赤ずきん　「おいしいおかゆ」子ども文庫の会　　山内素子
3. 金の鳥　「一つ目二つ目三つ目」子ども文庫の会　　佐々梨代子
4. 森の中の家　「ホレおばさん」子ども文庫の会　　岡村なおみ

5. かれい 「おいしいおかゆ」子ども文庫の会　平塚ミヨ
6. マレーン姫 「グリム童話集3」岩波書店　松岡享子

第136回　1985年3月26日

1. **犬と猫とうろこ玉** 日本の昔話　「おはなしのろうそく15」東京子ども図書館　根岸貴子
2. **赤鬼エティン** イギリスの昔話　「おはなしのろうそく15」東京子ども図書館　竹中淑子
3. **アリ・ムハメッドのお母さん** イランの昔話
　　「新編世界むかし話集7」社会思想社　竹原美弥子
4. **三枚の鳥の羽** グリム昔話　「おはなしのろうそく11」東京子ども図書館　岡村なおみ
5. **クッチャ クッチャ クーチャ** ロフティング作　松岡享子訳　松岡享子
6. **悪魔の生皮** フィンランドの昔話　「ソリア・モリア城」ほるぷ出版　佐々梨代子

第137回　1985年4月23日　於：中野サンプラザ

1. **三びきのクマの話** イギリスの昔話
　　「イギリスとアイルランドの昔話」福音館書店　松岡享子
2. **たにし長者** 日本の昔話　「おはなしのろうそく7」東京子ども図書館　根岸貴子
3. **赤ずきん** グリム昔話　「おいしいおかゆ」子ども文庫の会　竹中淑子
＊〈詩〉**うち知ってるねん** 島田陽子作　／　**はる** 畑中圭一作
　　「ほんまにほんま」サンリード　松岡享子
4. **こすずめのぼうけん** エインワース作
　　「おはなしのろうそく13」東京子ども図書館　岡村なおみ
5. **ヴァイノと白鳥ひめ** フィンランドの昔話
　　「おはなしのろうそく11」東京子ども図書館　佐々梨代子
6. **黄太郎青太郎** タイの昔話　「アジアの昔話4」福音館書店　山本真基子

第138回　1985年5月28日

1. **王さまとオンドリ** パキスタンの昔話　「アジアの昔話5」福音館書店　岡村なおみ
2. **ねずみじょうど** 日本の昔話　「おはなしのろうそく3」東京子ども図書館　竹中淑子
3. **心ぞうがからだの中にない巨人** ノルウェーの昔話
　　「子どもの文学——昔々の物語」グロリア インターナショナル　佐々梨代子
4. **小鳥になった美しい妹** ギリシアの昔話
　　「おはなしのろうそく7」東京子ども図書館　根岸貴子

* 〈詩〉「のはらうた」1・2より6編　くどうなおこ作
　　「のはらうた」1・2　童話屋　　佐々梨代子
5. 山賊の話　チャペック作　「長い長いお医者さんの話」岩波書店　　松岡享子

第139回　1985年6月25日

1. ものいうたまご　アメリカの昔話　「アメリカ童話集」あかね書房　　竹中淑子
2. ふるやのもり　日本の昔話　「おはなしのろうそく4」東京子ども図書館　　折原祥子
3. カオ兄弟の物語　ベトナムの昔話　「アジアの昔話1」福音館書店　　田部井利江
4. 岩じいさん　中国の昔話　「子どもに聞かせる世界の民話」実業之日本社　　根岸貴子
* 〈詩〉ぽつ、ぽつ、ぽつ、ぽつ、こさめがふっている　留饒民作
　　「ブリ・ブラ・ブル」明治図書　　松岡享子
5. ガチョウ番の娘　グリム昔話　「おはなしのろうそく3」東京子ども図書館　　佐々梨代子
6. 仕立やのイトチカさんが王さまになったはなし　ポーランドの昔話
　　「おはなしのろうそく6」東京子ども図書館　　松岡享子

第140回　1985年7月23日　於：中野サンプラザ

1. たぬきと山伏　日本の昔話　「わらしべ長者」岩波書店　　横田素子
2. ねこ先生と、とらのおでし　中国の昔話
　　「白いりゅう黒いりゅう」岩波書店　　岡村なおみ
3. ジャッカルとワニ　バングラデシュの昔話　「アジアの昔話4」福音館書店　　竹中淑子
4. 小石投げの名人タオ・カム　ラオスの昔話　「アジアの昔話1」福音館書店　　奥村満智子
5. かみなりこぞうがおっこちた　瀬田貞二作
　　「こどものとも」179号　福音館書店　　根岸貴子
6. 漁師の娘　フィリピンの昔話　「アジアの昔話2」福音館書店　　佐々梨代子

第141回　1985年9月24日

1. クルミわりのケイト　イギリスの昔話
　　「おはなしのろうそく10」東京子ども図書館　　岡村なおみ
2. カワムチと小さなしゃれこうべ　ケニアの昔話
　　「キバラカと魔法の馬」冨山房　　佐々梨代子
3. ものぐさジャック　イギリスの昔話
　　「イギリスとアイルランドの昔話」福音館書店　　竹中淑子

4. 錦のゆくえ　中国の昔話　「中国の民話101選1」平凡社　　根岸貴子
5. 風の神と子ども　日本の昔話　「おはなしのろうそく9」東京子ども図書館　　槙枝聖子
6. マレーン姫　グリム昔話　「グリム童話集」岩波書店　　松岡享子

第142回　1985年10月22日

1. 世界でいちばんきれいな声　ラ・フルール作
　　「おはなしのろうそく11」東京子ども図書館　　岡村なおみ
2. まほうの馬　ロシアの昔話　「まほうの馬」岩波書店　　佐々梨代子
3. ぬか福と米福　日本の昔話　「おはなしのろうそく13」東京子ども図書館　　廣井祐子
4. 犬になった王子　中国の昔話　「白いりゅう黒いりゅう」岩波書店　　松岡享子
5. ばかなこねずみ　マルシャーク作　「どうぶつのこどもたち」岩波書店　　根岸貴子
6. コショウ菓子の焼けないおきさきと口琴のひけない王さまの話　レアンダー作
　　「ふしぎなオルガン」岩波書店　　竹中淑子

第143回　1985年11月26日

1. 〈いますぐ〉さん、〈だんだん〉さん、〈これから〉さん　アメリカの昔話
　　「アメリカのむかし話」偕成社　　根岸貴子
2. カエルの王さま　グリム昔話　「一つ目二つ目三つ目」子ども文庫の会　　竹中淑子
3. 手なし娘　日本の昔話　「こぶとり爺さん・かちかち山」岩波書店　　鈴木英子
4. 茂吉のねこ　松谷みよ子作　「茂吉のねこ」偕成社　　菅沢清
5. 遊園地　マーヒー作　「魔法使いのチョコレート・ケーキ」福音館書店　　佐々梨代子

第144回　1985年12月24日

1. かさじぞう　日本の昔話　「かさじぞう」福音館書店　　秋葉恵子
2. 白いシカ　ジプシーの昔話　「太陽の木の枝」福音館書店　　湯沢朱実
3. こびととくつや　グリム昔話　「おいしいおかゆ」子ども文庫の会　　岡村なおみ
4. ふしぎなお客　イギリスの昔話　「イギリスとアイルランドの昔話」福音館書店　　竹中淑子
5. グロースターの仕たて屋　ポター作
　　「グロースターの仕たて屋」福音館書店　　佐々梨代子
6. 〈朗読〉十二人の異国人たち　バルトス＝ヘップナー作
　　「クリスマスの贈り物」新教出版社　　松岡享子

第145回　1986年1月28日

1. 三びきのクマの話　イギリスの昔話
   「イギリスとアイルランドの昔話」福音館書店　　松岡享子
2. 絵姿女房　日本の昔話　「こぶとり爺さん・かちかち山」岩波書店　　児島満子
3. 好きな人　アンデルセン作　「アンデルセン童話全集1」小学館　　根岸貴子
4. カナリア王子　イタリアの昔話　「みどりの小鳥」岩波書店　　本山徳子
5. まのいいりょうし　日本の昔話　「日本のむかし話」学習研究社　　松岡享子
6. ウリボとっつぁん　イタリアの昔話　「ネコのしっぽ」ほるぷ出版　　佐々梨代子

第146回　1986年2月25日

◆グリムの昔話特集

1. 森の中の家　「ホレおばさん」子ども文庫の会　　岡村なおみ
2. おやゆびたろう　「おいしいおかゆ」子ども文庫の会　　根岸貴子
3. 鳴いてはねるヒバリ　佐々梨代子試訳　　佐々梨代子
4. ものしり博士　「ホレおばさん」子ども文庫の会　　山本真基子
5. マレーン姫　「グリム童話集3」岩波書店　　松岡享子

第147回　1986年3月25日

1. おおかみと七ひきのこやぎ　グリム昔話
   「おおかみと七ひきのこやぎ」福音館書店　　石川道子
2. おむこさんの買いもの　朝鮮の昔話　「ネギをうえた人」岩波書店　　竹中淑子
3. かめのふえ　ブラジルのインディオの昔話　平田美恵子訳　　平田美恵子
4. うぐいすの里　日本の昔話　「日本昔話百選」三省堂　　芳賀明子
5. こすずめのぼうけん　エインワース作
   「おはなしのろうそく13」東京子ども図書館　　岡村なおみ
6. ようせいにさらわれた王子　イタリアの昔話
   「ネコのしっぽ」ほるぷ出版　　佐々梨代子

第148回　1986年4月22日

1. たにし長者　日本の昔話　「おはなしのろうそく7」東京子ども図書館　　根岸貴子
2. 狼おじさん　イタリアの昔話　「みどりの小鳥」岩波書店　　加藤節子
3. ジャックとマメの木　イギリスの昔話

「イギリスとアイルランドの昔話」福音館書店　　竹中淑子
4. チム・ラビットのうん　アトリー作　「チム・ラビットのぼうけん」童心社　　佐々梨代子
5. カメの遠足　イギリスの昔話　「新編世界むかし話集1」社会思想社　　岡村なおみ
6. ネズミ捕り屋の娘　ハウスマン作　松岡享子訳　松岡享子

第149回　1986年5月27日
1. 王さまとオンドリ　パキスタンの昔話　「アジアの昔話5」福音館書店　　岡村なおみ
2. 古屋のもり　日本の昔話　「日本昔話百選」三省堂　　竹中淑子
3. かわいいメンドリ　チェコスロバキアの昔話　「三本の金の髪の毛」ほるぷ出版　　小関知子
4. 三本の金の髪の毛　チェコスロバキアの昔話
　　「三本の金の髪の毛」ほるぷ出版　　佐々梨代子
5. ぼうしふりおどり　アフリカの昔話　「うたうカメレオン」ほるぷ出版　　根岸貴子

第150回　1986年6月24日　於：中野サンプラザ
1. カエルの王さま　グリム昔話　「一つ目二つ目三つ目」子ども文庫の会　　竹中淑子
2. くわずにょうぼう　日本の昔話　「くわずにょうぼう」福音館書店　　奥村満智子
3. ついてるね！ついてないね！　インドの昔話　「魔法のゆびわ」ほるぷ出版　　佐々梨代子
4. 牛飼いと織姫　中国の昔話
　　「中国のむかし話」偕成社・「中国の民話と伝説」太平出版社　より　　根岸貴子
5. ナシの木　エイキン作　「海の王国」岩波書店　　岡村なおみ

第151回　1986年7月22日
1. たぬきと山伏　日本の昔話　「わらしべ長者」岩波書店　　竹中淑子
2. やもめとガブス　インドネシアの昔話
　　「おはなしのろうそく12」東京子ども図書館　　佐々梨代子
3. かみなりこぞうがおっこちた　瀬田貞二作
　　「さてさて、きょうのおはなしは……日本のむかしばなし」福音館書店　　根岸貴子
4. 美しいおとめ　北米先住民の昔話
　　「オクスフォード世界の民話と伝説3　アメリカ編」講談社　　松岡享子

第152回　1986年9月30日
1. ふるやのもり　日本の昔話　「日本昔話百選」三省堂　　竹中淑子

2. りこうなおきさき　ルーマニアの昔話　「りこうなおきさき」岩波書店　　須藤早苗
3. きつねのたび　ハンガリーの昔話　「世界のむかし話」学習研究社　　佐々梨代子
4. おむこさんの買いもの　朝鮮の昔話　「ネギをうえた人」岩波書店　　岡村なおみ
5. 忠臣ヨハネス　グリム昔話　「いばら姫」岩波書店　　根岸貴子

第153回　1986年10月28日
1. 三枚のお札　日本の昔話　「おはなしのろうそく5」東京子ども図書館　　佐々梨代子
2. クルミわりのケイト　イギリスの昔話
　　「おはなしのろうそく10」東京子ども図書館　　岡村なおみ
3. ばかなこねずみ　マルシャーク作　「どうぶつのこどもたち」岩波書店　　根岸貴子
4. 金の不死鳥　フランス系カナダ人の昔話　「トンボソのおひめさま」岩波書店　　松岡享子

第154回　1986年11月25日
1. ねずみのすもう　日本の昔話　「日本のむかし話」学習研究社　　岡村なおみ
2. おどっておどってぼろぼろになったくつ　グリム昔話
　　「おはなしのろうそく13」東京子ども図書館　　須藤早苗
3. ちびのふとっちょ　ノルウェーの昔話　「太陽の東月の西」岩波書店　　竹中淑子
4. 黒いブッカと白いブッカ　コーンウォールの昔話
　　「新編世界むかし話集1」社会思想社　　尾松純子
5. いうことをきかないうなぎ　イタリアの小話
　　「おはなしのろうそく7」東京子ども図書館　　大竹麗子
6. 葉っぱの魔法　マーヒー作　「魔法使いのチョコレート・ケーキ」福音館書店　　佐々梨代子

第155回　1986年12月23日
1. こびととくつや　グリム昔話　「おいしいおかゆ」子ども文庫の会　　岡村なおみ
2. 〈わらべうた〉うちがいっけんあったとさ　(チェコ)
　　「かあさんねずみがおかゆをつくった」福音館書店　　竹中淑子
3. 鳴いてはねるヒバリ　グリム昔話　佐々梨代子訳　　佐々梨代子
4. ねこのお客　エインワース作　「幼い子の文学」中央公論社　　槙枝聖子
5. 〈朗読〉エドワーズさん、サンタクロースに出会う　ワイルダー作
　　「大草原の小さな家」福音館書店　　根岸貴子
6. 年こしのたき火　日本の昔話　「日本のむかし話」学習研究社　　松岡享子

第156回　1987年2月24日

1. 三枚の鳥の羽　グリム昔話　「おはなしのろうそく11」東京子ども図書館　　岡村なおみ
2. 岩じいさん　中国の昔話　「子どもに聞かせる世界の民話」実業之日本社　　根岸貴子
3. ものいうたまご　アメリカの昔話　「アメリカのむかし話」偕成社　　竹中淑子
4. なんげえはなしっこしかへがな　日本の昔話
　　　「なんげえはなしっこしかへがな」銀河社　　中村順子
5. 美しいワシリーサとババ・ヤガー　ロシアの昔話
　　　「おはなしのろうそく4」東京子ども図書館　　佐々梨代子

第157回　1987年3月24日

1. 花さかじい　日本の昔話　「日本のむかし話」学習研究社　　竹中淑子
2. おおかみと七ひきのこやぎ　グリム昔話
　　　「おいしいおかゆ」子ども文庫の会　　岡村なおみ
3. ねずみ浄土　日本の昔話　「日本昔話百選」三省堂　　平田和代
4. 五つのだんご　スリランカの昔話　「アジアの昔話6」福音館書店　　根岸貴子
5. アリとお医者さま　トペリウス作　「星のひとみ」岩波書店　　須藤早苗
6. 不幸な星の下の娘　イタリアの昔話　「みどりの小鳥」岩波書店　　佐々梨代子

第158回　1987年4月28日　於：中野サンプラザ

1. おおかみと七ひきのこやぎ　グリム昔話
　　　「おいしいおかゆ」子ども文庫の会　　岡村なおみ
2. 腰折れすずめ　日本の昔話　「おはなしのろうそく16」東京子ども図書館　　竹中淑子
3. アナンシの帽子ふりおどり　アフリカの昔話
　　　「おはなしのろうそく16」東京子ども図書館　　中村順子
4. ムカデとモグラの婚約　朝鮮の昔話　「金剛山(クムガンサン)のトラたいじ」ほるぷ出版　　須藤早苗
5. にげたにおうさん　日本の昔話　「ふしぎなたいこ」岩波書店　　根岸貴子
6. ネズミ捕り屋の娘　ハウスマン作　松岡享子訳　　松岡享子

第159回　1987年5月26日

1. たにし長者　日本の昔話　「おはなしのろうそく7」東京子ども図書館　　岡村なおみ
2. セキレイはなぜしっぽをふる　ルーマニアの昔話
　　　「りこうなおきさき」岩波書店　　竹中淑子

3. 七人さきのおやじさま　ノルウェーの昔話　「世界のむかし話」学習研究社　中村順子
4. 小鳥になった美しい妹　ギリシアの昔話
　　「おはなしのろうそく7」東京子ども図書館　秋葉恵子
5. ばかなこねずみ　マルシャーク作　「どうぶつのこどもたち」岩波書店　根岸貴子
6. 犬になった王子　中国の昔話　「白いりゅう黒いりゅう」岩波書店　松岡享子

第160回　1987年6月23日

1. 王さまとオンドリ　パキスタンの昔話　「アジアの昔話5」福音館書店　岡村なおみ
2. ネギをうえた人　朝鮮の昔話　「ネギをうえた人」岩波書店　中村順子
3. うたうカメレオン　アフリカの昔話　「うたうカメレオン」ほるぷ出版　川瀬紀子
4. ねずみじょうど　日本の昔話　「おはなしのろうそく3」東京子ども図書館　竹中淑子
5. ものしり博士　グリム昔話　「ホレおばさん」子ども文庫の会　根岸貴子
6. 海の王国　エイキン作　「海の王国」岩波書店　佐々梨代子

第161回　1987年7月28日　於：中野サンプラザ

1. 長ぐつをはいたねこ　ペロー昔話　「おはなしのろうそく5」東京子ども図書館　竹中淑子
2. 穴だらけの町ラゴス　メキシコの昔話　「ふしぎなサンダル」ほるぷ出版　岡村なおみ
3. 青いあかり　グリム昔話　「一つ目二つ目三つ目」子ども文庫の会　根岸貴子
4. 言いまかされたタヌキ　日本の昔話　「富士北麓昔話集」山梨民俗の会　中村順子
5. 三つの金のオレンジ　スペインの昔話　「ネコのしっぽ」ほるぷ出版　佐々梨代子
6. なまくらトック　ボルネオの昔話　「おはなしのろうそく3」東京子ども図書館　松岡享子

第162回　1987年9月22日

1. すて子鳥　グリム昔話　「ホレおばさん」子ども文庫の会　須藤早苗
2. ひなどりとネコ　ビルマの昔話　「子どもに聞かせる世界の民話」実業之日本社　根岸貴子
3. アリョーヌシカとイワーヌシカ　ロシアの昔話　「まほうの馬」岩波書店　佐々梨代子
4. とんかちおやじ、家を修理する　マレーシアの昔話
　　「アジアの笑いばなし」東京書籍　竹中淑子
5. なら梨とり　日本の昔話　「日本昔話百選」三省堂　岡村なおみ
6. カタカタコウノトリの話　レアンダー作　「ふしぎなオルガン」岩波書店　小林千鶴子
7. 〈朗読〉どんぐりと山猫　宮沢賢治作　「注文の多い料理店」（復刻版）光原社　中村順子

第163回　1987年10月27日

1. ふしぎなたいこ　日本の昔話　「ふしぎなたいこ」岩波書店　　中村順子
2. クルミわりのケイト　イギリスの昔話
　　「おはなしのろうそく10」東京子ども図書館　　岡村なおみ
3. わらとせきたんとそらまめ　グリム昔話　「おいしいおかゆ」子ども文庫の会　竹中淑子
4. 遊園地　マーヒー作　「魔法使いのチョコレート・ケーキ」福音館書店　佐々梨代子
5. 〈詩〉みんなのこもりうた　アルベルチ作　「みんなのこもりうた」福音館書店　根岸貴子
6. 番ネズミヤカちゃん　ウィルバー作　Loudmouse より　松岡享子訳　松岡享子

第164回　1987年11月24日

1. チモとかしこいおひめさま　フィンランドの昔話
　　「おはなしのろうそく14」東京子ども図書館　　須藤早苗
2. 山のグートブラント　スイスの昔話　「山のグートブラント」ぎょうせい　山本真基子
3. ねずみじょうど　日本の昔話　「おはなしのろうそく3」東京子ども図書館　竹中淑子
4. なんげえはなしっこしかへがな　日本の昔話
　　「なんげえはなしっこしかへがな」銀河社　　中村順子
5. 忠臣ヨハネス　グリム昔話　「グリム童話集1」岩波書店　根岸貴子

第165回　1987年12月22日

1. 地蔵じょうど　日本の昔話　「雪の夜に語りつぐ」福音館書店　佐々梨代子
2. だめといわれてひっこむな　プロイセン作
　　「おはなしのろうそく9」東京子ども図書館　　須藤早苗
3. ものしり博士　グリム昔話　「ホレおばさん」子ども文庫の会　根岸貴子
4. 〈詩〉これはのみのぴこ　谷川俊太郎作　「これはのみのぴこ」サンリード　岡村なおみ
5. 大男フィン・マカウル　アイルランドの昔話
　　「イギリスとアイルランドの昔話」福音館書店　　竹中淑子
6. 〈朗読〉聖なる夜　ラーゲルレーヴ作　「キリスト伝説集」岩波書店　松岡享子

第166回　1988年1月26日

1. 長ぐつをはいたねこ　ペロー昔話　「おはなしのろうそく5」東京子ども図書館　竹中淑子
2. ねこ先生と、とらのおでし　中国の昔話
　　「白いりゅう黒いりゅう」岩波書店　　岡村なおみ

3. かちかち山　日本の昔話　「おはなしのろうそく10」東京子ども図書館　冨田留美子
4. ツェねずみ　宮沢賢治作　「銀河鉄道の夜」岩波書店　松岡享子
5. おししのくびはなぜあかい　日本の昔話
　　　「おそばのくきはなぜあかい」岩波書店　　根岸貴子
6. 森のなかの三人のこびと　グリム昔話
　　　「おはなしのろうそく14」東京子ども図書館　　佐々梨代子

第167回　1988年2月23日

1. ねずみのすもう　日本の昔話　「日本のむかし話」学習研究社　　岡村なおみ
2. イボンとフィネット　フランスの昔話
　　　「子どもに聞かせる世界の民話」実業之日本社　　槙枝聖子
3. サムとスーキー　アメリカの昔話　「アメリカのむかし話」偕成社　　根岸貴子
4. ねこの王さま　イギリスの昔話　「ジャックと豆のつる」岩波書店　　中村順子
5. おそばのくきはなぜあかい　日本の昔話
　　　「おそばのくきはなぜあかい」岩波書店　　竹中淑子
6. 美しいワシリーサとババ・ヤガー　ロシアの昔話
　　　「おはなしのろうそく4」東京子ども図書館　　松岡享子

第168回　1988年3月22日

1. 三びきのクマの話　イギリスの昔話
　　　「イギリスとアイルランドの昔話」福音館書店　　松岡享子
2. たにし長者　日本の昔話　「おはなしのろうそく7」東京子ども図書館　　根岸貴子
3. ようせいにさらわれた王子　イタリアの昔話　「ネコのしっぽ」ほるぷ出版　　佐々梨代子
◆ 宮澤賢治作品朗読の夕
　〈朗読〉どんぐりと山猫／永訣の朝／松の針／無声慟哭　ほか　　谷口秀子

第169回　1988年4月26日

1. カエルの王さま　グリム昔話　「一つ目二つ目三つ目」子ども文庫の会　　竹中淑子
2. こすずめのぼうけん　エインワース作　「こすずめのぼうけん」福音館書店　　岡村なおみ
3. チム・ラビットとはさみ　アトリー作　「チム・ラビットのぼうけん」童心社　　須藤早苗
4. 聴耳頭巾　日本の昔話　「日本昔話百選」三省堂　　中村順子
5. 姉いもと　イギリスの昔話　「イギリスとアイルランドの昔話」福音館書店　　佐々梨代子

6. 結婚したウサギ　ノルウェーの昔話　「太陽の東月の西」岩波書店　　根岸貴子
7. ちっちゃなゴキブリのべっぴんさん　イランの昔話
　　　「アジアの昔話 5」福音館書店　　松岡享子

第170回　1988年5月24日

1. キツツキのくちばしはなぜ長い　ルーマニアの昔話
　　　「りこうなおきさき」岩波書店　　須藤早苗
2. 一つ目、二つ目、三つ目　グリム昔話　「鉄のハンス」岩波書店　　松岡享子
3. 鳥呑爺　日本の昔話　「日本昔話百選」三省堂　　根岸貴子
4. 小鳥になった美しい妹　ギリシアの昔話
　　　「おはなしのろうそく7」東京子ども図書館　　岡村なおみ
5. チイチイネズミとチュウチュウネズミ　イギリスの昔話
　　　「イギリスとアイルランドの昔話」福音館書店　　竹中淑子
6. チム・ラビットのうん　アトリー作
　　　「チム・ラビットのぼうけん」童心社　　佐々梨代子

第171回　1988年6月28日

1. ふるやのもり　日本の昔話　「日本昔話百選」三省堂　　竹中淑子
2. ルンペルシュティルツヘン　グリム昔話
　　　「おはなしのろうそく12」東京子ども図書館　　須藤早苗
3. ナシの木　エイキン作　「海の王国」岩波書店　　岡村なおみ
4. 岩じいさん　中国の昔話　「子どもに聞かせる世界の民話」実業之日本社　　根岸貴子
5. かしこいモリー　イギリスの昔話　「おはなしのろうそく1」東京子ども図書館　　中村順子
6. ムギと王さま　ファージョン作　「ムギと王さま」岩波書店　　佐々梨代子

第172回　1988年7月19日　於：中野サンプラザ

1. 世界でいちばんきれいな声　ラ・フルール作
　　　「おはなしのろうそく11」東京子ども図書館　　中村順子
2. シルベスターとまほうの小石　W. Steig 作　*Sylvester and the magic pebble*　　根岸貴子
3. アリョーヌシカとイワーヌシカ　ロシアの昔話　「まほうの馬」岩波書店　　佐々梨代子
4. ボタンインコ　ファージョン作　「ムギと王さま」岩波書店　　須藤早苗
5. 金の不死鳥　フランス系カナダ人の昔話　「トンボソのおひめさま」岩波書店　　松岡享子

第173回　1988年9月27日

1. なら梨とり　日本の昔話　「日本昔話百選」三省堂　　岡村なおみ
2. 三人ばか　イギリスの昔話　「おはなしのろうそく4」東京子ども図書館　松岡享子
3. 鳴いてはねるヒバリ　グリム昔話
　　「おはなしのろうそく16」東京子ども図書館　　佐々梨代子
4. 金のつなのつるべ　朝鮮の昔話　「ネギをうえた人」岩波書店　　須藤早苗
5. ミドリノハリ　マーヒー作　「魔法使いのチョコレート・ケーキ」福音館書店　竹原美弥子

第174回　1988年10月25日

1. 腹のなかの小鳥の話　アイヌの昔話　「アイヌ童話集」講談社　　松岡享子
2. ものいうなべ　デンマークの昔話　「ものいうなべ」岩波書店　　中村順子
3. こすずめのぼうけん　エインワース作　「こすずめのぼうけん」福音館書店　　岡村なおみ
4. 錦のゆくえ　中国の昔話　「中国の民話101選1」平凡社　　根岸貴子
5. グリーシ　アイルランドの昔話　「イギリスとアイルランドの昔話」福音館書店　　佐々梨代子

第175回　1988年11月22日

1. クルミわりのケイト　イギリスの昔話
　　「おはなしのろうそく10」東京子ども図書館　　岡村なおみ
2. かにむかし　日本の昔話　「かにむかし」岩波書店　　根岸貴子
3. ならずもの　グリム昔話　佐々梨代子試訳　　佐々梨代子
4. りこうなおきさき　ルーマニアの昔話　「りこうなおきさき」岩波書店　　須藤早苗
5. ロバの耳はなぜ長い　イタリアの昔話　「ネコのしっぽ」ほるぷ出版　　中村順子
6. ジャックとマメの木　イギリスの昔話
　　「イギリスとアイルランドの昔話」福音館書店　　竹中淑子

第176回　1988年12月20日

1. かさじぞう　日本の昔話　「かさじぞう」福音館書店　　竹中淑子
2. だめといわれてひっこむな　プロイセン作
　　「おはなしのろうそく9」東京子ども図書館　　須藤早苗
3. ゆきんこ　ロシアの昔話　「ストーリーテリングについて」子ども文庫の会　　松岡享子
4. こびととくつや　グリム昔話　「おいしいおかゆ」子ども文庫の会　　岡村なおみ
5. なつかしいクリスマスのうた　クレンニエミ作

「サンタと小人の国のお話集」偕成社　年おいたクリスマスの歌 より　　　中村順子
6. **グロースターの仕たて屋**　ポター作
「グロースターの仕たて屋」福音館書店　　佐々梨代子

第177回　1989年1月24日

1. **犬と猫とうろこ玉**　日本の昔話　「おはなしのろうそく15」東京子ども図書館　　中村順子
2. **おししのくびはなぜあかい**　日本の昔話
「おそばのくきはなぜあかい」岩波書店　　根岸貴子
3. **森のなかの三人のこびと**　グリム昔話
「おはなしのろうそく14」東京子ども図書館　　佐々梨代子
4. **ねこのお客**　エインワース作　「幼い子の文学」中央公論社　　槇枝聖子
5. 〈詩〉**へびのあかちゃん**　ほか
「てんとうむし」阪田寛夫作・「のはらうた1」くどうなおこ作　童話屋　　岡原なおみ
6. **ノロウェイの黒ウシ**　イギリスの昔話
「イギリスとアイルランドの昔話」福音館書店　　竹中淑子

第178回　1989年2月28日

1. **おそばのくきはなぜあかい**　日本の昔話
「おそばのくきはなぜあかい」岩波書店　　須藤早苗
2. **森の中の家**　グリム昔話　「ホレおばさん」子ども文庫の会　　岡原なおみ
3. **おいしいおかゆ**　グリム昔話　「おいしいおかゆ」子ども文庫の会　　竹中淑子
4. **王子の夢**　セルビアの昔話　「おはなしのろうそく17」東京子ども図書館　　佐々梨代子
5. 〈詩〉**みんなのこもりうた**　アルベルチ作　「みんなのこもりうた」福音館書店　　中村順子
6. **番ネズミヤカちゃん**　ウィルバー作　*Loudmouse* より　松岡享子訳　　松岡享子

第179回　1989年3月28日

1. **きつねのたび**　ハンガリーの昔話　「世界のむかし話」学習研究社　　佐々梨代子
2. **かにむかし**　日本の昔話　「わらしべ長者」岩波書店　　池田信子
3. **ちびのふとっちょ**　ノルウェーの昔話　「太陽の東月の西」岩波書店　　竹中淑子
4. **カメの遠足**　イングランドの昔話　「新編世界むかし話集1」社会思想社　　須藤早苗
5. **ウグイス**　アンデルセン作　　松岡享子

第180回　1989年4月25日

1. 腹のなかの小鳥の話　アイヌの昔話　「アイヌ童話集」講談社　　松岡享子
2. 王さまとオンドリ　パキスタンの昔話　「アジアの昔話5」福音館書店　　岡原なおみ
3. カタカタコウノトリの話　レアンダー作　「ふしぎなオルガン」岩波書店　　須藤早苗
4. おやゆびたろう　グリム昔話　「おいしいおかゆ」子ども文庫の会　　根岸貴子
5. 世界でいちばんきれいな声　ラ・フルール作
　　　「おはなしのろうそく11」東京子ども図書館　　中村順子
6. 三つの金のオレンジ　スペインの昔話　「ネコのしっぽ」ほるぷ出版　　佐々梨代子

第181回　1989年5月23日　於：中野サンプラザ

1. ウズラとキツネと犬　ルーマニアの昔話　「りこうなおきさき」岩波書店　　須藤早苗
2. たにし長者　日本の昔話　「おはなしのろうそく7」東京子ども図書館　　岡原なおみ
3. 七人さきのおやじさま　ノルウェーの昔話　「世界のむかし話」学習研究社　　中村順子
4. 小鳥になった美しい妹　ギリシアの昔話
　　　「おはなしのろうそく7」東京子ども図書館　　根岸貴子
5. クリストフとベルベルとが、自分から望んで、ひっきりなしにゆきちがいに
　　　なった話　レアンダー作　「ふしぎなオルガン」岩波書店　　竹中淑子
6. おどっておどってぼろぼろになったくつ　グリム昔話
　　　「おはなしのろうそく13」東京子ども図書館　　佐々梨代子
7. 〈グループあそび〉ライオン狩り　「おはなしのろうそく17」東京子ども図書館　　松岡享子

第182回　1989年6月27日

1. ねずみのすもう　日本の昔話　「日本のむかし話」学習研究社　　岡原なおみ
2. ものいうたまご　アメリカの昔話　「アメリカのむかし話」偕成社　　竹中淑子
3. ブタ追いとモモ　中国の昔話　「銀のかんざし」ほるぷ出版　　佐々梨代子
4. なまくらトック　ボルネオの昔話　「おはなしのろうそく3」東京子ども図書館　　松岡享子
5. 〈詩〉みんなのこもりうた　アルベルチ作　「みんなのこもりうた」福音館書店　　中村順子
6. つくりものの天国　シンガー作　「やぎと少年」岩波書店　　重岡令子

第183回　1989年7月19日　於：中野サンプラザ

1. おおかみと七ひきのこやぎ　グリム昔話
　　　「おいしいおかゆ」子ども文庫の会　　岡原なおみ

2. ずんべえ桃　日本の昔話　「雪の夜に語りつぐ」福音館書店　　秋葉恵子
3. 歌うふくろ　スペインの昔話　「おはなしのろうそく6」東京子ども図書館　　竹中淑子
4. カラスだんなとイガイ　アラスカのエスキモーの昔話
　　「カラスだんなのおよめとり」岩波書店　　須藤早苗
5. 魔法の馬　ロシアの昔話　「ロシアの昔話」福音館書店　　佐々梨代子
6. ちっちゃなゴキブリのべっぴんさん　イランの昔話
　　「アジアの昔話5」福音館書店　　松岡享子

第184回　1989年9月26日

1. なら梨とり　日本の昔話　「おはなしのろうそく6」東京子ども図書館　　根岸貴子
2. 小犬を拾って仕合せになった爺さんの話　日本の昔話
　　「黄金(こがね)の馬」三弥井書店　　中村順子
3. 見るなのお蔵　日本の昔話　「羽前小国昔話集 山形」岩崎美術社
　　新堀の川狐　日本の昔話　「新庄のむかしばなし」新庄市教育委員会　　井上幸弘
4. やもめとガブス　インドネシアの昔話
　　「おはなしのろうそく12」東京子ども図書館　　佐々梨代子
5. ブキ、コーキーオコーを踊る　ハイチの昔話
　　「魔法のオレンジの木」岩波書店　　川村潤子

第185回　1989年10月24日

1. 地蔵じょうど　日本の昔話　「雪の夜に語りつぐ」福音館書店　　佐々梨代子
2. 腹のなかの小鳥の話　アイヌの昔話　「アイヌ童話集」講談社　　松岡享子
3. とめ吉のとまらぬしゃっくり　松岡享子作
　　「くしゃみくしゃみ天のめぐみ」福音館書店　　須藤早苗
4. クルミわりのケイト　イギリスの昔話
　　「おはなしのろうそく10」東京子ども図書館　　岡原なおみ
5. 幽霊をさがす　マーヒー作　「魔法使いのチョコレート・ケーキ」福音館書店　　根岸貴子
6. ひねくれもののエイトジョン　アメリカの昔話
　　「アメリカのむかし話」偕成社　　竹中淑子

第186回　1989年11月28日

1. 水晶のおんどり　イタリアの昔話　「みどりの小鳥」岩波書店　　中村順子

2. 鶴おかた　日本の昔話　「羽前小国昔話集 山形」岩崎美術社　　小林恵子
3. 羊飼いの花たば　チェコスロバキアの昔話　「三本の金の髪の毛」ほるぷ出版　小林いづみ
4. つるとあおさぎ　ロシアの昔話　「ロシアの昔話」福音館書店　　岡原なおみ
5. ふるやのもり　日本の昔話　「日本昔話百選」三省堂　　竹中淑子
6. ならずもの　グリム昔話　「おはなしのろうそく17」東京子ども図書館　　佐々梨代子
7. 〈いますぐ〉さん、〈だんだん〉さん、〈これから〉さん　アメリカの昔話
　　　「アメリカのむかし話」偕成社　　根岸貴子

第187回　1989年12月19日

1. 笠地蔵　日本の昔話　「せんとくの金」山形とんと昔の会　　小林恵子
2. ロバの耳はなぜ長い　イタリアの昔話　「ネコのしっぽ」ほるぷ出版　　中村順子
3. 星のひとみ　トペリウス作　「星のひとみ」岩波書店　　根岸貴子
4. だめといわれてひっこむな　プロイセン作
　　　「おはなしのろうそく9」東京子ども図書館　　須藤早苗
5. 星の銀貨　グリム昔話　「グリム童話集」あかね書房　　竹中淑子
6.〈朗読〉クリスマス・ローズの伝説　ラーゲルレーヴ作
　　　「クリスマス物語集」偕成社　　松岡享子

第188回　1990年1月23日

1. おそばのくきはなぜあかい　日本の昔話
　　　「おそばのくきはなぜあかい」岩波書店　　須藤早苗
2. こねこのチョコレート　ウィルソン作
　　　Time for a story より　小林いづみ訳　　小林いづみ
3. 主人と家来　アイルランドの昔話
　　　「イギリスとアイルランドの昔話」福音館書店　　佐々梨代子
4. つるとあおさぎ　ロシアの昔話　「ロシアの昔話」福音館書店　　岡原なおみ
5. 番ネズミヤカちゃん　ウィルバー作　*Loudmouse* より　松岡享子訳　　松岡享子

第189回　1990年2月27日

1. ネギをうえた人　朝鮮の昔話　「ネギをうえた人」岩波書店　　中村順子
2. にげたにおうさん　日本の昔話　「ふしぎなたいこ」岩波書店　　根岸貴子
3. むねあかどり　ラーゲルレーヴ作　「キリスト伝説集」岩波書店　　須藤早苗

4. 世界でいちばんきれいな声　ラ・フルール作
　　「おはなしのろうそく11」東京子ども図書館　　小林いづみ
5. 空の星　イギリスの昔話　「イギリスとアイルランドの昔話」福音館書店　　竹中淑子
6. 池の中の水の精　グリム昔話　「グリムの昔話3」福音館書店　　松岡享子

第190回　1990年3月27日

1. ねずみのすもう　日本の昔話　「日本のむかし話」学習研究社　　岡原なおみ
2. 小犬を拾って仕合せになった爺さんの話　日本の昔話
　　「黄金(こがね)の馬」三弥井書店　　中村順子
3. いぬとにわとり　石井桃子作　「いぬとにわとり」福音館書店　　竹中淑子
4. ねこっ皮　イギリスの昔話　「おはなしのろうそく17」東京子ども図書館　　山口雅子
5. ヤング・ケート　ファージョン作　「ムギと王さま」岩波書店　　須藤早苗
6. 鳴いてはねるヒバリ　グリム昔話
　　「おはなしのろうそく16」東京子ども図書館　　佐々梨代子

第191回　1990年4月24日

1. カメの遠足　イギリスの昔話　「新編世界むかし話集1」社会思想社　　岡原なおみ
2. ラプンツェル　グリム昔話　「おはなしのろうそく5」東京子ども図書館　　小林いづみ
3. 小さなグッディおばさん　エインワース作　松岡享子訳　　松岡享子
4. 腰折れすずめ　日本の昔話　「おはなしのろうそく16」東京子ども図書館　　竹中淑子
5. うちの中のウシ　ワッツ作　「おはなしのろうそく5」東京子ども図書館　　根岸貴子
6. 三本の金の髪の毛　チェコスロバキアの昔話
　　「三本の金の髪の毛」ほるぷ出版　　佐々梨代子

第192回　1990年5月22日

1. 聴耳頭巾　日本の昔話　「日本昔話百選」三省堂　　中村順子
2. カエルの王さま　グリム昔話　「一つ目二つ目三つ目」子ども文庫の会　　竹中淑子
3. 五つのパン　ルーマニアの昔話　「三本の金の髪の毛」ほるぷ出版　　湯沢朱実
4. チム・ラビットのうん　アトリー作　「チム・ラビットのぼうけん」童心社　　佐々梨代子
5. 小鳥になった美しい妹　ギリシアの昔話
　　「おはなしのろうそく7」東京子ども図書館　　岡原なおみ
6. 金ワシ　ファージョン作　「年とったばあやのお話かご」岩波書店　　根岸貴子

第193回　1990年6月26日

1. りこうなおきさき　ルーマニアの昔話　「りこうなおきさき」岩波書店　　須藤早苗
2. バワン＝プティとバワン＝メラ　インドネシアの昔話
　　　「インドネシアのむかし話」偕成社　　中村順子
3. チム・ラビットのあまがさ　アトリー作
　　　「チム・ラビットのぼうけん」童心社　　小林いづみ
4. ねずみじょうど　日本の昔話　「おはなしのろうそく3」東京子ども図書館　　竹中淑子
5. ホットケーキ　ノルウェーの昔話　松岡享子訳　　松岡享子
6. ばかなこねずみ　マルシャーク作　「どうぶつのこどもたち」岩波書店　　根岸貴子
7. ガチョウ番の娘　グリム昔話　「おはなしのろうそく3」東京子ども図書館　　佐々梨代子

第194回　1990年7月31日　於：中野サンプラザ

1. 金のつなのつるべ　朝鮮の昔話　「ネギをうえた人」岩波書店　　須藤早苗
2. バワン＝プティとバワン＝メラ　インドネシアの昔話
　　　「インドネシアのむかし話」偕成社　　中村順子
3. 穴だらけの町ラゴス　メキシコの昔話
　　　「世界むかし話 中南米」ほるぷ出版　　岡原なおみ
4. 歌うふくろ　スペインの昔話　「おはなしのろうそく6」東京子ども図書館　　竹中淑子
5. なまくらトック　ボルネオの昔話　「おはなしのろうそく3」東京子ども図書館　　松岡享子
6. 鳴いてはねるヒバリ　グリム昔話
　　　「おはなしのろうそく16」東京子ども図書館　　佐々梨代子

第195回　1990年9月25日

1. なら梨とり　日本の昔話　「おはなしのろうそく6」東京子ども図書館　　根岸貴子
2. パン屋のネコ　エイキン作　「しずくの首飾り」岩波書店　　奥村満智子
3. 大うそつき　ベトナムの昔話　「アジアの昔話3」福音館書店　　松岡享子
4. ふしぎなオルガン　レアンダー作　「ふしぎなオルガン」岩波書店　　加藤節子
5. 瓜こひめこ　日本の昔話　「おはなしのろうそく12」東京子ども図書館　　小林いづみ
6. 金の鳥　グリム昔話　「一つ目二つ目三つ目」子ども文庫の会　　佐々梨代子

第196回　1990年10月23日

1. 風の神と子ども　日本の昔話　「おはなしのろうそく9」東京子ども図書館　　佐々梨代子

2. 一つ目二つ目三つ目　グリム昔話　「一つ目二つ目三つ目」子ども文庫の会　　竹中淑子
3. アリョーヌシカとイワーヌシカ　ロシアの昔話　「まほうの馬」岩波書店　　岡原なおみ
4. 〈いますぐ〉さん、〈だんだん〉さん、〈これから〉さん　アメリカの昔話
　　「アメリカのむかし話」偕成社　　根岸貴子
5. 魔法のユビワ　レアンダー作　「ふしぎなオルガン」岩波書店　　中村順子

第197回　1990年11月27日
1. おおかみと七ひきの子やぎ　グリム昔話
　　「子どもに語るグリムの昔話1」こぐま社　　岡原なおみ
2. かにむかし　日本の昔話　「かにむかし」岩波書店　　根岸貴子
3. おどっておどってぼろぼろになったくつ　グリム昔話
　　「子どもに語るグリムの昔話1」こぐま社　　須藤早苗
4. ランパンパン　インドの昔話　「ランパンパン」評論社　　槙枝聖子
5. ひなどりとネコ　ビルマの昔話
　　「子どもに聞かせる世界の民話」実業之日本社　　小林いづみ
6. 十二人兄弟　グリム昔話　佐々梨代子試訳　　佐々梨代子

第198回　1990年12月18日
1. かさじぞう　日本の昔話　「かさじぞう」福音館書店　　山本真基子
2. ホレおばさん　グリム昔話　「子どもに語るグリムの昔話1」こぐま社　　加藤節子
3. 元気な仕立て屋　アイルランドの昔話
　　「イギリスとアイルランドの昔話」福音館書店　　竹中淑子
4. なつかしいクリスマスのうた　クレンニエミ作
　　「サンタと小人の国のお話集」偕成社　年おいたクリスマスの歌 より　　中村順子
5. グロースターの仕たて屋　ポター作
　　「グロースターの仕たて屋」福音館書店　　佐々梨代子

第199回　1991年1月22日
◆「おはなしのろうそく18」出版記念
1. ねずみのすもう　日本の昔話　　岡原なおみ
2. オオカミと七ひきの子ヤギ　グリム昔話　　須藤早苗
3. ホットケーキ　ノルウェーの昔話　　根岸貴子

4. ゆきんこ　ロシアの昔話　「ストーリーテリングについて」子ども文庫の会　　小林いづみ
5. 〈わらべうた〉雀、雀、（東京）ほか　　中村順子
6. 番ねずみのヤカちゃん　ウィルバー作　　松岡享子

第200回　1991年2月26日　於：中野サンプラザ

1. おそばのくきはなぜあかい　日本の昔話
　　「おそばのくきはなぜあかい」岩波書店　　須藤早苗
2. 五つのだんご　スリランカの昔話　「アジアの昔話6」福音館書店　　根岸貴子
3. 狼おじさん　イタリアの昔話　「みどりの小鳥」岩波書店　　加藤節子
4. こねこのチョコレート　ウィルソン作
　　Time for a story より　小林いづみ訳　　小林いづみ
5. 小鳥になった美しい妹　ギリシアの昔話
　　「おはなしのろうそく7」東京子ども図書館　　岡原なおみ
6. 世界でいちばん強いもの　コーカサスの昔話　　中村順子
7. ちびのふとっちょ　ノルウェーの昔話　「太陽の東月の西」岩波書店　　竹中淑子
8. ならずもの　グリム昔話
　　「おはなしのろうそく17」東京子ども図書館・「子どもに語るグリムの昔話1」こぐま社
　　　　　　　　　　　　　　　　　　　　　　　　　　　　　　　　　　佐々梨代子
9. ゴールデンヘアー　コルシカ島の昔話　松岡享子訳　　松岡享子

第201回　1991年3月26日

1. キツツキのくちばしはなぜ長い　ルーマニアの昔話
　　「りこうなおきさき」岩波書店　　須藤早苗
2. しようがないヤギ　ドイツの昔話　「黒いお姫さま」福音館書店　　中村順子
3. サムとスーキー　アメリカの昔話　「アメリカのむかし話」偕成社　　根岸貴子
4. チイチイネズミとチュウチュウネズミ　イギリスの昔話
　　「イギリスとアイルランドの昔話」福音館書店　　竹中淑子
5. 三人ばか　イギリスの昔話　「おはなしのろうそく4」東京子ども図書館　　松岡享子

6. 悪魔の生皮　フィンランドの昔話　「世界むかし話 北欧」ほるぷ出版　佐々梨代子

第202回　1991年4月23日

1. たにし長者　日本の昔話　「おはなしのろうそく7」東京子ども図書館　岡原なおみ
2. 雌牛のブーコラ　アイスランドの昔話　「新編世界むかし話集3」社会思想社　松岡享子
3. かえるの王さま　グリム昔話　「子どもに語るグリムの昔話2」こぐま社　竹中淑子
4. あわれな粉やの若者とねこ　グリム昔話
   「子どもに語るグリムの昔話2」こぐま社　中村順子
5. ねことねずみのともぐらし　グリム昔話
   「子どもに語るグリムの昔話2」こぐま社　小林いづみ
6. ようせいにさらわれた王子　イタリアの昔話　「ネコのしっぽ」ほるぷ出版　佐々梨代子

第203回　1991年5月28日

1. 王さまとオンドリ　パキスタンの昔話　「アジアの昔話5」福音館書店　岡原なおみ
2. ふるやのもり　日本の昔話　「日本昔話百選」三省堂　竹中淑子
3. 小さなこげた顔　アメリカの昔話　「アメリカのむかし話」偕成社　小林いづみ
4. チム・ラビットとはさみ　アトリー作　「チム・ラビットのぼうけん」童心社　加藤節子
5. ホットケーキ　ノルウェーの昔話　「おはなしのろうそく18」東京子ども図書館　松岡享子
6. ガチョウ番の娘　グリム昔話　「おはなしのろうそく3」東京子ども図書館　佐々梨代子

第204回　1991年6月25日

1. 聴耳頭巾　日本の昔話　「日本昔話百選」三省堂　中村順子
2. ルンペルシュティルツヘン　グリム昔話
   「おはなしのろうそく12」東京子ども図書館　牧節子
3. 仕立やのイトチカさんが王さまになったはなし　ポーランドの昔話
   「おはなしのろうそく6」東京子ども図書館　松岡享子
4. ねこ先生と、とらのおでし　中国の昔話　「白いりゅう黒いりゅう」岩波書店　中田正子
5. ムギと王さま　ファージョン作　「ムギと王さま」岩波書店　佐々梨代子

第205回　1991年7月30日　於：中野サンプラザ

1. マメ子と魔物　イランの昔話　「子どもに聞かせる世界の民話」実業之日本社　加藤節子
2. コヨーテとせみ　北米先住民の昔話　*Coyote*より　小林いづみ訳　小林いづみ

3. 三びきの子ブタ　イギリスの昔話　「イギリスとアイルランドの昔話」福音館書店　須藤早苗
4. ほらふきくらべ　ユーゴスラビアの昔話　「世界むかし話 東欧」ほるぷ出版　松岡享子
5. ひねくれもののエイトジョン　アメリカの昔話
　　「アメリカのむかし話」偕成社　竹中淑子
6. 三つの金のオレンジ　スペインの昔話　「世界むかし話 南欧」ほるぷ出版　佐々梨代子

第206回　1991年9月24日

1. ねずみ浄土　日本の昔話　長野県下水内郡(しもみのち)の伝承 より　佐々梨代子
2. チム・ラビットのあまがさ　アトリー作
　　「チム・ラビットのぼうけん」童心社　小林いづみ
3. 六人男、世界をのし歩く　グリム昔話
　　「子どもに語るグリムの昔話2」こぐま社　加藤節子
4. ものいうたまご　アメリカの昔話　「アメリカのむかし話」偕成社　竹中淑子
5. ナシの木　エイキン作　「海の王国」岩波書店　岡原なおみ

第207回　1991年10月22日

1. 瓜こひめこ　日本の昔話　「おはなしのろうそく12」東京子ども図書館　小林いづみ
2. 黒いお姫さま　ドイツの昔話　「黒いお姫さま」福音館書店　竹中淑子
3. 不幸な星の下の娘　イタリアの昔話　「みどりの小鳥」岩波書店　佐々梨代子
4. クルミわりのケイト　イギリスの昔話
　　「おはなしのろうそく10」東京子ども図書館　岡原なおみ
5. 光り姫　インドの昔話　「世界むかし話 インド」ほるぷ出版　松岡享子

第208回　1991年11月26日

1. オンドリとネズミと小さい赤いメンドリ　イギリスの昔話
　　「おはなしのろうそく12」東京子ども図書館　小林いづみ
2. 鬼の嫁さま　日本の昔話（新潟）　中村順子
3. 狼おじさん　イタリアの昔話　「みどりの小鳥」岩波書店　加藤節子
4. うさぎとはりねずみ　グリム昔話　「子どもに語るグリムの昔話3」こぐま社　佐々梨代子
5. どろぼうの名人　アイルランドの昔話
　　「イギリスとアイルランドの昔話」福音館書店　竹中淑子

第209回 1991年12月17日

1. ホレおばさん　グリム昔話　「おはなしのろうそく15」東京子ども図書館　　加藤節子
2. ノックグラフトンの昔話　アイルランドの昔話
   「イギリスとアイルランドの昔話」福音館書店　　竹中淑子
3. 星の銀貨　グリム昔話　「子どもに語るグリムの昔話3」こぐま社　　岡原なおみ
4. 雪のぼうや　トゥボー作　「4つのすてきなクリスマス」リブロポート　　小林いづみ
5. 〈朗読〉ミリー・モリー・マンデー キャロリングにいく　ブリスリー作
   「ミリー・モリー・マンデーのおはなし」福音館書店　　松岡享子
6. なつかしいクリスマスのうた　クレンニエミ作
   「サンタと小人の国のお話集」偕成社　年おいたクリスマスの歌 より　　中村順子

第210回 1992年1月28日

1. おししのくびはなぜあかい　日本の昔話
   「おそばのくきはなぜあかい」岩波書店　　加藤節子
2. 小犬を拾って仕合せになった爺さんの話　日本の昔話
   「黄金（こがね）の馬」三弥井書店　　中村順子
3. マロースじいさん　ロシアの昔話　「ロシアのむかし話」偕成社　　松岡享子
4. マレーン姫　グリム昔話　野村泫・佐々梨代子試訳　　佐々梨代子
5. まめたろう　イランの昔話　小林いづみ試訳　　小林いづみ
6. つるとあおさぎ　ロシアの昔話　「ロシアの昔話」福音館書店　　岡原なおみ
7. コショウ菓子の焼けないおきさきと口琴のひけない王さまの話　レアンダー作
   「ふしぎなオルガン」岩波書店　　竹中淑子

第211回 1992年2月25日

1. うぐいすの里　日本の昔話　「日本昔話百選」三省堂　　古市静子
2. 森のなかの三人のこびと　グリム昔話
   「おはなしのろうそく14」東京子ども図書館　　佐々梨代子
3. こねこのチョコレート　ウィルソン作
   Time for a story より　小林いづみ訳　　小林いづみ
4. ロバの耳はなぜ長い　イタリアの昔話　「世界むかし話 南欧」ほるぷ出版　　中村順子
5. ながすね ふとはら がんりき　チェコの昔話
   「おはなしのろうそく8」東京子ども図書館　　藤木まゆみ

第212回　1992年3月24日

1. ねずみ浄土　日本の昔話　長野県下水内郡(しもみのち)の伝承 より　　中村順子
2. 森の中の家　グリム昔話　「ホレおばさん」子ども文庫の会　　岡原なおみ
3. お話のふくろ　朝鮮の昔話　「ネギをうえた人」岩波書店　　竹中淑子
4. ウリボとっつぁん　イタリアの昔話　「世界むかし話 南欧」ほるぷ出版　　佐々梨代子
5. まめじかカンチルが穴に落ちる話　インドネシアの昔話
　　「おはなしのろうそく8」東京子ども図書館　　加藤節子
6. 絵のない絵本より　第一夜／第二十八夜　アンデルセン作
　　「絵のない絵本」新潮社　　中里雅子

第213回　1992年4月28日

1. 腰折れすずめ　日本の昔話　「おはなしのろうそく16」東京子ども図書館　　竹中淑子
2. チム・ラビットのうん　アトリー作　「チム・ラビットのぼうけん」童心社　　佐々梨代子
3. 死神の名付け親　グリム昔話　「子どもに語るグリムの昔話4」こぐま社　　根岸貴子
4. カメの遠足　イギリスの昔話　「新編世界のむかし話集1」社会思想社　　須藤早苗
5. 羊飼いの花たば　チェコの昔話　「三本の金の髪の毛」ほるぷ出版　　小林いづみ
6. やさしのドーラ　チェコの昔話　松岡享子訳　　松岡享子

第214回　1992年5月26日

1. たにし長者　日本の昔話　「おはなしのろうそく7」東京子ども図書館　　岡原なおみ
2. まめじかカンチルが穴に落ちる話　インドネシアの昔話
　　「おはなしのろうそく8」東京子ども図書館　　加藤節子
3. 青いあかり　グリム昔話　佐々梨代子試訳　　佐々梨代子
4. まめたろう　イランの昔話　「おはなしのろうそく19」東京子ども図書館　　小林いづみ
5. ヤギとライオン　パキスタンの昔話　根岸貴子訳　　根岸貴子
6. ジャックとマメの木　イギリスの昔話
　　「イギリスとアイルランドの昔話」福音館書店　　竹中淑子

第215回　1992年6月23日

1. おおかみと七ひきの子やぎ　グリム昔話
　　「子どもに語るグリムの昔話1」こぐま社　　岡原なおみ
2. ランパンパン　インドの昔話　「ランパンパン」評論社　　須藤早苗

3. しあわせハンス　グリム昔話　佐々梨代子試訳　　根岸貴子
4. たいぼうとえびと亀　日本の昔話　「とんと一つあったてんがな」未来社　　中村順子
5. 三つの金のオレンジ　スペインの昔話　「世界むかし話 南欧」ほるぷ出版　　佐々梨代子

第216回　1992年7月22日　於：中野サンプラザ

1. かにかに、こそこそ　日本の昔話　「おはなしのろうそく17」東京子ども図書館　　中村順子
2. やりこめられないおひめさま　ノルウェーの昔話
　　　「世界のむかし話」学習研究社　　加藤節子
3. 歌うふくろ　スペインの昔話　「おはなしのろうそく6」東京子ども図書館　　竹中淑子
4. ルンペルシュティルツヘン　グリム昔話
　　　「子どもに語るグリムの昔話1」こぐま社　　須藤早苗
5. 二匹のとかげ　パプアの昔話　「ものいうバナナ」小峰書店　　山本真基子
6. 穴だらけの町ラゴス　メキシコの昔話　「世界むかし話 中南米」ほるぷ出版　　岡原なおみ
7. シルベスターとまほうの小石　スタイグ作　Sylvester and the magic pebble　根岸貴子

第217回　1992年9月22日

1. 小犬を拾って仕合せになった爺さんの話　日本の昔話
　　　「おはなしのろうそく19」東京子ども図書館　　中村順子
2. 小石投げの名人タオ・カム　ラオスの昔話　「アジアの昔話1」福音館書店　　須藤早苗
3. アリョーヌシカとイワーヌシカ　ロシアの昔話　「まほうの馬」岩波書店　　岡原なおみ
4. 五つのだんご　スリランカの昔話　「アジアの昔話6」福音館書店　　根岸貴子
5. 鳴いてはねるひばり　グリム昔話　「子どもに語るグリムの昔話1」こぐま社　　佐々梨代子

第218回　1992年10月27日

1. 三枚のお札　日本の昔話　「おはなしのろうそく5」東京子ども図書館　　加藤節子
2. 金いろとさかのおんどり　ロシアの昔話
　　　「おはなしのろうそく3」東京子ども図書館　　竹中淑子
3. 千枚皮　グリム昔話　「子どもに語るグリムの昔話5」こぐま社　　佐々梨代子
4. あたしがテピンギー、この子がテピンギー、あたしたちもテピンギー
　　　ハイチの昔話　「魔法のオレンジの木」岩波書店　　岡原なおみ
5. ウズラとキツネと犬　ルーマニアの昔話　「りこうなおきさき」岩波書店　　須藤早苗
6. 花仙人　中国の昔話　「支那童話集」アルス より　松岡享子再話　　松岡享子

第219回　1992年11月24日

1. ねずみのすもう　日本の昔話　「おはなしのろうそく18」東京子ども図書館　　岡原なおみ
2. 長ぐつをはいたねこ　ペロー昔話　「おはなしのろうそく5」東京子ども図書館　　竹中淑子
3. 〈いますぐ〉さん、〈だんだん〉さん、〈これから〉さん　アメリカの昔話
   「アメリカのむかし話」偕成社　　根岸貴子
4. めんぽうをもったキツネ　ロシアの昔話　「まほうの馬」岩波書店　　中村順子
5. 鉄のハンス　グリム昔話　「子どもに語るグリムの昔話5」こぐま社　　佐々梨代子

第220回　1992年12月22日

1. マーシャとくま　ロシアの昔話　「マーシャとくま」福音館書店　　竹中淑子
2. 番ねずみのヤカちゃん　ウィルバー作
   「おはなしのろうそく18」東京子ども図書館　　松岡享子
3. 十二のつきのおくりもの　スロバキアの昔話
   「おはなしのろうそく2」東京子ども図書館　　須藤早苗
4. ロバの耳はなぜ長い　イタリアの昔話　「ネコのしっぽ」ほるぷ出版　　中村順子
5. クリスマスの奇跡　レビット作　「クリスマス物語集」偕成社　　湯沢朱実

第221回　1993年1月26日

1. 尻尾の釣　日本の昔話　「日本昔話百選」三省堂　　松岡享子
2. 森の家　グリム昔話　「子どもに語るグリムの昔話4」こぐま社　　岡原なおみ
3. ネギをうえた人　朝鮮の昔話　「ネギをうえた人」岩波書店　　中村順子
4. おやゆびたろう　グリム昔話　「おいしいおかゆ」子ども文庫の会　　根岸貴子
5. コショウ菓子の焼けないおきさきと口琴のひけない王さまの話　レアンダー作
   「ふしぎなオルガン」岩波書店　　竹中淑子

第222回　1993年2月23日

1. 赤ずきん　グリム昔話　「おいしいおかゆ」子ども文庫の会　　加藤節子
2. かわいいメンドリ　チェコスロバキアの昔話
   「世界むかし話 東欧」ほるぷ出版　　松岡享子
3. 山の上の火　エチオピアの昔話　「山の上の火」岩波書店　　須藤早苗
4. 小犬を拾って仕合せになった爺さんの話　日本の昔話
   「おはなしのろうそく19」東京子ども図書館　　中村順子

5. スコットランドのおばけやしき　スコットランドの昔話
　　「スコットランドの民話」大修館書店　　根岸貴子
6. ノロウェイの黒ウシ　イギリスの昔話
　　「イギリスとアイルランドの昔話」福音館書店　　竹中淑子

第223回　1993年3月23日

1. ねずみのすもう　日本の昔話　「おはなしのろうそく18」東京子ども図書館　　加藤節子
2. クナウとひばり　アイヌの昔話　「母の友」75号　福音館書店　　茨木啓子
3. カラスだんなとイガイ　アラスカのエスキモーの昔話
　　「カラスだんなのおよめとり」岩波書店　　須藤早苗
4. クルミわりのケイト　イギリスの昔話
　　「おはなしのろうそく10」東京子ども図書館　　岡原なおみ
5. めんぼうをもったキツネ　ロシアの昔話　「まほうの馬」岩波書店　　中村順子
6. 犬になった王子　中国の昔話　「白いりゅう黒いりゅう」岩波書店　　松岡享子

第224回　1993年4月27日

1. 三びきのクマの話　イギリスの昔話
　　「イギリスとアイルランドの昔話」福音館書店　　松岡享子
2. 狐と狼　日本の昔話　「日本昔話百選」三省堂　　槙枝聖子
3. りこうなおきさき　ルーマニアの昔話　「りこうなおきさき」岩波書店　　須藤早苗
4. くわずにょうぼう　日本の昔話　「くわずにょうぼう」福音館書店　　菅澤清
5. 〈詩〉みんなのこもりうた　アルベルチ作　「みんなのこもりうた」福音館書店　　中村順子
6. 魔法のユビワ　レアンダー作　「ふしぎなオルガン」岩波書店　　重岡令子

第225回　1993年5月25日　於：東京子ども図書館 資料室（～270回まで）

1. たにし長者　日本の昔話　「おはなしのろうそく7」東京子ども図書館　　岡原なおみ
2. 三びきのやぎのがらがらどん　北欧の昔話
　　「三びきのやぎのがらがらどん」福音館書店　　菅澤清
3. ねむりひめ　グリム昔話　「ねむりひめ」福音館書店　　重岡令子
4. 百姓のおかみさんとトラ　パキスタンの昔話　「アジアの昔話2」福音館書店　　浅見和子
5. かわいいメンドリ　チェコスロバキアの昔話
　　「世界むかし話 東欧」ほるぷ出版　　松岡享子

6. 姉いもと　　イギリスの昔話　「イギリスとアイルランドの昔話」福音館書店　　須藤早苗
7. ふしぎなオルガン　　レアンダー作　「ふしぎなオルガン」岩波書店　　加藤節子

第226回　1993年6月22日

1. 瓜こひめこ　　日本の昔話　「おはなしのろうそく12」東京子ども図書館　　須藤早苗
2. 王さまとオンドリ　　パキスタンの昔話　「アジアの昔話5」福音館書店　　浅見和子
3. チム・ラビットとはさみ　　アトリー作　「チム・ラビットのぼうけん」童心社　　加藤節子
4. ホットケーキ　　ノルウェーの昔話　「おはなしのろうそく18」東京子ども図書館　　松岡享子
5. お祈りのはじまり　　インドの昔話　「世界むかし話 インド」ほるぷ出版　　重岡令子
6. お日さまのさずけたむすめ　　ギリシアの昔話
　　「世界むかし話 南欧」ほるぷ出版　　槙枝聖子

第227回　1993年7月27日　於：中野サンプラザ

1. 雌牛のブーコラ　　アイスランドの昔話　「新編世界むかし話集3」社会思想社　　松岡享子
2. ふゆじのお大臣　　石牟礼道子作　「潮の日録」葦書房　　菅澤清
3. ハンスの花嫁　　スイスの昔話　「世界むかし話 フランス・スイス」ほるぷ出版　　槙枝聖子
4. ヨリンデとヨリンゲル　　グリム昔話　「子どもに語るグリムの昔話6」こぐま社　　須藤早苗
5. かみなりこぞうがおっこちた　　瀬田貞二作
　　「こどものとも」179号　福音館書店　　中村順子
6. ユルマと海の神　　フィンランドの昔話　「かぎのない箱」岩波書店　　重岡令子

第228回　1993年9月28日

1. 梨といっしょに売られた女の子　　イタリアの昔話
　　「みどりの小鳥」岩波書店　　加藤節子
2. おとなしいめんどり　　ガルドン作　「おとなしいめんどり」瑞木書房　　菅澤清
3. すずめとからす　　バングラデシュの昔話　「アジアの昔話1」福音館書店　　浅見和子
4. イボンとフィネット　　フランスの昔話
　　「子どもに聞かせる世界の民話」実業之日本社　　槙枝聖子
5. ついでにペロリ　　デンマークの昔話
　　「おはなしのろうそく6」東京子ども図書館　　松岡享子
6. 〈朗読〉鹿踊りのはじまり　　宮沢賢治作
　　「ちくま日本文学全集3 宮沢賢治」筑摩書房　　中村順子

第229回　1993年10月26日

1. 腹のなかの小鳥の話　アイヌの昔話　「アイヌ童話集」東都書房　　加藤節子
2. クルミわりのケイト　イギリスの昔話
　　「おはなしのろうそく10」東京子ども図書館　　岡原なおみ
3. たいへんたいへん　イギリスの昔話　「たいへんたいへん」福音館書店　　重岡令子
4. めんぼうをもったキツネ　ロシアの昔話　「まほうの馬」岩波書店　　中村順子
5. エルシー・ピドック夢で縄とびをする　ファージョン作
　　「ヒナギク野のマーティン・ピピン」岩波書店　　藤井早苗

第230回　1993年11月16日

1. 金のつなのつるべ　朝鮮の昔話　「ネギをうえた人」岩波書店　　須藤早苗
2. ジーリコッコラ　イタリアの昔話　「みどりの小鳥」岩波書店　　重岡令子
3. お菓子屋のフラッフおばさん　マーロウ作　「銀色の時」講談社　　槙枝聖子
4. すずめとからす　バングラデシュの昔話
　　「おはなしのろうそく20」東京子ども図書館　　浅見和子
5. 金の不死鳥　フランス系カナダ人の昔話　「トンボソのおひめさま」岩波書店　　松岡享子

第231回　1993年12月21日

1. こびととくつや　グリム昔話　「子どもに語るグリムの昔話6」こぐま社　　岡原なおみ
2. かさじぞう　日本の昔話　「かさじぞう」高橋書店　　菅澤清
3. マカトのたから貝　タイの昔話　「アジアの昔話1」福音館書店　　浅見和子
4. ホレおばさん　グリム昔話　「子どもに語るグリムの昔話1」こぐま社　　加藤節子
5. 〈朗読〉サーストンさん　Jean Little 作
　　Hey world, here I am! より　松岡享子訳　　松岡享子
6. ちいさなろば　エインワース作　「ちいさなろば」福音館書店　　荒井督子
7. マッチ売りの少女　アンデルセン作
　　「アンデルセン童話集2」(岩波少年文庫)岩波書店　　重岡令子

第232回　1994年1月25日

1. おししのくびはなぜあかい　日本の昔話
　　「おそばのくきはなぜあかい」岩波書店　　加藤節子
2. てんとうさん かねんつな　日本の昔話　「てんとうさん かねんつな」第一法規　　菅澤清

3. おとうさんのかたみ　朝鮮の昔話　「ネギをうえた人」岩波書店　　槙枝聖子
4. 森の家　グリム昔話　「子どもに語るグリムの昔話4」こぐま社　　岡原なおみ
5. 七人さきのおやじさま　ノルウェーの昔話　「世界のむかし話」学習研究社　　中村順子
6. じゅうたんを織った王さま　アラブの昔話
　　「世界むかし話 中近東」ほるぷ出版　　重岡令子

第233回　1994年2月22日

1. おそばのくきはなぜあかい　日本の昔話
　　「おそばのくきはなぜあかい」岩波書店　　須藤早苗
2. ムカデとモグラの婚約　朝鮮の昔話　「世界むかし話 朝鮮」ほるぷ出版　　浅見和子
3. 鬼とちっちゃなブケッティーノ　イタリアの昔話
　　「世界むかし話 南欧」ほるぷ出版　　槙枝聖子
4. 屁ひりおなご　日本の昔話　「大分の民話」未来社　　菅澤清
5. 〈詩〉みんなのこもりうた　アルベルチ作　「みんなのこもりうた」福音館書店　　中村順子
6. 山にさらわれたひとの娘　ウテルダール作
　　「子どもの文学——新しい時代の物語」グロリア インターナショナル　　松岡享子

第234回　1994年3月22日

1. ウグイスはなぜ声がいい　ルーマニアの昔話
　　「りこうなおきさき」岩波書店　　槙枝聖子
2. 小鳥になった美しい妹　ギリシアの昔話
　　「おはなしのろうそく7」東京子ども図書館　　岡原なおみ
3. 太郎と豆梯子　日本の昔話　「笑いころげた昔」講談社　　菅澤清
4. ネズミのおおてがら　チベットの昔話　「世界むかし話 インド」ほるぷ出版　　浅見和子
5. ロバの耳はなぜ長い　イタリアの昔話　「世界むかし話 南欧」ほるぷ出版　　中村順子
6. つくりものの天国　シンガー作　「やぎと少年」岩波書店　　重岡令子

第235回　1994年4月26日

1. しおちゃんとこしょうちゃん　エインワース作
　　「こどものとも 年中向き」85号　福音館書店　　張替恵子
2. 赤ずきん　グリム昔話　「子どもに語るグリムの昔話5」こぐま社　　加藤節子
3. すずめとからす　バングラデシュの昔話

「おはなしのろうそく20」東京子ども図書館　　浅見和子
4. **小犬を拾って仕合せになった爺さんの話**　日本の昔話
「おはなしのろうそく19」東京子ども図書館　　狩野いう子
5. **若返りの臼**　レアンダー作　「ふしぎなオルガン」岩波書店　　光野トミ
6. **ものいうたまご**　アメリカの昔話　「アメリカのむかし話」偕成社　　塚原眞理子
7. **王さまノミを飼う**　スペインの昔話　「世界むかし話 南欧」ほるぷ出版　　森屋陽子

第236回　1994年5月24日

1. **おかあさんのたんじょう日**　フラック作　「おかあさんだいすき」岩波書店　　佐藤千代子
2. **王子さまの耳は、ロバの耳**　ポルトガルの昔話
「子どもに聞かせる世界の民話」実業之日本社　　塚原眞理子
3. **注文の多い料理店**　宮沢賢治作　「宮沢賢治全集8」筑摩書房　　徳永明子
4. 〈詩〉**くちびるたいそう**　まど・みちお作　「にほんごにこにこ」理論社　　浅見和子
5. **ねずみのすもう**　日本の昔話　「おはなしのろうそく18」東京子ども図書館　　加藤節子
6. **花仙人**　中国の昔話　「支那童話集」アルス より　松岡享子再話　　松岡享子

第237回　1994年6月28日

1. **かちかち山**　日本の昔話　「おはなしのろうそく10」東京子ども図書館　　狩野いう子
2. **長ぐつをはいたねこ**　ペロー昔話　「おはなしのろうそく5」東京子ども図書館　　加藤節子
3. **すずめとからす**　バングラデシュの昔話
「おはなしのろうそく20」東京子ども図書館　　浅見和子
4. **バラの花とバイオリンひき**　ジプシーの昔話　「太陽の木の枝」福音館書店　　湯沢朱実
5. **三びきのクマの話**　イギリスの昔話
「イギリスとアイルランドの昔話」福音館書店　　森屋陽子
6. **小さなグッディおばさん**　エインワース作　松岡享子訳　　松岡享子

第238回　1994年7月26日　於：中野サンプラザ

1. **ねずみのすもう**　日本の昔話　「おはなしのろうそく18」東京子ども図書館　　加藤節子
2. **金いろとさかのおんどり**　ロシアの昔話
「おはなしのろうそく3」東京子ども図書館　　塚原眞理子
3. **うさぎのみみはなぜながい**　メキシコの昔話
「うさぎのみみはなぜながい」福音館書店　　狩野いう子

4. かじやセッポのよめもらい　フィンランドの昔話
　　「かぎのない箱」岩波書店　　光野トミ
5. 〈詩〉くちびるたいそう　まど・みちお作　「にほんごにこにこ」理論社　　浅見和子
6. ルンペルシュティルツヘン　グリム昔話
　　「一つ目二つ目三つ目」子ども文庫の会　　佐藤千代子
7. 金の髪　コルシカの昔話　「おはなしのろうそく19」東京子ども図書館　　松岡享子

第239回　1994年9月27日
1. ねずみのすもう　日本の昔話　「おはなしのろうそく18」東京子ども図書館　　加藤節子
2. やまなし　宮沢賢治作　「ふた子の星」岩崎書店　　徳永明子
3. 火をはく竜　中国の昔話　「中国のむかし話」偕成社　　張替恵子
4. 長ぐつをはいたねこ　ペロー昔話　「おはなしのろうそく5」東京子ども図書館　　湯沢朱実
5. 忠臣ヨハネス　グリム昔話　「子どもに語るグリムの昔話3」こぐま社　　佐々梨代子

第240回　1994年10月25日
1. 赤ずきん　グリム昔話　「おいしいおかゆ」子ども文庫の会　　加藤節子
2. チム・ラビットとかかし　アトリー作　「チム・ラビットのぼうけん」童心社　　湯沢朱実
3. フクロウ　ハイチの昔話　「魔法のオレンジの木」岩波書店　　浅見和子
4. へやの起こり　日本の昔話　「日本昔話百選」三省堂　　森屋陽子
5. 鉄のストーブ　グリム昔話　「グリム昔話集5」角川書店　　佐藤千代子
6. おしまいの話　松岡享子

第241回　1994年11月22日
1. 五分次郎　日本の昔話　「日本昔話百選」三省堂　　森屋陽子
2. ドシュマンとドゥースト　イランの昔話　「アジアの昔話1」福音館書店　　加藤節子
3. おばあさんとブタ　イギリスの昔話
　　「おはなしのろうそく7」東京子ども図書館　　塚原眞理子
4. プンクマインチャ　ネパールの昔話　「プンクマインチャ」福音館書店　　狩野いう子
5. 〈詩〉はひふへほ　まど・みちお作　「にほんごにこにこ」理論社　　浅見和子
6. 番ねずみのヤカちゃん　ウィルバー作
　　「おはなしのろうそく18」東京子ども図書館　　松岡享子

第242回　1994年12月20日

1. 十二のつきのおくりもの　スロバキアの昔話
  「おはなしのろうそく2」東京子ども図書館　　湯沢朱実
2. 北風に会いにいった少年　ノルウェーの昔話
  「おはなしのろうそく13」東京子ども図書館　　塚原眞理子
3. くぎスープ　スウェーデンの昔話　「世界のむかし話」学習研究社　　光野トミ
4. マリアさまとかるわざ師　A・フランス作
  「少年少女世界文学全集29 フランス編5」講談社　　荒井督子
5. 〈詩〉ぞうきん／ほこり
  光／雪がふる　まど・みちお作　「まど・みちお全詩集」理論社　　松岡享子
6. クリスマスのうたのものがたり
  「聖夜──うたものがたり」音楽之友社 より　　佐藤千代子

第243回　1995年1月24日

1. おいしいおかゆ　グリム昔話　「おはなしのろうそく1」東京子ども図書館　　森本真実
2. かにかに、こそこそ　日本の昔話　「おはなしのろうそく17」東京子ども図書館　　浅見和子
3. みつけどり　グリム昔話　「子どもに語るグリムの昔話2」こぐま社　　加藤節子
4. 虔十公園林　宮沢賢治作　「宮沢賢治全集6」筑摩書房　　徳永明子
5. 悪魔の橋　イギリスの昔話　「むかしばなし・イギリスの旅」新読書社　　狩野いう子
6. かたつの子　日本の昔話　「波多野ヨスミ女昔話集」同 刊行会　　佐藤千代子

第244回　1995年2月28日

1. ねずみじょうど　日本の昔話　「おはなしのろうそく3」東京子ども図書館　　加藤節子
2. ジャッカルとワニ　バングラデシュの昔話　「アジアの昔話4」福音館書店　　浅見和子
3. だめといわれてひっこむな　プロイセン作
  「おはなしのろうそく9」東京子ども図書館　　佐藤千代子
4. スヌークスさん一家　ウィリアムズ作
  「おはなしのろうそく2」東京子ども図書館　　塚原眞理子
5. ミスター・フォックス　イギリスの昔話
  「世界むかし話 イギリス」ほるぷ出版　　湯沢朱実
6. 金いろとさかのおんどり　ロシアの昔話
  「おはなしのろうそく3」東京子ども図書館　　松岡享子

7. 白鳥の王女　ロシアの昔話　「アーサー・ランサムのロシア昔話」白水社　　光野トミ

第245回　1995年3月28日
1. こぶじいさま　日本の昔話　「こぶじいさま」福音館書店　　光野トミ
2. まめじかカンチルが穴に落ちる話　インドネシアの昔話
　　「おはなしのろうそく8」東京子ども図書館　　加藤節子
3. 黄太郎青太郎　タイの昔話　「アジアの昔話4」福音館書店　　浅見和子
4. ホットケーキ　ノルウェーの昔話　「おはなしのろうそく18」東京子ども図書館　　森屋陽子
5. かしこいモリー　イギリスの昔話　「おはなしのろうそく1」東京子ども図書館　　松岡享子
6. 青いあかり　グリム昔話　「一つ目二つ目三つ目」子ども文庫の会　　狩野いう子

第246回　1995年4月25日
1. 聴耳頭巾　日本の昔話　「日本昔話百選」三省堂　　奥村満智子
2. 姉いもと　イギリスの昔話　「イギリスとアイルランドの昔話」福音館書店　　内藤直子
3. おはなしのだいすきな王さま　エチオピアの昔話　「山の上の火」岩波書店　　平塚ミヨ
4. ジーニと魔法使い　北米先住民の昔話
　　「おはなしのろうそく9」東京子ども図書館　　吉沢登子
5. 〈詩〉タンポポ　まど・みちお作　「まど・みちお全詩集」理論社
　　わたげタンポポ　まど・みちお作　「植物のうた」かど創房　　浅見和子
6. ネズミ捕り屋の娘　ハウスマン作　松岡享子訳　　松岡享子

第247回　1995年5月23日
1. かちかち山　日本の昔話　「おはなしのろうそく10」東京子ども図書館　　浅見和子
2. インゲン豆のきらいなアンドルシ　ジプシーの昔話
　　「太陽の木の枝」福音館書店　　張替恵子
3. マレーンひめ　グリム昔話　「子どもに語るグリムの昔話4」こぐま社　　榎本はつい
4. 小さいお嬢さまのバラ　ファージョン作　「ムギと王さま」岩波書店　　是永範子
5. ちっちゃなゴキブリのべっぴんさん　イランの昔話
　　「アジアの昔話5」福音館書店　　松岡享子

第248回　1995年6月27日
1. かにかに、こそこそ　日本の昔話　「おはなしのろうそく17」東京子ども図書館　　内藤直子

2. グラの木こり　エチオピアの昔話　「山の上の火」岩波書店　　平塚ミヨ
3. 六人男、世界をのし歩く　グリム昔話
　　　「子どもに語るグリムの昔話 2」こぐま社　　加藤節子
4. おばあさんとブタ　イギリスの昔話
　　　「おはなしのろうそく 7」東京子ども図書館　　松岡享子
5. 〈詩〉おれはかまきり／てれるぜ　くどうなおこ作
　　　「のはらうた」1・2　童話屋　　浅見和子
6. モモの木をたすけた女の子　ファージョン作　「ムギと王さま」岩波書店　　吉沢登子

第249回　1995年7月25日　於：中野区勤労福祉会館
1. アリョーヌシカとイワーヌシカ　ロシアの昔話　「まほうの馬」岩波書店　　加藤節子
2. ウサギとハリネズミ　グリム昔話　「鉄のハンス」岩波書店　　平塚ミヨ
3. くらげ骨なし　日本の昔話　「とんと昔があったげど 第1集」未来社　　浅見和子
4. なまくらトック　ボルネオの昔話　「おはなしのろうそく 3」東京子ども図書館　　松岡享子
5. 歌うふくろ　スペインの昔話　「おはなしのろうそく 6」東京子ども図書館　　内藤直子
6. ボタンインコ　ファージョン作　「ムギと王さま」岩波書店　　榎本はつい
7. 羊飼いの花たば　チェコスロバキアの昔話
　　　「世界むかし話 東欧」ほるぷ出版　　奥村満智子

第250回　1995年9月26日
1. 三枚のお札　日本の昔話　「おはなしのろうそく 5」東京子ども図書館　　加藤節子
2. 鳥になった妹　ネパールの昔話　「ヒマラヤの民話を訪ねて」白水社　　松岡享子
3. 小鳥になった美しい妹　ギリシアの昔話
　　　「おはなしのろうそく 7」東京子ども図書館　　是永範子
4. すずめとからす　バングラデシュの昔話
　　　「おはなしのろうそく 20」東京子ども図書館　　浅見和子
5. パン屋のネコ　エイキン作　「しずくの首飾り」岩波書店　　奥村満智子
6. おすだんなと、おすおくさん　イギリスの昔話
　　　「イギリスとアイルランドの昔話」福音館書店　　平塚ミヨ

第251回　1995年10月24日
1. 梨といっしょに売られた女の子　イタリアの昔話

「みどりの小鳥」岩波書店　　加藤節子
2. **きりの国の王女**　ジプシーの昔話　「きりの国の王女」福音館書店　　是永範子
3. **きこりと小鬼たち**　エセンワインとストッカード作
「子どもと本」13号　子ども文庫の会　　榎本はつい
4. **マカトのたから貝**　タイの昔話　「アジアの昔話1」福音館書店　　浅見和子
5. **たぬきと山伏**　日本の昔話　「わらしべ長者」岩波書店　　吉沢登子
6. **きんいろのしか**　インド・パキスタンの昔話　「きんいろのしか」福音館書店　　荒井督子

第252回　1995年11月28日

1. **風の神と子ども**　日本の昔話　「おはなしのろうそく9」東京子ども図書館　　榎本はつい
2. **十二のつきのおくりもの**　スロバキアの昔話
「おはなしのろうそく2」東京子ども図書館　　加藤節子
3. **ミアッカどん**　イギリスの昔話　「イギリスとアイルランドの昔話」福音館書店　　内藤直子
4. **ヨリンデとヨリンゲル**　グリム昔話
「子どもに語るグリムの昔話6」こぐま社　　奥村満智子
5. **金いろとさかのおんどり**　ロシアの昔話
「おはなしのろうそく3」東京子ども図書館　　松岡享子
6. **三本の金の髪の毛**　チェコスロバキアの昔話
「世界むかし話 東欧」ほるぷ出版　　吉沢登子

第253回　1995年12月19日

1. **絵姿女房**　日本の昔話　「アジアの昔話2」福音館書店　　荒井督子
2. **びんぼうがみ**　日本の昔話　「わらしべ長者」岩波書店　　平塚ミヨ
3. **こびととくつや**　グリム昔話　「子どもに語るグリムの昔話6」こぐま社　　加藤節子
4. **ちいさちゃんの箱**　タズウェル作　「クリスマス物語集」偕成社　　奥村満智子
5. **だれが鐘を鳴らしたか**　オールデン作　「クリスマス物語集」偕成社　　榎本はつい
6. 〈朗読〉**クリスマス・ローズの伝説**　ラーゲルレーブ作
「クリスマス物語集」偕成社　　松岡享子

第254回　1996年1月23日

1. **三枚の鳥の羽**　グリム昔話　「おはなしのろうそく11」東京子ども図書館　　内藤直子
2. **カラスとキツネ**　イランの昔話　「アジアの昔話3」福音館書店　　浅見和子

3. 小さなこげた顔　北米先住民の昔話　「アメリカのむかし話」偕成社　　吉沢登子
4. 二ひきのよくばり子グマ　ハンガリーの昔話
　　「子どもに聞かせる世界の民話」実業之日本社　　榎本はつい
5. 鶴女房　日本の昔話　「日本昔話百選」三省堂　　是永範子
6. 〈詩〉ちいさなゆき／つらら　まど・みちお作　「あのうた このうた」理論社　　加藤節子
7. 美しいワシリーサとババ・ヤガー　ロシアの昔話
　　「おはなしのろうそく4」東京子ども図書館　　松岡享子

第255回　1996年2月27日

1. 王さまとオンドリ　パキスタンの昔話　「アジアの昔話5」福音館書店　　浅見和子
2. 白い石のカヌー　北米先住民の昔話　「アメリカのむかし話」偕成社　　是永範子
3. ねことねずみ　イギリスの昔話　「おはなしのろうそく21」東京子ども図書館　　内藤直子
4. 梅の木村のおならじいさん　松岡享子作
　　「くしゃみくしゃみ天のめぐみ」福音館書店　　平塚ミヨ
5. 三人ばか　イギリスの昔話　「おはなしのろうそく4」東京子ども図書館　　小林義臣
6. 水仙月の四日　宮沢賢治作　「風の又三郎」岩波書店　　小林義臣

第256回　1996年3月26日

1. マーシャとくま　ロシアの昔話　「マーシャとくま」福音館書店　　吉沢登子
2. ねむりひめ　グリム昔話　「ねむりひめ」福音館書店　　是永範子
3. アディ・ニハァスの英雄　エチオピアの昔話　「山の上の火」岩波書店　　浅見和子
4. 魔法のかけぶとん　エイキン作　「しずくの首飾り」岩波書店　　奥村満智子
5. おししのくびはなぜあかい　日本の昔話
　　「おそばのくきはなぜあかい」岩波書店　　加藤節子
6. 十二人兄弟　グリム昔話　「子どもに語るグリムの昔話2」こぐま社　　佐々梨代子

第257回　1996年4月23日

1. カエルの王さま　グリム昔話　「一つ目二つ目三つ目」子ども文庫の会　　森本真実
2. 狐と狼　日本の昔話　「日本昔話百選」三省堂　　円乗攝子
3. ドシュマンとドゥースト　イランの昔話　「アジアの昔話1」福音館書店　　加藤節子
4. 小さなせむしの少女　レアンダー作　「ふしぎなオルガン」岩波書店　　吉田美佐子
5. 王さまの秘密　タイの昔話　「世界むかし話 東南アジア」ほるぷ出版　　張替恵子

6. 金の足のベルタ　ファージョン作　「年とったばあやのお話かご」岩波書店　　内藤直子

第258回　1996年5月28日

1. 小さいお嬢さまのバラ　ファージョン作　「ムギと王さま」岩波書店　　内藤直子
2. たにし長者　日本の昔話　「日本昔話百選」三省堂　　小泉亮子
3. アナンシの帽子ふりおどり　ガーナの昔話
　　「おはなしのろうそく16」東京子ども図書館　　浅見和子
4. 白いマス　アイルランドの昔話　「イギリスとアイルランドの昔話」福音館書店　　茨木啓子
5. やりこめられないおひめさま　ノルウェーの昔話
　　「世界のむかし話」学習研究社　　加藤節子
6. 小さなグッディおばさん　エインワース作　松岡享子訳　　松岡享子

第259回　1996年6月25日

1. 犬と猫とうろこ玉　日本の昔話　「日本昔話百選」三省堂　　円乗擶子
2. しあわせのテントウムシ　プリョイセン作
　　「しあわせのテントウムシ」岩波書店　　張替恵子
3. 水底の主ニッカーマン　チェコスロバキアの昔話
　　「世界むかし話 東欧」ほるぷ出版　　望月博子
4. 雨のち晴　ポター作　「おはなしのろうそく13」東京子ども図書館　　浅見和子
5. 熊の皮を着た男　グリム昔話　「おはなしのろうそく7」東京子ども図書館　　森本真実
6. ふしぎなオルガン　レアンダー作　「ふしぎなオルガン」岩波書店　　加藤節子

第260回　1996年7月23日　於：中野区勤労福祉会館

1. 鳥呑爺　日本の昔話　「日本昔話百選」三省堂　　森本真実
2. ラプンツェル　グリム昔話　「おはなしのろうそく5」東京子ども図書館　　内藤直子
3. チム・ラビットとはさみ　アトリー作
　　「チム・ラビットのぼうけん」童心社　　加藤節子
4. 草かりワリダッド　インドの昔話　「世界むかし話 インド」ほるぷ出版　　浅見和子
5. おはなし　ローベル作　「ふたりはともだち」文化出版局　　平塚ミヨ
6. 海の赤んぼう　ファージョン作　「年とったばあやのお話かご」岩波書店　　茨木啓子

第261回　1996年9月24日

1. かちかち山　日本の昔話　「日本昔話百選」三省堂　　円乗攝子
2. 長ぐつをはいたねこ　ペロー昔話
　　「おはなしのろうそく5」東京子ども図書館　　加藤節子
3. ウスマンじいさん　中国の昔話　「ウスマンじいさん」麦書房　　荒井督子
4. ボタンインコ　ファージョン作　「ムギと王さま」岩波書店　　内藤直子
5. すずめとからす　バングラデシュの昔話
　　「おはなしのろうそく20」東京子ども図書館　　浅見和子
6. 詩人トマスの話　イギリスの昔話　「新編世界むかし話集1」社会思想社　　茨木啓子

第262回　1996年10月22日

1. おいしいおかゆ　グリム昔話　「おはなしのろうそく1」東京子ども図書館　　森本真実
2. 絵姿女房　日本の昔話　「アジアの昔話2」福音館書店　　荒井督子
3. 妖精のぬりぐすり　イギリスの昔話
　　「イギリスとアイルランドの昔話」福音館書店　　代田知子
4. だんなも、だんなも、大だんなさま　イギリスの昔話
　　「イギリスとアイルランドの昔話」福音館書店　　加藤節子
5. 一足の靴　グリパリ作　「木曜日はあそびの日」岩波書店　　円乗攝子
6. 〈詩〉くちびるたいそう　まど・みちお作　「にほんごにこにこ」理論社　　浅見和子
7. ジーニと魔法使い　北米先住民の昔話
　　「おはなしのろうそく9」東京子ども図書館　　内藤直子

第263回　1996年11月26日

1. 風の神と子ども　日本の昔話　「おはなしのろうそく9」東京子ども図書館　　浅見和子
2. マーシャとくま　ロシアの昔話　「マーシャとくま」福音館書店　　斉藤方子
3. 金の足のベルタ　ファージョン作　「年とったばあやのお話かご」岩波書店　　内藤直子
4. お月さまの話　ニクレビチョバ作　「お月さまの話 ほか」講談社　　荒井督子
5. おなべとおさらとカーテン　村山籌子作　「ママのおはなし」童心社　　加藤節子
6. 六羽の白鳥　グリム昔話　「グリムの昔話1」福音館書店　　茨木啓子

第264回　1996年12月17日

1. かさじぞう　日本の昔話　「かさじぞう」福音館書店　　加藤節子

2. 十二のつきのおくりもの　スロバキアの昔話
　　　「おはなしのろうそく2」東京子ども図書館　　石川綾子
3. ギルジスのくつ　アラビアの昔話　「アラビア物語2」講談社　　浅見和子
4. ティッキ・ピッキ・ブン・ブン　ジャマイカの昔話
　　　「おはなしのろうそく22」東京子ども図書館　　松岡享子
5. コショウ菓子の焼けないおきさきと口琴のひけない王さまの話　レアンダー作
　　　「ふしぎなオルガン」岩波書店　　森本真実
6. 星の銀貨　グリム昔話　「子どもに語るグリムの昔話3」こぐま社　　内藤直子
7. マローンおばさん　ファージョン作　「マローンおばさん」こぐま社　　茨木啓子

第265回　1997年1月28日

1. 干支のおこり　日本の昔話　「はなさかじい」福音館書店　　森本真実
2. 三びきの子ブタ　イギリスの昔話
　　　「イギリスとアイルランドの昔話」福音館書店　　内藤直子
3. ネズミのおてがら　チベットの昔話　「世界むかし話 インド」ほるぷ出版　　浅見和子
4. ホレおばさん　グリム昔話　「子どもに語るグリムの昔話1」こぐま社　　加藤節子
5. 金の不死鳥　フランス系カナダ人の昔話　「トンボソのおひめさま」岩波書店　　松岡享子

第266回　1997年2月25日

1. ねずみのすもう　日本の昔話　「おはなしのろうそく18」東京子ども図書館　　加藤節子
2. くぎスープ　スウェーデンの昔話　「世界のむかし話」学習研究社　　森本真実
3. ムフタール通りの魔女　グリパリ作　「木曜日はあそびの日」岩波書店　　円乗攝子
4. 象のふろおけ　ビルマの昔話　「世界むかし話 東南アジア」ほるぷ出版　　浅見和子
5. チャールズとミスター・ムーン　エインワース作
　　　「母の友」437号　福音館書店　　荒井督子
6. ガチョウ番の娘　グリム昔話　「おはなしのろうそく3」東京子ども図書館　　内藤直子

第267回　1997年3月25日

1. クルミわりのケイト　イギリスの昔話
　　　「おはなしのろうそく10」東京子ども図書館　　内藤直子
2. うぐいすの里　日本の昔話　「日本昔話百選」三省堂　　茨木啓子
3. チム・ラビットとはさみ　アトリー作　「チム・ラビットのぼうけん」童心社　　加藤節子

4. ジャッカルとワニ　バングラデシュの昔話
　　「子どもに語るアジアの昔話2」こぐま社　　浅見和子
5. 一つ目、二つ目、三つ目　グリム昔話
　　「子どもに語るグリムの昔話5」こぐま社　　円乘攝子

第268回　1997年4月22日

1. 瓜コ姫コとアマンジャク　日本の昔話　「わらしべ長者」岩波書店　　井村英
2. ちびのふとっちょ　ノルウェーの昔話　「太陽の東月の西」岩波書店　　池田信子
3. ぐらぐらの は　エドワーズ作　「きかんぽのちいちゃいいもうと」福音館書店　　張替恵子
4. マメ子と魔物　イランの昔話　「子どもに聞かせる世界の民話」実業之日本社　　加藤節子
5. ティッキ・ピッキ・ブン・ブン　ジャマイカの昔話
　　「おはなしのろうそく22」東京子ども図書館　　浅見和子
6. 鳴いてはねるヒバリ　グリム昔話
　　「おはなしのろうそく16」東京子ども図書館　　森本真実

第269回　1997年5月27日

1. カエルの王さま　グリム昔話　「一つ目二つ目三つ目」子ども文庫の会　　森本真実
2. たまごのカラの酒つくり　アイルランドの昔話
　　「イギリスとアイルランドの昔話」福音館書店　　金城泰子
3. おやふこうなあおがえる　朝鮮の昔話　「おばけのトッカビ」太平出版社　　張替恵子
4. くいしんぼうのアナンシ　アフリカの昔話
　　「世界むかし話 アフリカ」ほるぷ出版　　徐奈美
5. こぶたのバーナビー　ハウリハン作
　　〈手あそび〉ふうせんふくらまそ　「おはなしのろうそく22」東京子ども図書館　　荒井督子
6. うぐいす　アンデルセン作　松岡享子訳　　松岡享子

第270回　1997年6月24日

1. 赤ずきん　グリム昔話　「おいしいおかゆ」子ども文庫の会　　森本真実
2. ぼたもち蛙　日本の昔話　「日本昔話百選」三省堂　　金城泰子
3. チム・ラビットとはさみ　アトリー作　「チム・ラビットのぼうけん」童心社　　加藤節子
4. 小さいお嬢さまのバラ　ファージョン作　「ムギと王さま」岩波書店　　内藤直子
5. バラの花とバイオリンひき　ジプシーの昔話　「太陽の木の枝」福音館書店　　加納純子

6. 〈詩〉ぽつ、ぽつ、ぽつ、ぽつ、こさめがふっている　留饒民作
「ブリ・ブラ・ブル」明治図書
ぱぴぷぺぽっつん　まど・みちお作　「にほんごにこにこ」理論社　浅見和子
7. 仕立やのイトチカさんが王さまになったはなし　ポーランドの昔話
「おはなしのろうそく6」東京子ども図書館　松岡享子

第271回　1997年7月22日　於：中野サンプラザ

1. 三びきの子ブタ　イギリスの昔話
「イギリスとアイルランドの昔話」福音館書店　池田信子
2. 猿の生き肝　日本の昔話　「日本昔話百選」三省堂　浅見和子
3. 狼おじさん　イタリアの昔話　「みどりの小鳥」岩波書店　加藤節子
4. 三人の糸つむぎ女　グリム昔話　「子どもに語るグリムの昔話3」こぐま社　内藤直子
5. エンドウ豆の上のお姫さま　アンデルセン作
「アンデルセン童話集1」岩波書店　加納純子
6. 〈詩〉おれはかまきり　くどうなおこ作　「のはらうた1」童話屋
カマキリ　はたなかけいいち作　「みえる詩あそぶ詩きこえる詩」冨山房　井村英
7. 美しいおとめ　北米先住民の昔話
「オクスフォード世界の民話と伝説3 アメリカ編」講談社　松岡享子

第272回　1997年9月30日　於：松の実ホール

1. ねずみじょうど　日本の昔話　「おはなしのろうそく3」東京子ども図書館　加藤節子
2. フクロウ　ハイチの昔話　「魔法のオレンジの木」岩波書店　浅見和子
3. 七わのからす　グリム昔話　「子どもに語るグリムの昔話3」こぐま社　森本真実
4. ふしぎなお客　イギリスの昔話　「イギリスとアイルランドの昔話」福音館書店　黒澤克朗
5. 魔法をならいたかった男の子　ベヒシュタイン作　「白いオオカミ」岩波書店　加納純子
6. おばあさんとブタ　イギリスの昔話
「おはなしのろうそく7」東京子ども図書館　松岡享子
7. 金の足のベルタ　ファージョン作　「年とったばあやのお話かご」岩波書店　内藤直子

第273回　1997年10月28日　於：松の実ホール

1. かにむかし　日本の昔話　「わらしべ長者」岩波書店　池田信子
2. 歌うふくろ　スペインの昔話　「おはなしのろうそく6」東京子ども図書館　内藤直子

3. 赤鬼エティン　イギリスの昔話　「おはなしのろうそく15」東京子ども図書館　　田中英子
4. 五つのだんご　スリランカの昔話　「子どもに語るアジアの昔話2」こぐま社　　浅見和子
5. 茂吉のねこ　松谷みよ子作　「茂吉のねこ」偕成社　　井村英
6. 六人男、世界をのし歩く　グリム昔話
　　「子どもに語るグリムの昔話2」こぐま社　　加藤節子

第274回　1997年11月24日　於：東京子ども図書館ホール（〜500回まで）
◆ 新館開館記念　愛蔵版おはなしのろうそく1「エパミナンダス」より
1. エパミナンダス　ブライアント作　　浅見和子
2. 〈手あそび〉こぶたが一匹……　中川李枝子作　　内藤直子
3. かしこいモリー　イギリスの昔話　　井村英
4. おいしいおかゆ　グリム昔話　　森本真実
5. 〈人形あそび〉くまさんのおでかけ　中川李枝子作　　加藤節子
6. ブドーリネク　チェコの昔話　　佐々梨代子
7. スヌークスさん一家　ウィリアムズ作　　松岡享子
8. ぼくのおまじない　中川李枝子作　　荒井督子
9. 十二のつきのおくりもの　スロバキアの昔話　　張替恵子
10. 森の花嫁　フィンランドの昔話　　内藤直子
11. なぞなぞ　中川李枝子作　　松岡享子、ピアノ 佐藤恵実、バイオリン 小田実穂

第275回　1997年12月16日
1. クルミわりのケイト　イギリスの昔話
　　「おはなしのろうそく10」東京子ども図書館　　内藤直子
2. 小さな赤いセーター　マックリー作
　　「おはなしのろうそく8」東京子ども図書館　　張替恵子
3. ネズミのおおてがら　チベットの昔話　「世界むかし話 インド」ほるぷ出版　　浅見和子
4. ついでにペロリ　デンマークの昔話
　　「おはなしのろうそく6」東京子ども図書館　　松岡享子
5. こびととくつや　グリム昔話　「子どもに語るグリムの昔話6」こぐま社　　加藤節子
6. 大歳の火　日本の昔話　「日本昔話百選」三省堂　　井村英
7. やぎのズラテー　シンガー作　「やぎと少年」岩波書店　　加納純子
＊クリスマスのうた　ピアノ 佐藤恵実、バイオリン 小田実穂

第276回　1998年1月27日

1. **絵姿女房**　日本の昔話　「アジアの昔話2」福音館書店　　荒井督子
2. **ルンペルシュティルツヘン**　グリム昔話
   　　「おはなしのろうそく12」東京子ども図書館　　森本真実
3. **だめといわれてひっこむな**　プロイセン作
   　　「おはなしのろうそく9」東京子ども図書館　　内藤直子
4. **ふしぎなオルガン**　レアンダー作　「ふしぎなオルガン」岩波書店　　金城泰子
5. **おししのくびはなぜあかい**　日本の昔話
   　　「おそばのくきはなぜあかい」岩波書店　　加藤節子
6. **ふしぎな胡弓**　ベトナムの昔話　「子どもに聞かせる世界の民話」実業之日本社　　加納純子
7. 〈詩〉**まふゆのまんげつのよの……**　松岡享子作
   　　「それ ほんとう？」福音館書店　　浅見和子
8. **カマスのめいれい**　ロシアの昔話　「まほうの馬」岩波書店　　井村英

第277回　1998年2月24日

1. **鳥呑爺**　日本の昔話　「日本昔話百選」三省堂　　森本真実
2. **王さまとオンドリ**　パキスタンの昔話
   　　「子どもに語るアジアの昔話2」こぐま社　　浅見和子
3. **青いあかり**　グリム昔話　「子どもに語るグリムの昔話5」こぐま社　　池田信子
4. **天のかみさま金んつなください**　日本の昔話
   　　「こどものとも」384号　福音館書店　　牛久保ゆう子
5. **キラキラ光る火の鳥**　エスキモーの昔話　「カラスだんなのおよめとり」岩波書店　　井村英
6. 〈詩〉**あめりかうまれの……／はれわたったはるのひ……**　松岡享子作
   　　「それ ほんとう？」福音館書店　　内藤直子
7. **花仙人**　中国の昔話　「花仙人」福音館書店　　松岡享子

第278回　1998年3月24日

1. **赤ずきん**　グリム昔話　「おいしいおかゆ」子ども文庫の会　　加藤節子
2. **五分次郎**　日本の昔話　「日本昔話百選」三省堂　　井村英
3. **ねことねずみ**　イギリスの昔話　「おはなしのろうそく21」東京子ども図書館　　内藤直子
4. **名まえ**　ハイチの昔話　「魔法のオレンジの木」岩波書店　　金城泰子
5. **三人ばか**　イギリスの昔話　「おはなしのろうそく4」東京子ども図書館　　松岡享子

6. 長ぐつをはいたねこ　ペロー昔話
　　「おはなしのろうそく5」東京子ども図書館　　浅見和子
7. 七ばんめの王女　ファージョン作　「ムギと王さま」岩波書店　　加納純子

第279回　1998年4月28日

1. すずめとからす　バングラデシュの昔話
　　「おはなしのろうそく20」東京子ども図書館　　浅見和子
2. トラになった王さま　モンゴルの昔話
　　「子どもに聞かせる世界の民話」実業之日本社　　井村英
3. ホジャ、ロバを売りにいく　トルコの昔話
　　「天からふってきたお金」岩波書店　　森本真実
4. ドシュマンとドゥースト　イランの昔話
　　「子どもに語るアジアの昔話2」こぐま社　　加藤節子
5. ランパンパン　インドの昔話　「ランパンパン」評論社　　内藤直子
6. 犬になった王子　チベットの昔話　「白いりゅう黒いりゅう」岩波書店　　松岡享子

第280回　1998年5月26日

1. かちかち山　日本の昔話　「おはなしのろうそく10」東京子ども図書館　　浅見和子
2. キツネとネズミ　エスキモーの昔話　「世界むかし話 北米」ほるぷ出版　　小池さくら子
3. みつけどり　グリム昔話　「子どもに語るグリムの昔話2」こぐま社　　加藤節子
4. かわいいメンドリ　チェコスロバキアの昔話
　　「世界むかし話 東欧」ほるぷ出版　　松岡享子
5. おはなし　ローベル作　「ふたりはともだち」文化出版局　　平塚ミヨ
6. 森の花嫁　フィンランドの昔話　「おはなしのろうそく2」東京子ども図書館　　内藤直子

第281回　1998年6月23日

1. かにかに、こそこそ　日本の昔話　「おはなしのろうそく17」東京子ども図書館　　浅見和子
2. まめじかカンチルが穴に落ちる話　インドネシアの昔話
　　「おはなしのろうそく8」東京子ども図書館　　加藤節子
3. ねこっ皮　イギリスの昔話　「おはなしのろうそく17」東京子ども図書館　　杉本あけみ
4. だんなも、だんなも、大だんなさま　イギリスの昔話
　　「イギリスとアイルランドの昔話」福音館書店　　松岡享子

5. 小さいお嬢さまのバラ　ファージョン作　「ムギと王さま」岩波書店　　内藤直子
6. 三つの金のオレンジ　スペインの昔話　「世界むかし話 南欧」ほるぷ出版　佐々梨代子

第282回　1998年7月28日

1. ルンペルシュティルツヘン　グリム昔話
　　　「おはなしのろうそく12」東京子ども図書館　　森本真実
2. キジのかね　朝鮮の昔話　「ネギをうえた人」岩波書店　　井村英
3. ひねくれもののエイトジョン　アメリカの昔話
　　　「アメリカのむかし話」偕成社　　加藤節子
4. 元気な仕立て屋　アイルランドの昔話
　　　「イギリスとアイルランドの昔話」福音館書店　　内藤直子
5. 金の腕　イギリスの昔話　「おはなしのろうそく22」東京子ども図書館　　松岡享子
6. 耳なし芳一のはなし　小泉八雲作
　　　「おじいちゃんのむかしばなし 第四夜」蓁秋社　　奥山勇太郎

第283回　1998年9月22日

1. ぬか福と米福　日本の昔話　「おはなしのろうそく13」東京子ども図書館　　加藤節子
2. ワシにさらわれたおひめさま　朝鮮の昔話　「ネギをうえた人」岩波書店　　井村英
3. 月をつろうとしたロー　ソロモン諸島の昔話
　　　「世界むかし話 太平洋諸島」ほるぷ出版　　浅見和子
4. ものしり博士　グリム昔話　「ホレおばさん」子ども文庫の会　　森本真実
5. お月さまの話　ニクレビチョバ作　「お月さまの話 ほか」講談社　　荒井督子
6. イグサのかさ　イギリスの昔話　「イギリスとアイルランドの昔話」福音館書店　　内藤直子

第284回　1998年10月27日

1. なら梨とり　日本の昔話　「日本昔話百選」三省堂　　森本真実
2. ひなどりとネコ　ビルマの昔話　「子どもに聞かせる世界の民話」実業之日本社　　松岡享子
3. なんでも信ずるおひめさま　デンマークの昔話　「ものいうなべ」岩波書店　　井村英
4. すずめとからす　バングラデシュの昔話
　　　「おはなしのろうそく20」東京子ども図書館　　浅見和子
5. 北風に会いにいった少年　ノルウェーの昔話
　　　「おはなしのろうそく13」東京子ども図書館　　内藤直子

6.〈詩〉えへん！／もみじのワルツ　くどうなおこ作　「のはらうた3」童話屋　　加藤節子
7. 雨の乙女　ド・モーガン作　「風の妖精たち」岩波書店　　佐々梨代子

第285回　1998年11月23日
◆ 愛蔵版おはなしのろうそく2「なまくらトック」より
1. なまくらトック　ボルネオの昔話　　小関知子
2. ねずみじょうど　日本の昔話　　加藤節子
3. 金色とさかのオンドリ　ロシアの昔話　　内藤直子
4. ガチョウ番のむすめ　グリム昔話　　佐々梨代子
5. 三人ばか　イギリスの昔話　　浅見和子
6. ふるやのもり　日本の昔話　　張替恵子
7. おかあさんのごちそう　中川李枝子作　　荒井督子
8. あなのはなし　マラリーク作　　井村英
9. 美しいワシリーサとババ・ヤガー　ロシアの昔話　　松岡享子

第286回　1998年12月22日
1. こびととくつや　グリム昔話　「子どもに語るグリムの昔話6」こぐま社　　加藤節子
2. 大工のアンデルセンとクリスマス小人　プリョイセン作
　　「しあわせのテントウムシ」岩波書店　　井村英
3. 十二のつきのおくりもの　スロバキアの昔話
　　「おはなしのろうそく2」東京子ども図書館　　内藤直子
4. ちいさなろば　エインワース作　「ちいさなろば」福音館書店　　荒井督子
5. 金いろとさかのおんどり　ロシアの昔話
　　「おはなしのろうそく3」東京子ども図書館　　松岡享子
6. グロースターの仕たて屋　ポター作
　　「グロースターの仕たて屋」福音館書店　　佐々梨代子

第287回　1999年1月26日
1. 干支のおこり　日本の昔話　「はなさかじい」福音館書店　　森本真実
2. かちかち山　日本の昔話　「おはなしのろうそく10」東京子ども図書館　　浅見和子
3. キツネとオオカミ　ロシアの昔話　「まほうの馬」岩波書店　　井村英
4. おししのくびはなぜあかい　日本の昔話

「おそばのくきはなぜあかい」岩波書店　加藤節子
5. タールぼうずの話／ウサギどんとイバラのしげみ　アメリカの昔話
「ウサギどんキツネどん」岩波書店　光野トミ
6. ホレおばさん　グリム昔話　「子どもに語るグリムの昔話1」こぐま社　内藤直子
7. 光り姫　インドの昔話　「世界むかし話 インド」ほるぷ出版　松岡享子

第288回　1999年2月23日

1. 五分次郎　日本の昔話　「日本昔話百選」三省堂　井村英
2. ねことねずみ　イギリスの昔話　「おはなしのろうそく21」東京子ども図書館　内藤直子
3. ドシュマンとドゥースト　イランの昔話
「子どもに語るアジアの昔話2」こぐま社　加藤節子
4. ネズミのおおてがら　インドの昔話　「世界むかし話 インド」ほるぷ出版　浅見和子
5. イボンとフィネット　フランスの昔話
「子どもに聞かせる世界の民話」実業之日本社　槙枝聖子
6. 鳴いてはねるヒバリ　グリム昔話
「おはなしのろうそく16」東京子ども図書館　森本真実

第289回　1999年3月23日

1. おいしいおかゆ　グリム昔話　「おはなしのろうそく1」東京子ども図書館　森本真実
2. クルミわりのケイト　イギリスの昔話
「おはなしのろうそく10」東京子ども図書館　内藤直子
3. 犬と猫とうろこ玉　日本の昔話　「おはなしのろうそく15」東京子ども図書館　井村英
4. ラピンさんとシチメンチョウ　アメリカの昔話
「アメリカのむかし話」偕成社　浅見和子
5. マメ子と魔物　イランの昔話　「子どもに聞かせる世界の民話」実業之日本社　加藤節子
6. うぐいす　アンデルセン作　松岡享子訳　松岡享子

第290回　1999年4月27日

1. こすずめのぼうけん　エインワース作
「おはなしのろうそく13」東京子ども図書館　加藤節子
2. 七わのからす　グリム昔話　「子どもに語るグリムの昔話3」こぐま社　張替恵子
3. くわずにょうぼう　日本の昔話　「くわずにょうぼう」福音館書店　森本真実

4. かしこすぎた大臣　インドの昔話　「子どもに語るアジアの昔話1」こぐま社　　浅見和子
5. かわいいメンドリ　チェコスロバキアの昔話
　　　「世界むかし話 東欧」ほるぷ出版　松岡享子
6. アンチの運命　フィンランドの昔話　「かぎのない箱」岩波書店　　井村英

第291回　1999年5月25日

1. ねずみのすもう　日本の昔話　「おはなしのろうそく18」東京子ども図書館　　加藤節子
2. かん太さまのいびき　松岡享子作　「くしゃみくしゃみ天のめぐみ」福音館書店　　井村英
3. ジャックとマメの木　イギリスの昔話
　　　「イギリスとアイルランドの昔話」福音館書店　　中村京子
4. ふたりのあさごはん　にしゆうこ作
　　　「おはなしのろうそく16」東京子ども図書館　　森本真実
5. かえるの王さま　グリム昔話　「子どもに語るグリムの昔話2」こぐま社　　内藤直子
6. 世界でいちばんやかましい音　エルキン作
　　　「世界でいちばんやかましい音」こぐま社　　松岡享子

第292回　1999年6月22日

1. かにかに、こそこそ　日本の昔話
　　　「おはなしのろうそく17」東京子ども図書館　　内藤直子
2. 白いりゅう黒いりゅう　中国の昔話　「白いりゅう黒いりゅう」岩波書店　　井村英
3. おやふこうなあおがえる　朝鮮の昔話　「おばけのトッカビ」太平出版社　　張替恵子
4. ムカデとモグラの婚約　朝鮮の昔話　「世界むかし話 朝鮮」ほるぷ出版　　浅見和子
5. おむこさんの買いもの　朝鮮の昔話　「ネギをうえた人」岩波書店　　平塚ミヨ
6. 鳥になった妹　ネパールの昔話　「おはなしのろうそく21」東京子ども図書館　　松岡享子

第293回　1999年7月27日

1. 姉いもと　イギリスの昔話　「イギリスとアイルランドの昔話」福音館書店　　内藤直子
2. 大蛇とヒキガエル　朝鮮の昔話　「ネギをうえた人」岩波書店　　井村英
3. やっちまったことはやっちまったこと　チェコの昔話
　　　Gone is gone より　浅木尚実訳　張替恵子
4. コヨーテとセミ　北米先住民の昔話
　　　「おはなしのろうそく23」東京子ども図書館　　浅見和子

5. 海の水はなぜからい　ノルウェーの昔話
　　「おはなしのろうそく 23」東京子ども図書館　　森本真実
6. まめじかカンチルが穴に落ちる話　インドネシアの昔話
　　「おはなしのろうそく 8」東京子ども図書館　　加藤節子
7. 金の髪　コルシカの昔話　「おはなしのろうそく 19」東京子ども図書館　　松岡享子

第294回　1999年9月28日

1. 月をつろうとしたロー　ソロモン諸島の昔話
　　「世界むかし話 太平洋諸島」ほるぷ出版　　浅見和子
2. ジーリコッコラ　イタリアの昔話　「みどりの小鳥」岩波書店　　重岡令子
3. 大うそつき　ベトナムの昔話　「子どもに語るアジアの昔話 2」こぐま社　　井村英
4. ようせいのゆりかご　エインワース作　「ようせいのゆりかご」岩波書店　　荒井督子
5. 金の不死鳥　フランス系カナダ人の昔話　「トンボソのおひめさま」岩波書店　　松岡享子

第295回　1999年10月26日

1. ルンペルシュティルツヘン　グリム昔話
　　「おはなしのろうそく 12」東京子ども図書館　　森本真実
2. スズメとカラス　バングラデシュの昔話
　　「子どもに語るアジアの昔話 1」こぐま社　　浅見和子
3. 悪魔とその弟子　ブルガリアの昔話　「吸血鬼の花よめ」福音館書店　　井村英
4. 梨といっしょに売られた女の子　イタリアの昔話
　　「みどりの小鳥」岩波書店　　加藤節子
5. 絵姿女房　日本の昔話　「おはなしのろうそく 23」東京子ども図書館　　荒井督子
6. 北風に会いにいった少年　ノルウェーの昔話
　　「おはなしのろうそく 13」東京子ども図書館　　内藤直子
7. The kind elephant　南アフリカのお話　　Jay Heale（南アフリカの語り手）
8. ちいちゃい、ちいちゃい　イギリスの昔話
　　「イギリスとアイルランドの昔話」福音館書店　　松岡享子

第296回　1999年11月23日

◆愛蔵版おはなしのろうそく3「ついでにペロリ」より

1. うちの中のウシ　ワッツ作　　井村英

2. 長ぐつをはいたネコ　ペロー昔話　佐々梨代子
3. 〈あそびうた〉クマが山にのぼってった　（アメリカ）　松岡享子
4. あくびが出るほどおもしろい話　松岡享子作　森本真実
5. 三まいのお札　日本の昔話　加藤節子
6. ラプンツェル　グリム昔話　荒井督子
7. うたうふくろ　スペインの昔話　尾野三千代
8. あるだんなさんとおかみさんの話　クラウス作　浅見和子
9. なら梨とり　日本の昔話　内藤直子
10. ついでにペロリ　デンマークの昔話　張替恵子
11. 仕立てやのイトチカさんが王さまになった話　ポーランドの昔話　松岡享子

第297回　1999年12月21日

1. 干支のおこり　日本の昔話　「はなさかじい」福音館書店　森本真実
2. 大歳の火　日本の昔話　「日本昔話百選」三省堂　井村英
3. ネズミのおおてがら　チベットの昔話　「世界むかし話 インド」ほるぷ出版　浅見和子
4. マリアさまとかるわざ師　A・フランス作
　「少年少女世界文学全集29 フランス編5」講談社　荒井督子
5. ホレおばさん　グリム昔話　「子どもに語るグリムの昔話1」こぐま社　加藤節子
6. キツネとオオカミ　ロシアの昔話　「まほうの馬」岩波書店　松岡享子
7. マッチ売りの少女　アンデルセン作
　「おはなしのろうそく23」東京子ども図書館　内藤直子
8. 〈朗読〉宿屋はいっぱいでした　ドノヒュー作
　「天使がうたう夜に」日本基督教団出版局　松岡享子

第298回　2000年1月25日

1. ねずみのすもう　日本の昔話　「日本のむかしばなし」のら書店　加藤節子
2. 王さまとオンドリ　パキスタンの昔話
　「子どもに語るアジアの昔話2」こぐま社　浅見和子
3. 木竜うるし　日本の昔話　「わらしべ長者」岩波書店　井村英
4. マロースじいさん　ロシアの昔話　「ロシアのむかし話」偕成社　松岡享子
5. だめといわれてひっこむな　プロイセン作
　「おはなしのろうそく9」東京子ども図書館　内藤直子

6. こぶとり爺　日本の昔話　「日本昔話百選」三省堂　　山本真基子
7. 火をはく竜　中国の昔話　「中国のむかし話」偕成社　　張替恵子

第299回　2000年2月22日

1. ねずみじょうど　日本の昔話　「おはなしのろうそく3」東京子ども図書館　　内藤直子
2. くぎスープ　スウェーデンの昔話　「世界のむかし話」学習研究社　　森本真実
3. ねこのお客　エインワース 作　「幼い子の文学」中央公論社　　加藤節子
4. キラキラ光る火の鳥　エスキモーの昔話
　　「カラスだんなのおよめとり」岩波書店　　井村英
5. 〈詩〉まふゆのまんげつのよの……　松岡享子作
　　「それ ほんとう？」福音館書店　　浅見和子
6. 仕立て屋と妖精　イギリスの昔話　「むかしばなし・イギリスの旅」新読書社　　荒井督子
7. 山にさらわれたひとの娘　ウテルダール作
　　「子どもの文学──新しい時代の物語」グロリア インターナショナル　　松岡享子

第300回　2000年3月30日

◆300回記念お話会──33年前の第1回お話をたのしむ会 (→p18) を再現
午後の部

1. おおきなかぶ　ロシアの昔話　「おおきなかぶ」福音館書店　　棟方春一
2. ふるやのもり　日本の昔話　「ふるやのもり」福音館書店　　平塚ミヨ
3. まえがみ太郎　第1章　松谷みよ子作　「まえがみ太郎」偕成社　　中尾幸
4. ふしぎなオルガン　レアンダー作　「ふしぎなオルガン」岩波書店　　加藤節子
5. 地主のはなよめ　ノルウェーの昔話　「太陽の東月の西」岩波書店　　植田たい子
6. ゆめみむすこ　日本の昔話　「母の友」184号　福音館書店　　小河内芳子
7. だんなも、だんなも、大だんなさま　イギリスの昔話
　　「イギリスとアイルランドの昔話」福音館書店　　上野由紀子
8. どこでもないなんでもない　フィンランドの昔話
　　「かぎのない箱」岩波書店　　佐々梨代子

夜の部
1. こぶたのバーナビー　ハウリハン作
　　「おはなしのろうそく22」東京子ども図書館　　荒井督子
2. かん太さまのいびき　松岡享子作
　　「くしゃみくしゃみ天のめぐみ」福音館書店　　大倉玲子
3. マッチ売りの少女　アンデルセン作
　　「おはなしのろうそく23」東京子ども図書館　　内藤直子
4. たぬきと山伏　日本の昔話　「わらしべ長者」岩波書店　　光野トミ
5. おはなしのだいすきな王さま　エチオピアの昔話　「山の上の火」岩波書店　　山本真基子
6. 金の不死鳥　フランス系カナダ人の昔話　「トンボソのおひめさま」岩波書店　　松岡享子

第301回　2000年4月25日

1. ありこのおつかい　石井桃子作　「ありこのおつかい」福音館書店　　金高恵美子
2. くわずにょうぼう　日本の昔話　「くわずにょうぼう」福音館書店　　森本真実
3. 草かりワリダッド　インドの昔話　「世界むかし話 インド」ほるぷ出版　　浅見和子
4. 小さなこげた顔　北米先住民の昔話　「アメリカのむかし話」偕成社　　内藤直子
5. カラスとキツネ　イランの昔話　「子どもに語るアジアの昔話1」こぐま社　　関澤はる子
6. 六人男、世界をのし歩く　グリム昔話
　　「子どもに語るグリムの昔話2」こぐま社　　加藤節子

第302回　2000年5月23日

1. カエルの王さま　グリム昔話　「一つ目二つ目三つ目」子ども文庫の会　　森本真実
2. びんぼうこびと　ウクライナの昔話　「びんぼうこびと」福音館書店　　貞方厚代
3. かちかち山　日本の昔話　「おはなしのろうそく10」東京子ども図書館　　浅見和子
4. 馬とヒキガエル　ハイチの昔話　「魔法のオレンジの木」岩波書店　　小金沢頼子
5. ノックグラフトンの昔話　アイルランドの昔話
　　「イギリスとアイルランドの昔話」福音館書店　　荒井督子
6. わらとせきたんとそらまめ　グリム昔話
　　「おいしいおかゆ」子ども文庫の会　　加藤節子
7. ムギと王さま　ファージョン作　「ムギと王さま」岩波書店　　内藤直子

第303回　2000年6月27日

1. **鳥呑爺**　日本の昔話　「日本昔話百選」三省堂　　森本真実
2. **王さまの秘密**　タイの昔話　「世界むかし話 東南アジア」ほるぷ出版　　張替恵子
3. **たなばた**　中国の昔話　「たなばた」福音館書店　　是永範子
4. **パン屋のネコ**　エイキン作　「しずくの首飾り」岩波書店　　近藤美子
5. **雨のち晴**　ポター作　「おはなしのろうそく13」東京子ども図書館　　浅見和子
6. **ねことねずみ**　イギリスの昔話　「おはなしのろうそく21」東京子ども図書館　　内藤直子
7. **心臓がからだの中にない巨人**　ノルウェーの昔話
　　　「おはなしのろうそく22」東京子ども図書館　　奥村満智子

第304回　2000年7月25日

1. **長ぐつをはいたねこ**　ペロー昔話　「おはなしのろうそく5」東京子ども図書館　　加藤節子
2. **スズメとカラス**　バングラデシュの昔話
　　　「子どもに語るアジアの昔話1」こぐま社　　浅見和子
3. **ものいうたまご**　アメリカの昔話　「アメリカのむかし話」偕成社　　塚原眞理子
4. **五分次郎**　日本の昔話　「日本昔話百選」三省堂　　槙枝聖子
5. **石の裁判**　ビルマの昔話　「世界むかし話 東南アジア」ほるぷ出版　　徐奈美
6. **あくびがでるほどおもしろい話**　松岡享子作
　　　「おはなしのろうそく5」東京子ども図書館　　森本真実
7. **ユルマと海の神**　フィンランドの昔話　「かぎのない箱」岩波書店　　湯沢朱実

第305回　2000年9月26日

◆愛蔵版おはなしのろうそく4「ながすね ふとはら がんりき」より

1. **小鳥になった美しい妹**　ギリシアの昔話　　是永範子
2. **おばあさんとブタ**　イギリスの昔話　　西島燿子
3. **いうことをきかないウナギ**　イタリアのわらい話　　平塚ミヨ
4. **たにし長者**　日本の昔話　　浅見和子
5. 〈わらべうた〉**小山のこうさぎ**　（佐賀）　　加藤節子
6. **熊の皮を着た男**　グリム昔話　　森本真実
7. **マメジカカンチルが穴に落ちる話**　インドネシアの昔話　　加藤節子
8. **小さな赤いセーター**　マックリー作　　張替恵子
9. **牛方とやまんば**　日本の昔話　　尾野三千代

10. 〈わらべうた〉てんまり歌 （越後）　浅見和子
11. ながすね ふとはら がんりき　チェコの昔話　大月ルリ子

第306回　2000年10月24日
1. 三枚の札コ　日本の昔話　「日本昔話百選」三省堂　重岡令子
2. 百姓のおかみさんとトラ　パキスタンの昔話
　　「子どもに語るアジアの昔話2」こぐま社　浅見和子
3. 熊の皮を着た男　グリム昔話
　　「ながすね ふとはら がんりき」東京子ども図書館　張替恵子
4. クルミわりのケイト　イギリスの昔話
　　「おはなしのろうそく10」東京子ども図書館　内藤直子
5. 〈詩〉うつくしいのは げつようびのこども／おとこのこって なんでできてる？
　　「マザーグースのうた1」草思社　加藤節子
6. コショウ菓子の焼けないおきさきと口琴のひけない王さまの話　レアンダー作
　　「ふしぎなオルガン」岩波書店　森本真実

第307回　2000年11月23日
1. ミアッカどん　イギリスの昔話　「イギリスとアイルランドの昔話」福音館書店　加藤節子
2. くぎスープ　スウェーデンの昔話　「世界のむかしばなし」のら書店　森本真実
3. たにし長者　日本の昔話　「ながすね ふとはら がんりき」東京子ども図書館　浅見和子
4. ぐらぐらの は　エドワーズ作　「きかんぼのちいちゃいいもうと」福音館書店　張替恵子
5. お月さまの話　ニクレビチョバ作　「お月さまの話 ほか」講談社　荒井督子
6. ジーニと魔法使い　北米先住民の昔話
　　「おはなしのろうそく9」東京子ども図書館　内藤直子

第308回　2000年12月19日
1. びんぼうがみ　日本の昔話　「わらしべ長者」岩波書店　栩木晴代
2. 牛になったなまけ者　朝鮮の昔話　「世界むかし話 朝鮮」ほるぷ出版　浅見和子
3. ルンペルシュティルツヘン　グリム昔話
　　「おはなしのろうそく12」東京子ども図書館　森本真実
4. 東風　トラヴァース作
　　「風にのってきたメアリー・ポピンズ」岩波書店 より　張替恵子編　張替恵子

5. こびととくつや　グリム昔話　「子どもに語るグリムの昔話6」こぐま社　　加藤節子
6. 十二のつきのおくりもの　スロバキアの昔話
　　　「おはなしのろうそく2」東京子ども図書館　　内藤直子
7. マッチ売りの少女　アンデルセン作
　　　「おはなしのろうそく23」東京子ども図書館　　荒井督子

第309回　2001年1月23日

1. 絵姿女房　日本の昔話　「おはなしのろうそく23」東京子ども図書館　　荒井督子
2. 犬と猫とうろこ玉　日本の昔話　「おはなしのろうそく15」東京子ども図書館　　張替恵子
3. ムカデとモグラの婚約　朝鮮の昔話　「世界むかし話 朝鮮」ほるぷ出版　　浅見和子
4. マーシャとくま　ロシアの昔話　「マーシャとくま」福音館書店　　吉沢登子
5. 北風に会いにいった少年　ノルウェーの昔話
　　　「おはなしのろうそく13」東京子ども図書館　　内藤直子
6. ながすね ふとはら がんりき　チェコの昔話
　　　「ながすね ふとはら がんりき」東京子ども図書館　　尾野三千代

第310回　2001年2月27日

1. 鳥呑爺　日本の昔話　「日本昔話百選」三省堂　　森本真実
2. 三びきの子ブタ　イギリスの昔話　「イギリスとアイルランドの昔話」福音館書店　　浅見和子
3. やりこめられないおひめさま　ノルウェーの昔話
　　　「世界のむかしばなし」のら書店　　加藤節子
4. 聖地メッカへ行けなかったキツネ　トルコの昔話
　　　「子どもに語るトルコの昔話」こぐま社　　奥村満智子
5. 世界一のペンキ屋さん　アメリカの昔話　「アメリカのむかし話」偕成社　　張替恵子
6. チャールズとミスター・ムーン　エインズワース作
　　　「チャールズのおはなし」福音館書店　　荒井督子
7. ガチョウ番のむすめ　グリム昔話　「なまくらトック」東京子ども図書館　　内藤直子

第311回　2001年3月27日

1. かしこいモリー　イギリスの昔話
　　　「おはなしのろうそく1」東京子ども図書館　　尾野三千代
2. しおちゃんとこしょうちゃん　エインワース作

「こどものとも 年中向き」85号　福音館書店　　張替恵子
3. **桃の子太郎**　日本の昔話　「日本昔話百選」三省堂　　辻山妙子
4. **スズメとカラス**　バングラデシュの昔話
「子どもに語るアジアの昔話1」こぐま社　　浅見和子
5. **長ぐつをはいたねこ**　ペロー昔話　「おはなしのろうそく5」東京子ども図書館　　加藤節子
6. **ようせいにさらわれた王子**　イタリアの昔話
「世界むかし話 南欧」ほるぷ出版　　佐々梨代子

第312回　2001年4月24日

1. **三枚の鳥の羽**　グリム昔話　「おはなしのろうそく11」東京子ども図書館　　内藤直子
2. **くわずにょうぼう**　日本の昔話　「くわずにょうぼう」福音館書店　　森本真実
3. **ロバの耳はなぜ長い**　イタリアの昔話　「世界むかし話 南欧」ほるぷ出版　　浅見和子
4. **オンドリとネズミと小さい赤いメンドリ**　イギリスの昔話
「おはなしのろうそく12」東京子ども図書館　　半田恵
5. **小さいお嬢さまのバラ**　ファージョン作　「ムギと王さま」岩波書店　　椰野薫
6. **魔法の馬**　ロシアの昔話　「ロシアの昔話」福音館書店　　重岡令子

第313回　2001年5月22日

1. **赤ずきん**　グリム昔話　「おいしいおかゆ」子ども文庫の会　　荒井督子
2. **ありこのおつかい**　石井桃子作　「ありこのおつかい」福音館書店　　張替恵子
3. **三びきのクマの話**　イギリスの昔話
「イギリスとアイルランドの昔話」福音館書店　　松岡享子
4. **エルシー・ピドック夢で縄とびをする**　ファージョン作
「ヒナギク野のマーティン・ピピン」岩波書店　　光野トミ

第314回　2001年6月26日

1. **かにかに、こそこそ**　日本の昔話　「おはなしのろうそく17」東京子ども図書館　　浅見和子
2. **王子さまの耳は、ロバの耳**　ポルトガルの昔話
「子どもに聞かせる世界の民話」実業之日本社　　尾野三千代
3. **まほうのかさ**　ファイルマン原作　コルウェル再話
「こどものとも」516号　福音館書店　　張替恵子
4. **ハンスの花嫁**　スイスの昔話　「世界むかし話 フランス・スイス」ほるぷ出版　　槙枝聖子

5. ふたりのあさごはん　にしゆうこ作
　　「おはなしのろうそく16」東京子ども図書館　　森本真実
6. みつけどり　グリム昔話　「子どもに語るグリムの昔話2」こぐま社　　加藤節子
7. ムギと王さま　ファージョン作　「ムギと王さま」岩波書店　　内藤直子

第315回　2001年7月24日

1. ルンペルシュティルツヘン　グリム昔話
　　「おはなしのろうそく12」東京子ども図書館　　森本真実
2. はん点をなくしたヒョウ　ヒューエット作
　　「大きいゾウと小さいゾウ」大日本図書　　張替恵子
3. 三人ばか　イギリスの昔話　「おはなしのろうそく4」東京子ども図書館　　松村麻里
4. きんいろのしか　インド・パキスタンの昔話　「きんいろのしか」福音館書店　　荒井督子
5. ねずみじょうど　日本の昔話　「おはなしのろうそく3」東京子ども図書館　　内藤直子
6. 小さなグッディおばさん　エインワース作　松岡享子訳　　松岡享子

第316回　2001年9月25日

◆愛蔵版おはなしのろうそく5「だめといわれてひっこむな」より

1. だめといわれてひっこむな　プロイセン作　　荒井督子
2. 風の神と子ども　日本の昔話　　加藤節子
3. 〈わらべうた〉ひねしりあいの歌　(阿波)　　全員
4. ツグミひげの王さま　グリム昔話　　佐々梨代子
5. ジーニと魔法使い　北米先住民の昔話　　下沢いづみ
6. クルミわりのケイト　イギリスの昔話　　内藤直子
7. 七羽のカラス　グリム昔話　　張替恵子
8. たいへんたいへん　中川李枝子作　　山本真基子
9. かちかち山　日本の昔話　　浅見和子
10. 世界でいちばんやかましい音　エルキン作　　松岡享子

第317回　2001年10月23日

1. 三枚のお札　日本の昔話　「おはなしのろうそく5」東京子ども図書館　　張替恵子
2. こねこのチョコレート　ウィルソン作
　　「おはなしのろうそく20」東京子ども図書館　　内藤直子

3. 〈いますぐ〉さん、〈だんだん〉さん、〈これから〉さん　アメリカの昔話
　　「アメリカのむかし話」偕成社　　牛久保ゆう子
4. 海の水はなぜからい　ノルウェーの昔話
　　「おはなしのろうそく23」東京子ども図書館　　森本真実
5. ジャックとマメの木　イギリスの昔話
　　「イギリスとアイルランドの昔話」福音館書店　　森屋陽子
6. ほらふきくらべ　ユーゴスラビアの昔話　「世界むかし話 東欧」ほるぷ出版　　松岡享子

第318回　2001年11月23日
1. 小さな赤いセーター　マックリー作
　　「おはなしのろうそく8」東京子ども図書館　　張替恵子
2. つる女房　日本の昔話　「子どもに語る日本の昔話1」こぐま社　　荒井督子
3. ものいうたまご　アメリカの昔話　「アメリカのむかし話」偕成社　　狩野いう子
4. しあわせハンス　グリム昔話　「子どもに語るグリムの昔話5」こぐま社　　佐々梨代子
5. 金の不死鳥　フランス系カナダ人の昔話　「トンボソのおひめさま」岩波書店　　松岡享子

第319回　2001年12月18日
1. ヤギとオオカミ　アフガニスタンの昔話　「アジアの昔話6」福音館書店　　加藤節子
2. けものたちの、ないしょ話　アフガニスタンの昔話
　　「子どもに聞かせる世界の民話」実業之日本社　　内藤直子
3. 大工の息子　アフガニスタンの昔話
　　「子どもに語るアジアの昔話1」こぐま社　　竹口のぶ子
4. くぎスープ　スウェーデンの昔話　「世界のむかしばなし」のら書店　　森本真実
5. ちいさなろば　エインワース作　「ちいさなろば」福音館書店　　荒井督子
6. 〈朗読〉クリスマス・ローズの伝説　ラーゲルレーブ作
　　「クリスマス物語集」偕成社　　松岡享子

第320回　2002年1月22日
1. 干支のおこり　日本の昔話　「はなさかじい」福音館書店　　森本真実
2. ねずみ経　日本の昔話　「一寸法師・さるかに合戦・浦島太郎」岩波書店　　重岡令子
3. 牛になったなまけ者　朝鮮の昔話　「世界むかし話 朝鮮」ほるぷ出版　　浅見和子
4. ねこ先生と、とらのおでし　中国の昔話

「白いりゅう黒いりゅう」岩波書店　槙枝聖子
5. おししのくびはなぜあかい　日本の昔話
　　「おそばのくきはなぜあかい」岩波書店　加藤節子
6. 小犬を拾って仕合せになった爺さんの話　日本の昔話
　　「おはなしのろうそく19」東京子ども図書館　狩野いう子
7. 旅人馬　日本の昔話　「子どもに語る日本の昔話2」こぐま社　内藤直子
8. 天下一の馬　豊島与志雄作　「天下一の馬」偕成社　松岡享子

第321回　2002年2月26日

1. ゆきんこ　ロシアの昔話　「ストーリーテリングについて」子ども文庫の会　内藤直子
2. 夢見小僧　日本の昔話　「子どもに語る日本の昔話1」こぐま社　張替恵子
3. おねぼうなじゃがいもさん　村山籌子作
　　「リボンときつねとゴムまりと月」JULA出版局　浅見和子
4. チワンの錦　中国の昔話　「子どもに聞かせる世界の民話」実業之日本社　尾野三千代
5. だんなも、だんなも、大だんなさま　イギリスの昔話
　　「イギリスとアイルランドの昔話」福音館書店　加藤節子
6. キツネとオオカミ　ロシアの昔話　「まほうの馬」岩波書店　松岡享子
7. 赤いめ牛　デンマークの昔話　「子どもに語る北欧の昔話」こぐま社　湯沢朱実

第322回　2002年3月26日

1. エパミナンダス（韓国語）　ブライアント作　「エパミナンダス」より　宋永淑(ソンヨンスク)訳　宋永淑
2. 三まいの鳥の羽　グリム昔話　「子どもに語るグリムの昔話5」こぐま社　内藤直子
3. りんの歌　日本の昔話　「はなさかじい」福音館書店　西野戸寄子
4. スズメとカラス　バングラデシュの昔話
　　「子どもに語るアジアの昔話1」こぐま社　浅見和子
5. チモとかしこいおひめさま　フィンランドの昔話
　　「おはなしのろうそく14」東京子ども図書館　張替恵子
6. チャールズとミスター・ムーン　エインズワース作
　　「チャールズのおはなし」福音館書店　荒井督子
7. ネズミ捕り屋の娘　ハウスマン作　松岡享子訳　松岡享子

第323回　2002年4月23日

1. **鳥呑爺**　日本の昔話　「日本昔話百選」三省堂　　森本真実
2. **ものいうなべ**　デンマークの昔話　「ものいうなべ」岩波書店　　雑賀理恵子
3. **三びきのクマの話**　イギリスの昔話
   　　「イギリスとアイルランドの昔話」福音館書店　　松岡享子
4. **三人の糸つむぎ女**　グリム昔話　「子どもに語るグリムの昔話3」こぐま社　　内藤直子
5. **三人ばか**　イギリスの昔話　「おはなしのろうそく4」東京子ども図書館　　中尾和子
6. **鳥になりたかったこぐまの話**　ド・レェーエフ作
   　　「おはなしのろうそく23」東京子ども図書館　　長谷川幸子
7. **つくりものの天国**　シンガー作　「やぎと少年」岩波書店　　重岡令子

第324回　2002年5月28日

1. **ドシュマンとドゥースト**　イランの昔話
   　　「子どもに語るアジアの昔話2」こぐま社　　加藤節子
2. **おやふこうなあおがえる**　朝鮮の昔話　「おばけのトッカビ」太平出版社　　張替恵子
3. **お百姓とエンマさま**　中国の昔話
   　　「子どもに聞かせる世界の民話」実業之日本社　　近藤孝子
4. **マハデナ・ムッタ**　スリランカの昔話
   　　「子どもに語るアジアの昔話1」こぐま社　　浅見和子
5. **小石投げの名人タオ・カム**　ラオスの昔話
   　　「子どもに語るアジアの昔話2」こぐま社　　内藤直子
6. **ちっちゃなゴキブリのべっぴんさん**　イランの昔話
   　　「子どもに語るアジアの昔話1」こぐま社　　松岡享子

第325回　2002年6月25日
◆ サッカーW杯日韓共催を記念して

1. **聴耳頭巾**　日本の昔話　「日本昔話百選」三省堂　　奥村満智子
2. **かにかに、こそこそ**　日本の昔話　「おはなしのろうそく17」東京子ども図書館　　内藤直子
3. **犬と猫とうろこ玉**　日本の昔話　「おはなしのろうそく15」東京子ども図書館　　張替恵子
4. **金のつなのつるべ**　韓国・朝鮮の昔話　「ネギをうえた人」岩波書店　　菊池洋子
5. **おむこさんの買いもの**　韓国・朝鮮の昔話　「ネギをうえた人」岩波書店　　平塚ミヨ
6. **おとうさんのかたみ**　韓国・朝鮮の昔話　「ネギをうえた人」岩波書店　　槙枝聖子

7. ムカデとモグラの婚約　韓国・朝鮮の昔話　「世界むかし話 朝鮮」ほるぷ出版　浅見和子
8. トッケビのお話二つ　だまされたトッケビ／トッケビの土地
　　　韓国・朝鮮の昔話　「だまされたトッケビ」福音館書店　松岡享子

第326回　2002年7月23日

1. ルンペルシュティルツヘン　グリム昔話
　　　「おはなしのろうそく12」東京子ども図書館　森本真実
2. 雨のち晴　ポター作　「おはなしのろうそく13」東京子ども図書館　浅見和子
◆「おはなしのろうそく24」出版記念
3. 雌牛のブーコラ　アイスランドの昔話　内藤直子
4. 〈わらべうた〉わらべうた ふたつ　ばかかばまぬけ／おてぶしてぶし　荒井督子
5. 腹のなかの小鳥の話　アイヌの昔話　加藤節子
6. おやふこうなあおがえる　朝鮮の昔話　張替恵子
7. 九人の兄さんをさがしにいった女の子　フィンランドの昔話　松岡享子

第327回　2002年9月24日

◆つきない月のお話
1. つきをいる　中国の昔話　「つきをいる」福音館書店　張替恵子
2. 月をつろうとしたロー　ソロモン諸島の昔話
　　　「世界むかし話 太平洋諸島」ほるぷ出版　浅見和子
3. 月はなぜふとったりやせたりするか　ジプシーの昔話
　　　「太陽の木の枝」福音館書店　加藤節子
4. 月夜の金貨　中国の昔話　「月をかじる犬」筑摩書房　竹口のぶ子
5. ジーリコッコラ　イタリアの昔話　「みどりの小鳥」岩波書店　槙枝聖子
6. お月さまの話　ニクレビチョバ作　「お月さまの話 ほか」講談社　荒井督子
7. 〈わらべうた〉おつきさま　全員
8. 〈朗読〉月をみはる星　ファージョン作　「町かどのジム」童話館出版　奥村満智子

第328回　2002年10月22日

◆妖精は語る、幽霊はささやく
1. 妖精のぬりぐすり　イギリスの昔話
　　　「イギリスとアイルランドの昔話」福音館書店　代田知子

2. 妖精の丘が燃えている　アイルランドの昔話
　　　「子どもに語るアイルランドの昔話」こぐま社　　　江橋真弓
3. 黒いブッカと白いブッカ　イギリスの昔話
　　　「新編世界むかし話集1」社会思想社　　　山本真基子
4. フォックス氏　イギリスの昔話　「児童文学世界」'90秋号　中教出版　　　張替恵子
5. 幽霊をさがす　マーヒー作　「魔法使いのチョコレート・ケーキ」福音館書店　　　栂木晴代
6. 白いマス　アイルランドの昔話　「イギリスとアイルランドの昔話」福音館書店　　　茨木啓子
7. ちいちゃい、ちいちゃい　イギリスの昔話
　　　「イギリスとアイルランドの昔話」福音館書店　　　松岡享子

第329回　2002年11月23日
◆愛蔵版おはなしのろうそく6「ヴァイノと白鳥ひめ」より
1. 世界でいちばんきれいな声　ラ・フルール作　　　松岡享子
2. 三まいの鳥の羽　グリム昔話　　　内藤直子
3. 〈わらべうた〉むこうのお山（讃岐）　　　全員
4. せみになった坊さま　日本の昔話　　　大江和子
5. 三人のハンター　フランスの小話　　　張替恵子
　　キツネと男の子　スウェーデンの小話　　　加藤節子
6. やもめとガブス　インドネシアの昔話　　　市川純子
7. オンドリとネズミと小さい赤いメンドリ　イギリスの昔話　　　塩田陽子
8. 瓜こひめこ　日本の昔話　　　浅見和子
9. ルンペルシュティルツヘン　グリム昔話　　　森本真実
10. 〈グループあそび〉ぼくそっくりの　松岡享子作　　　松岡享子
11. ヴァイノと白鳥ひめ　フィンランドの昔話　　　佐々梨代子

第330回　2002年12月17日
1. 大歳の火　日本の昔話　「日本昔話百選」三省堂　　　尾野三千代
2. びんぼうがみ　日本の昔話　「わらしべ長者」岩波書店　　　栂木晴代
3. 海の水はなぜからい　ノルウェーの昔話
　　　「おはなしのろうそく23」東京子ども図書館　　　森本真実
4. 子うさぎましろのお話　ささきたづ作　「子うさぎましろのお話」ポプラ社　　　内藤直子
5. すてきなクリスマス・ツリー　フリハン作　「おはなしだいすき」新読書社　　　荒井督子

6. ヴァイノと白鳥ひめ　フィンランドの昔話
　　「ヴァイノと白鳥ひめ」東京子ども図書館　　張替恵子

第331回　2003年1月28日
◆めでたい話
1. 干支のおこり　日本の昔話　「はなさかじい」福音館書店　　森本真実
2. かさじぞう　日本の昔話　「かさじぞう」福音館書店　　浅見和子
3. 絵姿女房　日本の昔話　「おはなしのろうそく23」東京子ども図書館　　荒井督子
4. 夢見小僧　日本の昔話　「子どもに語る日本の昔話1」こぐま社　　張替恵子
5. 〈わらべうた〉おしょうがつ ええもんだ
　　「新訂わらべうたであそぼう 年中編」明治図書　　全員
6. まのいいりょうし　日本の昔話　「おはなしのろうそく21」東京子ども図書館　　加藤節子
7. 五分次郎　日本の昔話　「日本昔話百選」三省堂　　森屋陽子
8. 小犬を拾って仕合せになった爺さんの話　日本の昔話
　　「おはなしのろうそく19」東京子ども図書館　　狩野いう子
9. 〈詩〉祝詞　川崎洋作　「ほほえみにはほほえみ」童話屋　　越前谷文子、髙橋史子、清水千秋

第332回　2003年2月25日
1. ものいうなべ　デンマークの昔話　「ものいうなべ」岩波書店　　辻山妙子
2. くぎスープ　スウェーデンの昔話　「世界のむかしばなし」のら書店　　森本真実
3. カラスだんなとイガイ　エスキモーの昔話
　　「カラスだんなのおよめとり」岩波書店　　浅見和子
4. 雌牛のブーコラ　アイスランドの昔話
　　「おはなしのろうそく24」東京子ども図書館　　内藤直子
5. ユルマと海の神　フィンランドの昔話　「かぎのない箱」岩波書店　　重岡令子

第333回　2003年3月25日
◆第2期お話の講習会修了生による
1. 三びきのやぎのがらがらどん　北欧の昔話
　　「三びきのやぎのがらがらどん」福音館書店　　中多泰子
2. くわずにょうぼう　日本の昔話　「くわずにょうぼう」福音館書店　　浜野多江
3. 〈詩〉めのまどあけろ ほか　谷川俊太郎作　「めのまどあけろ」福音館書店　　大山恵子

4. ルンペルシュティルツヘン　グリム昔話
「一つ目二つ目三つ目」子ども文庫の会　　石井恭子
5. かしこすぎた大臣　インドの昔話　「子どもに語るアジアの昔話1」こぐま社　　須藤和子
6. ネズミ捕り屋の娘　ハウスマン作　松岡享子訳　　松岡享子

第334回　2003年4月22日

1. こぶたのバーナビー　ハウリハン作
〈手あそび〉ふうせんふくらまそ　「おはなしのろうそく22」東京子ども図書館　　荒井督子
2. こねこのチョコレート　ウィルソン作
「おはなしのろうそく20」東京子ども図書館　　平岡未来子
3. さきざきさん　日本の昔話　「かもとりごんべえ」岩波書店　　青木利江子
4. ゆめみむすこ　日本の昔話　「母の友」184号　福音館書店　　浅見和子
5. 聴耳頭巾　日本の昔話　「日本昔話百選」三省堂　　山崎千恵子
6. 中国のフェアリー・テール　ハウスマン作　松岡享子訳　　松岡享子

第335回　2003年5月27日

1. 小さなオンドリとダイヤのボタン　セレディ作
「お話してよ、もうひとつ」新読書社　　張替恵子
2. 小さいお嬢さまのバラ　ファージョン作　「ムギと王さま」岩波書店　　内藤直子
3. おばあさんとブタ　イギリスの昔話
「ながすね ふとはら がんりき」東京子ども図書館　　松岡享子
4. 〈詩〉ボートは川を走っていく　ロセッティ作　「幼い子の文学」中央公論社
コップのうた　真田亀久代作　「まいごのひと」かど創房　　加藤節子
5. カメの遠足　イギリスの昔話　「新編世界むかし話集1」社会思想社　　栩木晴代
6. お話を運んだ馬　シンガー作
「お話を運んだ馬」岩波書店　お話の名手ナフタリと愛馬スウスの物語 より　　平塚ミヨ

第336回　2003年6月24日

1. マメ子と魔物　イランの昔話　「子どもに聞かせる世界の民話」実業之日本社　　加藤節子
2. ヨリンデとヨリンゲル　グリム昔話　「子どもに語るグリムの昔話6」こぐま社　　森本真実
3. 三人ばか　イギリスの昔話　「おはなしのろうそく4」東京子ども図書館　　坪川祥子
4. おくびょうなこぞうさん　日本の昔話　「母の友」72号　福音館書店　　荒井督子

5. ジャッカルとワニ　バングラデシュの昔話
　　「子どもに語るアジアの昔話2」こぐま社　　浅見和子

6. まほうのかさ　ファイルマン原作　コルウェル再話
　　「こどものとも」516号　福音館書店　　張替恵子

7. ノロウェイの黒ウシ　イギリスの昔話
　　「イギリスとアイルランドの昔話」福音館書店　　佐藤順子

8. おんちょろちょろ　(英語)　日本の昔話　　Tara McGowan (アメリカの語り手)

第337回　2003年7月29日

1. 浦島太郎　日本の昔話　「アジアの昔話3」福音館書店　　浅見和子
2. アリョーヌシカとイワーヌシカ　ロシアの昔話　「まほうの馬」岩波書店　　加藤節子
3. ようせいのゆりかご　エインワース作　「ようせいのゆりかご」岩波書店　　荒井督子
4. 火をはく竜　中国の昔話　「中国のむかし話」偕成社　　張替恵子
5. ヤギとライオン　トリニダード・トバゴの昔話
　　「子どもに聞かせる世界の民話」実業之日本社　　円乘攝子
6. 大ザメと少年　ハワイ諸島の昔話　「ポリネシア メラネシアのむかし話」偕成社　　辻山妙子
7. いかけ屋と幽霊　スペインの昔話　When the lights go out より　松岡享子訳　　松岡享子

第338回　2003年9月30日

◆E・コルウェルさんの思い出

1. なまくらトック　ボルネオの昔話　「なまくらトック」東京子ども図書館　　小関知子
2. まほうのかさ　ファイルマン原作　コルウェル再話
　　「こどものとも」516号　福音館書店　　浅木尚実
3. やっちまったことはやっちまったこと　チェコの昔話
　　Gone is gone より　浅木尚実訳　　張替恵子
4. エパミナンダス　ブライアント作　「エパミナンダス」東京子ども図書館　　松岡享子
5. エルシー・ピドック夢で縄とびをする　ファージョン作
　　「ヒナギク野のマーティン・ピピン」岩波書店　　大月ルリ子

第339回　2003年10月28日

1. びんぼうこびと　ウクライナの昔話　「びんぼうこびと」福音館書店　　槙枝聖子
2. ネズミのおおてがら　チベットの昔話　「世界むかし話 インド」ほるぷ出版　　浅見和子

3. 屋根がチーズでできた家　スウェーデンの昔話
　　「子どもに語る北欧の昔話」こぐま社　　奥村満智子
4. チモとかしこいおひめさま　フィンランドの昔話
　　「おはなしのろうそく 14」東京子ども図書館　　張替恵子
5. カペラのヒツジ　リンドグレーン作　「小さいきょうだい」岩波書店　　内藤直子

第340回　2003年12月16日

1. ホレおばさん　グリム昔話　「子どもに語るグリムの昔話 1」こぐま社　　加藤節子
2. ゆきんこ　ロシアの昔話　「ストーリーテリングについて」子ども文庫の会　　内藤直子
3. 十二のつきのおくりもの　スロバキアの昔話
　　「おはなしのろうそく 2」東京子ども図書館　　森屋陽子
4. マリアさまとかるわざ師　A・フランス作
　　「少年少女世界文学全集 29 フランス編 5」講談社　　荒井督子
5. 東風　トラヴァース作
　　「風にのってきたメアリー・ポピンズ」岩波書店 より　張替恵子編　　張替恵子
6. 〈パネルシアター〉大きいツリー小さいツリー　バリー作
　　「大きいツリー小さいツリー」大日本図書 より脚色　　清水千秋、中野百合子、山口由美

第341回　2004年1月27日

◆…さるいるさ…
1. 〈わらべうた〉あんよなげだすおさるさん
　　「いっしょにあそぼうわらべうた 0・1・2歳児クラス編」明治図書　　山口由美
2. おししのくびはなぜあかい　日本の昔話
　　「おそばのくきはなぜあかい」岩波書店　　加藤節子
3. 猿の生き肝　日本の昔話　「日本昔話百選」三省堂　　浅見和子
4. まめじかカンチルが穴に落ちる話　インドネシアの昔話
　　「おはなしのろうそく 8」東京子ども図書館　　塚原眞理子
5. 〈詩〉さるとたまねぎ　まど・みちお作　「まど・みちお全詩集」理論社　　中野百合子
6. ふるやのもり　日本の昔話　「おはなしのろうそく 4」東京子ども図書館　　石井素女
7. はん点をなくしたヒョウ　ヒューエット作
　　「大きいゾウと小さいゾウ」大日本図書　　張替恵子
8. 猿とひき蛙の餅争い　日本の昔話　「日本昔話百選」三省堂　　志賀穂子

9. あくまのおよめさん　ネパールの昔話　「あくまのおよめさん」福音館書店　　内藤直子
10.〈人形あそび〉おさるとぼうしうり　スロボドキーナ作
　　　「おさるとぼうしうり」福音館書店　　松岡享子、清水千秋ほか

第342回　2004年2月24日

1. つる女房　日本の昔話　「子どもに語る日本の昔話1」こぐま社　　荒井督子
2. ネズミのおおてがら　チベットの昔話　「世界むかし話 インド」ほるぷ出版　　浅見和子
3. やりこめられないおひめさま　ノルウェーの昔話
　　　「世界のむかしばなし」のら書店　　加藤節子
4. ホジャ、ロバを売りにいく　トルコの昔話
　　　「天からふってきたお金」岩波書店　　森本真実
5. 北斗七星　トルストイ作　「おはなしのろうそく25」東京子ども図書館　　内藤直子
6. キツネとオオカミ　ロシアの昔話　「まほうの馬」岩波書店　　松岡享子
7. 熊の皮を着た男　グリム昔話　「子どもに語るグリムの昔話1」こぐま社　　張替恵子

第343回　2004年3月23日

1. 赤ずきん　グリム昔話　「おいしいおかゆ」子ども文庫の会　　内藤直子
2. こぶじいさま　日本の昔話　「こぶじいさま」福音館書店　　森本真実
3. 浦島太郎　日本の昔話　「おはなしのろうそく25」東京子ども図書館　　浅見和子
4. 王子さまの耳は、ロバの耳　ポルトガルの昔話
　　　「子どもに聞かせる世界の民話」実業之日本社　　塚原眞理子
5. お話を知らなかった若者　アイルランドの昔話
　　　「子どもに語るアイルランドの昔話」こぐま社　　山崎千恵子
6.〈指あそび〉ブラックさんとブラウンさん
　　　「おはなしのろうそく25」東京子ども図書館　　加藤節子
7. なぞなぞのすきな女の子　松岡享子作
　　　「なぞなぞのすきな女の子」学習研究社　　森脇純子

第344回　2004年4月27日

1. たにし長者　日本の昔話　「おはなしのろうそく7」東京子ども図書館　　浅見和子
2. 子どもと馬　ユーゴスラビアの昔話　「おはなしのろうそく25」東京子ども図書館　　加藤節子
3.〈指あそび〉ブラックさんとブラウンさん

「おはなしのろうそく25」東京子ども図書館　　内藤直子
4. アリとお医者さま　トペリウス作　「星のひとみ」岩波書店　　張替惠子
5. お月さまの話　ニクレビチョバ作　「おはなしのろうそく25」東京子ども図書館　　荒井督子
6. 小さなグッディおばさん　エインワース作　松岡享子訳　　松岡享子

第345回　2004年5月25日

1. くわずにょうぼう　日本の昔話　「くわずにょうぼう」福音館書店　　森本真実
2. 草かりワリダッド　インドの昔話　「世界むかし話 インド」ほるぷ出版　　浅見和子
3. 神こそすべてをたまわるおかた　パキスタンの昔話
　　「子どもに語るアジアの昔話1」こぐま社　　三樹恵
4. インゲン豆のきらいなアンドルシ　ジプシーの昔話
　　「太陽の木の枝」福音館書店　　張替惠子
5. 犬になった王子　中国の昔話　「白いりゅう黒いりゅう」岩波書店　　松岡享子

第346回　2004年6月22日

1. ちいさなたいこ　松岡享子作　「ちいさなたいこ」福音館書店　　荒井督子
2. ホジャとカボチャ　トルコの昔話　「天からふってきたお金」岩波書店　　張替惠子
3. 海の水はなぜからい　ノルウェーの昔話
　　「おはなしのろうそく23」東京子ども図書館　　森本真実
4. りこうな子ども　インドネシアの昔話　「アジアの昔話6」福音館書店　　辻薫
5. ヤギとライオン　トリニダード・トバゴの昔話
　　「子どもに聞かせる世界の民話」実業之日本社　　内藤直子
6. 仕立やのイトチカさんが王さまになったはなし　ポーランドの昔話
　　「おはなしのろうそく6」東京子ども図書館　　松岡享子

第347回　2004年7月27日

1. かにかに、こそこそ　日本の昔話　「おはなしのろうそく17」東京子ども図書館　　内藤直子
2. サルのきも　タイの昔話　「子どもに聞かせる世界の民話」実業之日本社　　中村不二子
3. 魔法使いのチョコレート・ケーキ　マーヒー作
　　「魔法使いのチョコレート・ケーキ」福音館書店　　新谷三枝子
4. 〈詩〉おれはかまきり／てれるぜ／やるぞ　くどうなおこ作
　　「のはらうた」1～3　童話屋　　加藤節子

5. 中国の三人の市長さん　クリュス作　「ザリガニ岩の燈台」偕成社　　張替惠子
6. 黄太郎青太郎　タイの昔話　「子どもに語るアジアの昔話1」こぐま社　　浅見和子
〈おまけ〉ギイギイドア　MacDonald 作　The parent's guide to storytelling より　松岡享子訳
　　　　　おばけたんけん　松岡享子

第348回　2004年9月28日
1. 三枚の札コ　日本の昔話　「日本昔話百選」三省堂　　重岡令子
2. ぬかふくとこめふく　日本の昔話　「おばばの夜語り」平凡社　　半田恵
3. 月をつろうとしたロー　ソロモン諸島の昔話
　　　「世界むかし話 太平洋諸島」ほるぷ出版　　浅見和子
4. おなべとおさらとカーテン　村山籌子作
　　　「リボンときつねとゴムまりと月」JULA出版局　　加藤節子
5. 北斗七星　トルストイ作　「おはなしのろうそく25」東京子ども図書館　　内藤直子
6. 鉄のハンス　グリム昔話　「子どもに語るグリムの昔話5」こぐま社　　光野トミ

第349回　2004年10月26日
1. かにむかし　日本の昔話　「わらしべ長者」岩波書店　　松岡享子
2. 元気な仕立て屋　アイルランドの昔話
　　　「イギリスとアイルランドの昔話」福音館書店　　加藤節子
3. ふたりのあさごはん　にしゆうこ作
　　　「おはなしのろうそく16」東京子ども図書館　　森本真実
4. 赤鬼エティン　イギリスの昔話　「おはなしのろうそく15」東京子ども図書館　　米田渉
5. スズメとカラス　バングラデシュの昔話
　　　「子どもに語るアジアの昔話1」こぐま社　　浅見和子
6. 金の足のベルタ　ファージョン作　「年とったばあやのお話かご」岩波書店　　内藤直子

第350回　2004年12月21日
◆ 年越・お正月の話
＊〈わらべうた〉おおさむ、こさむ　「新訂わらべうたであそぼう 年中編」明治図書
　　　　　　　うえみればむしこ　「ことばあそびの本」筒井書房
　　　　　　　みかん きんかん　「わらべうた」偕成社

　　　　　　　　　　　内藤直子、千葉慶吾、関口薫、小野寺愛美、清水千秋

1. **絵姿女房** 日本の昔話 「おはなしのろうそく23」東京子ども図書館 荒井督子
2. **かさじぞう** 日本の昔話 「かさじぞう」福音館書店 加藤節子
3. **干支のおこり** 日本の昔話 「はなさかじい」福音館書店 森本真実
4. **大歳の火** 日本の昔話 「日本昔話百選」三省堂 岡潤子
* 〈わらべうた〉**正月三日のもちつきは** 「ししの子は」コダーイ芸術教育研究所
  てんまり歌 （越後） 「おはなしのろうそく8」東京子ども図書館
  内藤直子、千葉慶吾、関口薫、小野寺愛美、清水千秋
5. **びんぼうがみ** 日本の昔話 「わらしべ長者」岩波書店 栩木晴代
6. **夢見小僧** 日本の昔話 「子どもに語る日本の昔話1」こぐま社 浅見和子
* 〈朗読〉「**まつを媼 百歳を生きる力**」より 石川純子著
  「まつを媼 百歳を生きる力」草思社 松岡享子
* 〈わらべうた〉**あめ、こん、こん** 「まめっちょ1」全音楽譜出版社
  正月はくーるくる
  「いっしょにあそぼうわらべうた 0・1・2歳児クラス編」明治図書
  おしょうがつ ええもんだ 「新訂わらべうたであそぼう 年中編」明治図書
  内藤直子、千葉慶吾、関口薫、小野寺愛美、清水千秋

第351回　2005年1月25日
◆ いちわでもにわとり
1. **オンドリとネズミと小さい赤いメンドリ** イギリスの昔話
  「おはなしのろうそく12」東京子ども図書館 奥村満智子
2. **いぬとにわとり** 石井桃子作 「いぬとにわとり」福音館書店 荒井督子
3. **かわいいメンドリ** チェコスロバキアの昔話
  「世界むかし話 東欧」ほるぷ出版 小関知子
4. **はんぶんのひよこ** スペインの昔話 「スペインのむかしばなし」福音館書店 長谷川幸子
5. **おばあさんは まだらのめんどりをかっていました** ポーランドの昔話
  「千びきのうさぎと牧童」岩波書店 山本真基子
6. **水晶のおんどり** イタリアの昔話 「みどりの小鳥」岩波書店 内藤直子
7. **ジャックとマメの木** イギリスの昔話
  「イギリスとアイルランドの昔話」福音館書店 森屋陽子
* 〈わらべうた〉**ととけっこー よがあけた**
  「新訂わらべうたであそぼう 乳児のあそび・うた・ごろあわせ」明治図書

にわとりいっぱ いちもんめ 　「新訂わらべうたであそぼう 年長編」明治図書
夜があけた（フランス）　「うたはよいものだ」全音楽譜出版社
　　　　　　　　　　　　　　　ヘニー・ペニーズ（職員・研修生一同）

第352回　2005年2月22日

1. 王さまとオンドリ　パキスタンの昔話
　　「子どもに語るアジアの昔話2」こぐま社　　浅見和子
2. 犬と猫とうろこ玉　日本の昔話　「おはなしのろうそく15」東京子ども図書館　　関口薫
3. ノロウェイの黒ウシ　イギリスの昔話
　　「イギリスとアイルランドの昔話」福音館書店　　山田仁子
4. 狼おじさん　イタリアの昔話　「みどりの小鳥」岩波書店　　加藤節子
5. ギターねずみ　ヒューエット作　「ギターねずみ」大日本図書　　槙枝聖子
6. かわいいメンドリ　チェコスロバキアの昔話
　　「世界むかし話 南欧」ほるぷ出版　　松岡享子

第353回　2005年3月22日

1. 鳥呑爺　日本の昔話　「日本昔話百選」三省堂　　森本真実
2. いっすんぼうし　日本の昔話　「いっすんぼうし」福音館書店　　久保厚子
3. ゆめみむすこ　日本の昔話　「母の友」184号　福音館書店　　浅見和子
4. まめたろう　イランの昔話　「おはなしのろうそく19」東京子ども図書館　　菊地彩
5. チム・ラビットとはさみ　アトリー作
　　「チム・ラビットのぼうけん」童心社　　加藤節子
6. 十二人兄弟　グリム昔話　「子どもに語るグリムの昔話2」こぐま社　　重岡令子

第354回　2005年4月26日

1. ねずみのすもう　日本の昔話　「おはなしのろうそく18」東京子ども図書館　　加藤節子
2. かえるの王さま　グリム昔話　「子どもに語るグリムの昔話2」こぐま社　　内藤直子
3. ホジャ、ロバを売りにいく　トルコの昔話
　　「天からふってきたお金」岩波書店　　森本真実
4. ロバの耳はなぜ長い　イタリアの昔話　「世界むかし話 南欧」ほるぷ出版　　浅見和子
5. 鳥になりたかったこぐまの話　ド・レェーエフ作
　　「おはなしのろうそく23」東京子ども図書館　　矢島直子

6. うぐいす　アンデルセン作　松岡享子

第355回　2005年5月24日
1. ブドーリネク　チェコの昔話　「おはなしのろうそく1」東京子ども図書館　松岡享子
2. くわずにょうぼう　日本の昔話　「くわずにょうぼう」福音館書店　森本真実
3. みつけどり　グリム昔話　「子どもに語るグリムの昔話2」こぐま社　加藤節子
4. 小さいお嬢さまのバラ　ファージョン作　「ムギと王さま」岩波書店　張替恵子
5. 白鳥　アンデルセン作　「白鳥」福音館書店　中内美江

第356回　2005年6月28日
1. 一つさやから出た五つのエンドウまめ　アンデルセン作
　　「一つさやから出た五つのエンドウまめ ほか」講談社　平田美恵子
2. インゲン豆のきらいなアンドルシ　ジプシーの昔話
　　「太陽の木の枝」福音館書店　張替恵子
3. かにかに、こそこそ　日本の昔話
　　「おはなしのろうそく17」東京子ども図書館　小野寺愛美
4. 小石投げの名人タオ・カム　ラオスの昔話
　　「子どもに語るアジアの昔話2」こぐま社　内藤直子
5. なまくらトック　ボルネオの昔話　「なまくらトック」東京子ども図書館　松岡享子
6. 鳴いてはねるヒバリ　グリム昔話　「おはなしのろうそく16」東京子ども図書館　森本真実

第357回　2005年9月27日
◆ 愛蔵版おはなしのろうそく7「雨のち晴」刊行記念
1. こすずめのぼうけん　エインワース作　髙橋史子
2. ぬか福と米福　日本の昔話　加藤節子
3. 北風に会いにいった少年　ノルウェーの昔話　塚原眞理子
4. 雨のち晴　ポター作　松岡享子
5. おどっておどってぼろぼろになったくつ　グリム昔話　森本真実
6. 天福地福　日本の昔話　浅見和子
7. チモとかしこいおひめさま　フィンランドの昔話　張替恵子
8. 〈わらべうた〉ねこさん、ねこさん　（群馬）　護得久えみ子、吉井めぐみ
9. 森の中の三人のこびと　グリム昔話　佐々梨代子

10. ブタ飼い　アンデルセン作　　荒井督子

第358回　2005年10月25日
1. 風の神と子ども　日本の昔話　「おはなしのろうそく9」東京子ども図書館　　加藤節子
2. 王さまとオンドリ　パキスタンの昔話
　　「子どもに語るアジアの昔話2」こぐま社　　浅見和子
3. がちょうはくちょう　ロシアの昔話
　　「児童文学世界」平成3年11月20日号　中教出版　　張替惠子
4. 雨のち晴　ポター作　「雨のち晴」東京子ども図書館　　松岡享子
5. お月さまの話　ニクレビチョバ作
　　「おはなしのろうそく25」東京子ども図書館　　中野百合子
6. おやゆび姫　アンデルセン作　「子どもに語るアンデルセンのお話」こぐま社　　茨木啓子

第359回　2005年12月20日
1. 〈朗読〉やかまし村のクリスマス　リンドグレーン作
　　「やかまし村の春・夏・秋・冬」岩波書店　　松岡享子
2. こまどりのクリスマス　スコットランドの昔話
　　「こどものとも 年中向き」201号　福音館書店　　張替惠子
3. コショウ菓子の焼けないおきさきと口琴のひけない王さまの話　レアンダー作
　　「ふしぎなオルガン」岩波書店　　森本真実
4. マッチ売りの少女　アンデルセン作
　　「おはなしのろうそく23」東京子ども図書館　　荒井督子
5. クリスマスのうたのものがたり
　　「聖夜――うたものがたり」音楽之友社　より　　佐藤千代子

第360回　2006年1月24日
◆犬がいっぱい
1. 犬と猫ととうろこ玉　日本の昔話　「おはなしのろうそく15」東京子ども図書館　　張替惠子
2. いぬとにわとり　石井桃子作　「いぬとにわとり」福音館書店　　荒井督子
3. 小犬を拾って仕合せになった爺さんの話　日本の昔話
　　「おはなしのろうそく19」東京子ども図書館　　狩野いう子
4. 注文の多い料理店　宮沢賢治作　「風の又三郎」岩波書店　　菊地彩

5. 火打箱　アンデルセン作　「完訳アンデルセン童話集1」岩波書店　　浅木尚実

第361回　2006年2月28日
1. おそばのくきはなぜあかい　日本の昔話
　　　「おそばのくきはなぜあかい」岩波書店　　光野トミ
2. ホレおばさん　グリム昔話　「子どもに語るグリムの昔話1」こぐま社　　加藤節子
3. くぎスープ　スウェーデンの昔話　「世界のむかしばなし」のら書店　　森本真実
4. 世界一のペンキ屋さん　アメリカの昔話　「アメリカのむかし話」偕成社　　張替惠子
5. だめといわれてひっこむな　プロイセン作
　　　「おはなしのろうそく9」東京子ども図書館　　石川道子
6. 〈わらべうた〉うぐいすの谷わたり（香川）／かれっこやいて（秋田）　　石川道子
7. ゆきんこ　ロシアの昔話　「ストーリーテリングについて」子ども文庫の会　　松岡享子
8. ナマリの兵隊　アンデルセン作　「ナマリの兵隊」岩波書店　　宮澤正哉

第362回　2006年3月28日
1. 鳥呑爺　日本の昔話　「日本昔話百選」三省堂　　森本真実
2. 屋根がチーズでできた家　スウェーデンの昔話
　　　「子どもに語る北欧の昔話」こぐま社　　清水千秋
3. きんいろのしか　バングラデシュの昔話　「きんいろのしか」福音館書店　　荒井督子
4. 小クラウスと大クラウス　アンデルセン作
　　　「子どもに語るアンデルセンのお話」こぐま社　　平塚ミヨ
5. ねことねずみ　イギリスの昔話　「おはなしのろうそく21」東京子ども図書館　　張替惠子
6. ネズミ捕り屋の娘　ハウスマン作　松岡享子訳　　松岡享子

第363回　2006年4月25日
1. 腰折れすずめ　日本の昔話　「おはなしのろうそく16」東京子ども図書館　　清水千秋
2. 長ぐつをはいたねこ　ペロー昔話　「おはなしのろうそく5」東京子ども図書館　　加藤節子
3. ついでにペロリ　デンマークの昔話　「おはなしのろうそく6」東京子ども図書館　　松岡享子
4. ネコの家に行った女の子　イタリアの昔話
　　　「子どもに語るイタリアの昔話」こぐま社　　馬場久美子
5. アリとお医者さま　トペリウス作　「星のひとみ」岩波書店　　張替惠子
6. ようせいのゆりかご　エインワース作　「ようせいのゆりかご」岩波書店　　荒井督子

7. 光り姫　インドの昔話　「おはなしのろうそく26」(近刊) 東京子ども図書館　　内藤直子

第364回　2006年5月23日

1. しおちゃんとこしょうちゃん　エインワース作
　　「しおちゃんとこしょうちゃん」福音館書店　　張替惠子
2. 草かりワリダッド　インドの昔話　「世界むかし話 インド」ほるぷ出版　　浅見和子
3. 小鳥になった美しい妹　ギリシアの昔話
　　「おはなしのろうそく7」東京子ども図書館　　野本博子
4. こぶたのバーナビー　ハウリハン作
　　「おはなしのろうそく22」東京子ども図書館　　荒井督子
5. 小さいお嬢さまのバラ　ファージョン作　「ムギと王さま」岩波書店　　内藤直子
6. 〈詩〉てんとうむし　阪田寛夫作　「てんとうむし」童話屋
　　　　素直な疑問符　吉野弘作　「素直な疑問符」理論社　　清水千秋
7. 羊飼いの花たば　チェコスロバキアの昔話
　　「世界むかし話 東欧」ほるぷ出版　　奥村満智子

第365回　2006年6月27日

1. 三つのねがい　日本の昔話　「子どもに語る日本の昔話3」こぐま社　　村上弘美
2. おどっておどってぼろぼろになったくつ　グリム昔話
　　「おはなしのろうそく13」東京子ども図書館　　森本真実
3. ふるやのもり　日本の昔話　「おはなしのろうそく4」東京子ども図書館　　渡部伸子
4. まほうのかさ　ファイルマン原作　コルウェル再話
　　「こどものとも」516号　福音館書店　　張替惠子
5. わらとすみとそら豆　グリム昔話　「子どもに語るグリムの昔話4」こぐま社　　清水千秋
6. 仕立やのイトチカさんが王さまになったはなし　ポーランドの昔話
　　「おはなしのろうそく6」東京子ども図書館　　松岡享子

第366回　2006年7月25日

1. うりひめ　日本の昔話　「子どもに語る日本の昔話1」こぐま社　　小関玲子
2. くわずにょうぼう　日本の昔話　「くわずにょうぼう」福音館書店　　森本真実
3. 旅人馬　日本の昔話　「子どもに語る日本の昔話2」こぐま社　　護得久えみ子
4. 牛方とやまんば　日本の昔話　「おはなしのろうそく8」東京子ども図書館　　渡部伸子

5. 屋根がチーズでできた家　スウェーデンの昔話
　　「子どもに語る北欧の昔話」こぐま社　　清水千秋
6. ひねくれもののエイトジョン　アメリカの昔話
　　「アメリカのむかし話」偕成社　　加藤節子
7. ふしぎなお客　イギリスの昔話　「イギリスとアイルランドの昔話」福音館書店　　張替惠子
8. 〈手あそび〉ゆうれいがひとり　　内藤直子
9. おばけ学校の三人の生徒　松岡享子作　　松岡享子

第367回　2006年9月26日
◆「おはなしのろうそく26」刊行記念
1. ねずみの小判干し　日本の昔話　　津谷タズ子
2. びんぼうこびと　ウクライナの昔話　　槙枝聖子
3. 〈わらべうた〉ここは てっくび　　護得久えみ子、神崎直子
4. ひとり、ふたり、さんにんのこども　まつおかきょうこ作　　森本真実
5. 光り姫　インドの昔話　　内藤直子
6. 〈朗読〉「パディントン街へ行く」より　ボンド作
　　「パディントン街へ行く」福音館書店　　松岡享子

第368回　2006年10月24日
1. 三枚のお札　日本の昔話　「おはなしのろうそく5」東京子ども図書館　　渡部伸子
2. びんぼうこびと　ウクライナの昔話
　　「おはなしのろうそく26」東京子ども図書館　　森本真実
3. 九百九十九まいの金貨　トルコの昔話　「子どもに語るトルコの昔話」こぐま社　　浅見和子
4. みじめおばさん　ドイツの昔話
　　「風にのったヤン＝フェッテグラーフ」ぎょうせい　　張替惠子
5. りこうなおきさき　ルーマニアの昔話　「りこうなおきさき」岩波書店　　清水千秋
6. お月さまの話　ニクレビチョバ作　「おはなしのろうそく25」東京子ども図書館　　荒井督子
7. ちっちゃなゴキブリのべっぴんさん　イランの昔話
　　「子どもに語るアジアの昔話1」こぐま社　　松岡享子

第369回　2006年12月19日
1. こまどりのクリスマス　スコットランドの昔話

「こどものとも 年中向き」201号　福音館書店　　張替恵子
2. ホレおばさん　グリム昔話　「子どもに語るグリムの昔話1」こぐま社　　内藤直子
3. ねこのお客　エインワース作　「幼い子の文学」中央公論社　　加藤節子
4. マリアさまとかるわざ師　A・フランス作
　　「少年少女世界文学全集29 フランス編5」講談社　　荒井督子
5. つくりものの天国　シンガー作　「やぎと少年」岩波書店　　重岡令子
6. 〈朗読〉まずしい子らのクリスマス　ヴィーヘルト作
　　「まずしい子らのクリスマス」白水社　　松岡享子

第370回　2007年1月23日

1. 干支のおこり　日本の昔話　「はなさかじい」福音館書店　　森本真実
2. 天福地福　日本の昔話　「おはなしのろうそく14」東京子ども図書館　　浅見和子
3. 大歳の火　日本の昔話　「日本昔話百選」三省堂　　岡潤子
4. おししのくびはなぜあかい　日本の昔話
　　「おそばのくきはなぜあかい」岩波書店　　加藤節子
5. 〈手あそび〉うりんぼが一匹　　清水千秋
6. 〈読み聞かせ〉ぶたのめいかしゅローランド　スタイグ作
　　「ぶたのめいかしゅローランド」評論社　　山本真基子
7. 山にさらわれたひとの娘　ウテルダール作
　　「子どもの文学──新しい時代の物語」グロリア インターナショナル　　松岡享子

第371回　2007年2月27日

◆石井桃子さん100歳おめでとう！　記念おはなし会
1. 〈朗読〉三月の花　石井桃子作　「石井桃子集7 エッセイ集」岩波書店　　松岡享子
2. チム・ラビットのあまがさ　アトリー作
　　「チム・ラビットのぼうけん」童心社　　佐々梨代子
3. 〈朗読〉アトリーとその作品──石井桃子によるあとがき
　　「チム・ラビットのぼうけん」「チム・ラビットのおともだち」童心社 より　　荒井督子
4. チム・ラビットのうん　アトリー作　「チム・ラビットのぼうけん」童心社　　佐々梨代子
5. プーがお客にいって、動きのとれなくなるお話　ミルン作
　　「クマのプーさん プー横丁にたった家」岩波書店　　張替恵子
6. おスだんなと、おスおくさん　イギリスの昔話

「イギリスとアイルランドの昔話」福音館書店　　平塚ミヨ
7. カラスだんなとイガイ　アラスカの昔話
　　「カラスだんなのおよめとり」岩波書店　　浅見和子
8. ノロウェイの黒ウシ　イギリスの昔話
　　「イギリスとアイルランドの昔話」福音館書店　　内藤直子

第372回　2007年3月27日

1. 鳥呑爺　日本の昔話　「日本昔話百選」三省堂　　森本真実
2. たにし長者　日本の昔話　「おはなしのろうそく7」東京子ども図書館　　浅見和子
3. まぬけなトケビ　韓国の昔話　朴鍾振訳（パクジョンジン）　　朴鍾振
4. チム・ラビットとはさみ　アトリー作　「チム・ラビットのぼうけん」童心社　　加藤節子
5. 〈朗読〉イーヨーが、しっぽをなくし、プーが、しっぽを見つけるお話　ミルン作
　　「クマのプーさん」岩波書店　　神崎直子
6. 〈詩〉風は近道／えんそく　巽聖歌作　「せみを鳴かせて」大日本図書　　護得久えみ子
7. 鳴いてはねるヒバリ　グリム昔話　「おはなしのろうそく16」東京子ども図書館　　関口薫

第373回　2007年4月24日

◆ 石井桃子さん100歳おめでとう！　記念おはなし会

1. いっすんぼうし　日本の昔話　「いっすんぼうし」福音館書店　　久保厚子
2. おししのくびはなぜあかい　日本の昔話
　　「おそばのくきはなぜあかい」岩波書店　　加藤節子
3. だんなも、だんなも、大だんなさま　イギリスの昔話
　　「イギリスとアイルランドの昔話」福音館書店　　松岡享子
4. ありこのおつかい　石井桃子作　「ありこのおつかい」福音館書店　　張替惠子
5. エルシー・ピドック夢で縄とびをする　ファージョン作
　　「ヒナギク野のマーティン・ピピン」岩波書店　　光野トミ

第374回　2007年5月22日

◆ 石井桃子さん100歳おめでとう！　記念おはなし会

1. ふしぎなたいこ　日本の昔話　「ふしぎなたいこ」岩波書店　　奥村満智子
2. こすずめのぼうけん　エインワース作
　　「おはなしのろうそく13」東京子ども図書館　　護得久えみ子

3. ボタンインコ　ファージョン作　「ムギと王さま」岩波書店　　内藤直子
4. プーがお客にいって、動きのとれなくなるお話　ミルン作
　　　「クマのプーさん プー横丁にたった家」岩波書店　　張替惠子
5. 金の不死鳥　フランス系カナダ人の昔話　「トンボソのおひめさま」岩波書店　　松岡享子

第375回　2007年6月26日

1. 王子さまの耳は、ロバの耳　ポルトガルの昔話
　　　「子どもに聞かせる世界の民話」実業之日本社　　渡部伸子
2. いばらひめ　グリム昔話　「子どもに語るグリムの昔話6」こぐま社　　加藤節子
3. まほうのかさ　ファイルマン原作　コルウェル再話
　　　「こどものとも」516号　福音館書店　　石井浩子
4. ホジャ、ロバを売りにいく　トルコの昔話
　　　「天からふってきたお金」岩波書店　　森本真実
5. きんいろのしか　バングラデシュの昔話　「きんいろのしか」福音館書店　　荒井督子
6. スヌークスさん一家　ウィリアムズ作
　　　「おはなしのろうそく2」東京子ども図書館　　梅谷信子
7. 世界でいちばんやかましい音　エルキン作
　　　「世界でいちばんやかましい音」こぐま社　　松岡享子

第376回　2007年7月24日

1. ねずみのすもう　日本の昔話　「おはなしのろうそく18」東京子ども図書館　　加藤節子
2. りこうなおきさき　ルーマニアの昔話　「りこうなおきさき」岩波書店　　清水千秋
3. やっちまったことはやっちまったこと　チェコの昔話
　　　Gone is gone より　浅木尚実訳　　張替惠子
4. かわいいメンドリ　チェコスロバキアの昔話　「三本の金の髪の毛」ほるぷ出版　　松岡享子
5. だんまりくらべ　トルコの昔話　「子どもに語るトルコの昔話」こぐま社　　浅見和子
6. 北斗七星　トルストイ作　「おはなしのろうそく25」東京子ども図書館　　内藤直子
7. かじやセッポのよめもらい　フィンランドの昔話　「かぎのない箱」岩波書店　　光野トミ

第377回　2007年9月25日

◆愛蔵版おはなしのろうそく8「赤鬼エティン」出版記念
1. 四人のなまけ者　中国の昔話　　小関知子

2. ホレおばさん　グリム昔話　　加藤節子
3. 犬と猫とうろこ玉　日本の昔話　　張替恵子
4. ガチョウおくさんのおふろ　ポター作　　奥村満智子
5. 〈わらべうた〉コンコンさま　（福島）　　小野寺愛美、護得久えみ子、内藤直子、吉井めぐみ
6. 赤鬼エティン　イギリスの昔話　　下澤いづみ
7. 腰折れすずめ　日本の昔話　　清水千秋
8. 〈てまりうた〉清水の観音様　（栃木）　　荒井督子
9. おばあさんのひっこし　ベッカー作　　重岡令子
10. ふたりのあさごはん　にしゆうこ作　　森本真実
11. アナンシの帽子ふりおどり　ガーナの昔話　　浅見和子
12. 鳴いてはねるヒバリ　グリム昔話　　佐々梨代子

第378回　2007年10月23日
◆ おいしいお話
1. 狼おじさん　イタリアの昔話　「みどりの小鳥」岩波書店　加藤節子
2. こねこのチョコレート　ウィルソン作
    「おはなしのろうそく20」東京子ども図書館　　内藤直子
3. ごちそうをたべた上着　トルコの昔話　「天からふってきたお金」岩波書店　張替恵子
4. 海の水はなぜからい　ノルウェーの昔話
    「おはなしのろうそく23」東京子ども図書館　森本真実
5. かしこいグレーテル　グリム昔話　「子どもに語るグリムの昔話2」こぐま社　　飛鳥一枝
6. ふたりのあさごはん　にしゆうこ作
    「おはなしのろうそく16」東京子ども図書館　　護得久えみ子
7. ホットケーキ　ノルウェーの昔話
    「おはなしのろうそく18」東京子ども図書館　　松岡享子
8. 魔法使いのチョコレート・ケーキ　マーヒー作
    「魔法使いのチョコレート・ケーキ」福音館書店　　五十嵐静江

第379回　2007年12月18日
1. 十二のつきのおくりもの　スロバキアの昔話
    「エパミナンダス」東京子ども図書館　　張替恵子
2. 小さな赤いセーター　マックリー作

　　　　「おはなしのろうそく8」東京子ども図書館　　狩野いう子
3. こびととくつや　グリム昔話　「子どもに語るグリムの昔話6」こぐま社　　加藤節子
4. マッチ売りの少女　アンデルセン作
　　　　「子どもに語るアンデルセンのお話2」こぐま社　　荒井督子
5. 子うさぎましろのお話　ささきたづ作　「子うさぎましろのお話」ポプラ社　　内藤直子
6. シュニッツル、シュノッツル、シュヌーツル　ソーヤー作
　　　　「クリスマス物語集」偕成社　　石川道子

第380回　2008年1月22日
◆ねずみのお話

1. ねずみの小判干し　日本の昔話　「おはなしのろうそく26」東京子ども図書館　　平塚ミヨ
2. ねずみのすもう　日本の昔話　「おはなしのろうそく18」東京子ども図書館　　池添トモ子
3. 〈わらべうた〉オイノコサンヲ祝イマショ
　　　　「まめっちょ1」全音楽譜出版社　　小野寺愛美、護得久えみ子、吉井めぐみ
4. 森の花嫁　フィンランドの昔話　「エパミナンダス」東京子ども図書館　　内藤直子
5. ネズミのむこさがし　モンゴルの昔話
　　　　「子どもに語るモンゴルの昔話」こぐま社　　加藤節子
6. ネズミのおおてがら　チベットの昔話　「世界むかし話 インド」ほるぷ出版　　浅見和子
7. ねことねずみ　イギリスの昔話　「おはなしのろうそく21」東京子ども図書館　　渡部伸子
8. ギターねずみ　ヒューエット作　「ギターねずみ」大日本図書　　槙枝聖子

第381回　2008年2月26日

1. 〈わらべうた〉ひなさまこさま
　　　　「いっしょにあそぼうわらべうた0・1・2歳児クラス編」明治図書
　　　　　　　　　　　　　　　　　　　　小野寺愛美、護得久えみ子、吉井めぐみ
2. マーシャとくま　ロシアの昔話　「マーシャとくま」福音館書店　　清水千秋
3. 王子さまの耳は、ロバの耳　ポルトガルの昔話
　　　　「子どもに聞かせる世界の民話」実業之日本社　　清水有美
4. ラプンツェル　グリム昔話　「ついでにペロリ」東京子ども図書館　　内藤直子
5. つる女房　日本の昔話　「子どもに語る日本の昔話1」こぐま社　　荒井督子
6. マロースじいさん　ロシアの昔話　「ロシアのむかし話」偕成社　　松岡享子
7. ジャックとマメの木　イギリスの昔話

「イギリスとアイルランドの昔話」福音館書店　　浅見和子

第382回　2008年3月25日
◆ きょうだい・さまざま
1. **アリョーヌシカとイワーヌシカ**　ロシアの昔話　「まほうの馬」岩波書店　　加藤節子
2. **姉いもと**　イギリスの昔話　「イギリスとアイルランドの昔話」福音館書店　　鹿野詩乃
3. **ものいうたまご**　アメリカの昔話　「アメリカのむかし話」偕成社　　塚原眞理子
4. **岩じいさん**　中国の昔話　「子どもに聞かせる世界の民話」実業之日本社　　浅見和子
5. **屋根がチーズでできた家**　スウェーデンの昔話
　　「子どもに語る北欧の昔話」こぐま社　　清水千秋
6. **しおちゃんとこしょうちゃん**　エインワース作
　　「こどものとも 年中向き」85号　福音館書店　　張替惠子
7. **小鳥になった美しい妹**　ギリシアの昔話
　　「おはなしのろうそく7」東京子ども図書館　　内藤直子
8. **おとうさんのかたみ**　朝鮮の昔話　「ネギをうえた人」岩波書店　　槙枝聖子

第383回　2008年4月22日
1. **犬と猫とうろこ玉**　日本の昔話　「赤鬼エティン」東京子ども図書館　　渡部伸子
2. **ものいうなべ**　デンマークの昔話　「ものいうなべ」岩波書店　　吉井めぐみ
3. **ミリー・モリー・マンデー パーティーにいく**　ブリスリー作
　　「ミリー・モリー・マンデーのおはなし」福音館書店　　加藤節子
4. **聞き耳ずきん**　日本の昔話　「子どもに語る日本の昔話2」こぐま社　　清水千秋
5. **ロバの耳はなぜ長い**　イタリアの昔話　「世界むかし話 南欧」ほるぷ出版　　浅見和子
6. **金の足のベルタ**　ファージョン作　「年とったばあやのお話かご」岩波書店　　内藤直子

第384回　2008年5月27日
1. **わらとすみとそら豆**　グリム昔話　「子どもに語るグリムの昔話4」こぐま社　　清水千秋
2. **鳥になった妹**　ネパールのシェルパ族の昔話
　　「おはなしのろうそく21」東京子ども図書館　　横山史江
3. **インゲン豆のきらいなアンドルシ**　ジプシーの昔話
　　「太陽の木の枝」福音館書店　　張替惠子
4. **雌牛のブーコラ**　アイスランドの昔話

「おはなしのろうそく24」東京子ども図書館　　内藤直子

5. こぶたのバーナビー　ハウリハン作
「おはなしのろうそく22」東京子ども図書館　　荒井督子

6. 子どもと馬　ユーゴスラビアの昔話
「おはなしのろうそく25」東京子ども図書館　　加藤節子

第385回　2008年6月24日
◆雨づくし

1. ふるやのもり　日本の昔話　「なまくらトック」東京子ども図書館　　渡部伸子
2. ヤギとライオン　トリニダード・トバゴの昔話
「子どもに聞かせる世界の民話」実業之日本社　　内藤直子
3. 雨のち晴　ポター作　「雨のち晴」東京子ども図書館　　浅見和子
4. おやふこうなあおがえる　朝鮮の昔話　「おばけのトッカビ」太平出版社　　張替惠子
5. 〈詩〉なめくじのうた　室生犀星作　「おーいぽぽんた」福音館書店
　　ぱぴぷぺぽっつん　まど・みちお作　「にほんごにこにこ」理論社　　清水千秋
6. チム・ラビットのあまがさ　アトリー作
「チム・ラビットのぼうけん」童心社　　湯沢朱実
7. やもめとガブス　インドネシアの昔話
「ヴァイノと白鳥ひめ」東京子ども図書館　　増田みすず

第386回　2008年7月29日

1. 長ぐつをはいたネコ　ペロー昔話　「ついでにペロリ」東京子ども図書館　　加藤節子
2. なまくらトック　ボルネオの昔話　「なまくらトック」東京子ども図書館　　松岡享子
3. 〈わらべうた〉ママジョルサ　（朝鮮）
「新訂わらべうたであそぼう 年長編」明治図書　　東邊地えみ、鈴木晴子
4. コヨーテとセミ　北米先住民の昔話
「おはなしのろうそく23」東京子ども図書館　　浅見和子
5. はん点をなくしたヒョウ　ヒューエット作
「大きいゾウと小さいゾウ」大日本図書　　張替惠子
6. ネコの家に行った女の子　イタリアの昔話
「子どもに語るイタリアの昔話」こぐま社　　清水千秋
7. ムギと王さま　ファージョン作　「ムギと王さま」岩波書店　　内藤直子

第387回　2008年9月30日

1. **赤ずきん**　グリム昔話　「おいしいおかゆ」子ども文庫の会　　加藤節子
2. **ミリー・モリー・マンデー おつかいにいく**　ブリスリー作
　　「ミリー・モリー・マンデーのおはなし」福音館書店　　小林直美
3. **ヒョウとトカゲ**　スリランカの昔話　「子どもに語るアジアの昔話2」こぐま社　　若林康代
4. **三まいのお札**　日本の昔話　「ついでにペロリ」東京子ども図書館　　張替惠子
5. **九百九十九まいの金貨**　トルコの昔話　「子どもに語るトルコの昔話」こぐま社　　浅見和子
6. **水底の主ニッカーマン**　チェコスロバキアの昔話
　　「世界むかし話 東欧」ほるぷ出版　　望月博子

第388回　2008年10月28日

◆「おはなしのろうそく27」出版記念

1. **がちょうはくちょう**　ロシアの昔話　　大月ルリ子
2. **しおちゃんとこしょうちゃん**　エインワース作　　清水千秋
3. **指輪**　スペインの昔話　　内藤直子
4. **月を射る**　中国の昔話　　大塚清美
5. **やっちまったことはやっちまったこと**　チェコの昔話　　張替惠子
6. **死人の腕**　イタリアの昔話　「みどりの小鳥」岩波書店　　西村久美子

第389回　2008年12月16日

1. **がちょうはくちょう**　ロシアの昔話
　　「おはなしのろうそく27」東京子ども図書館　　吉井めぐみ
2. **だめといわれてひっこむな**　プロイセン作
　　「だめといわれてひっこむな」東京子ども図書館　　猪瀬晴代
3. **ヘリコプターのヘンリー**　サッチャー作　「おはなしだいすき」新読書社　　張替惠子
4. **星の銀貨**　グリム昔話　「子どもに語るグリムの昔話3」こぐま社　　内藤直子
5. **マリアさまとかるわざ師**　A・フランス作
　　「少年少女世界文学全集29 フランス編5」講談社　　荒井督子
6. 〈朗読〉**十二人の異国人たち**　バルトス＝ヘップナー作
　　「クリスマスの贈り物」新教出版社　　松岡享子

第390回 2009年1月27日
◆丑年の初めに
1. 干支のおこり　日本の昔話　「はなさかじい」福音館書店　　森本真実
2. 〈わらべうた〉オイノコサンヲ祝イマショ　「まめっちょ1」全音楽譜出版社
　　　　　　　　　　　　　護得久えみ子、吉井めぐみ、小野寺愛美、東邊地えみ、鈴木晴子
3. 牛方とやまんば　日本の昔話　「ながすね ふとはら がんりき」東京子ども図書館　　張替惠子
4. 牛になったなまけ者　朝鮮の昔話　「世界むかし話 朝鮮」ほるぷ出版　　浅見和子
5. ネギをうえた人　朝鮮の昔話　「ネギをうえた人」岩波書店　　加藤節子
6. うちの中のウシ　ワッツ作　「ついでにペロリ」東京子ども図書館　　小関知子
7. 雌牛のブーコラ　アイスランドの昔話
　　　「おはなしのろうそく24」東京子ども図書館　　内藤直子
8. ノロウェイの黒ウシ　イギリスの昔話
　　　「イギリスとアイルランドの昔話」福音館書店　　松岡享子

第391回 2009年2月24日
1. おそばのくきはなぜあかい　日本の昔話
　　　「おそばのくきはなぜあかい」岩波書店　　加藤節子
2. マロースじいさん　ロシアの昔話　「ロシアのむかし話」偕成社　　松岡享子
3. マーシャとくま　ロシアの昔話　「マーシャとくま」福音館書店　　清水千秋
4. 月を射る　中国の昔話　「おはなしのろうそく27」東京子ども図書館　　浅見和子
5. 世界一のペンキ屋さん　アメリカの昔話　「アメリカのむかし話」偕成社　　張替惠子
6. 畑の粟持って行ったはだれだ　日本の昔話
　　　「東京消防」698号　東京消防協会　　牛久保ゆう子
7. 森の花嫁　フィンランドの昔話　「エパミナンダス」東京子ども図書館　　内藤直子

第392回 2009年3月24日
1. 〈詩〉川　谷川俊太郎作　「地球へのピクニック」教育出版センター　　東邊地えみ、護得久えみ子
2. 瓜こひめこ　日本の昔話　「ヴァイノと白鳥ひめ」東京子ども図書館　　岩村陽恵
3. すずめとからす　バングラデシュの昔話
　　　「おはなしのろうそく20」東京子ども図書館　　浅見和子
4. かあさん子のたからさがし　デンマークの昔話　「ものいうなべ」岩波書店　　田中和子
5. がちょうおくさんのはたけ　ポター作

「ごきげんいかが がちょうおくさん」福音館書店　松岡享子

6. 三本の金の髪の毛　チェコスロバキアの昔話　「三本の金の髪の毛」ほるぷ出版　中内美江

第393回　2009年4月28日
◆ ちいさいおはなし
1. マメ子と魔物　イランの昔話　「子どもに聞かせる世界の民話」実業之日本社　加藤節子
2. びんぼうこびと　ウクライナの昔話
   「おはなしのろうそく 26」東京子ども図書館　森本真実
3. 豆の上に寝たお姫さま　アンデルセン作
   「子どもに語るアンデルセンのお話」こぐま社　石光紀子
4. たにし長者　日本の昔話　「ながすね ふとはら がんりき」東京子ども図書館　浅見和子
5. アリとお医者さま　トペリウス作　「星のひとみ」岩波書店　張替惠子
6. ねずみの小判干し　日本の昔話　「おはなしのろうそく 26」東京子ども図書館　草野祐子
7. 王さまノミを飼う　スペインの昔話　「世界むかし話 南欧」ほるぷ出版　森屋陽子

第394回　2009年5月26日
1. 〈詩〉おかあさん／おとうさん　まど・みちお作　「家族と友だち」理論社　護得久えみ子
   アンケートⅡ(ツー)お母さんをなんとよびますか？　阪田寛夫作
   「みえる詩あそぶ詩きこえる詩」冨山房　護得久えみ子、真子みな、吉田知代
2. 五分次郎　日本の昔話　「子どもに語る日本の昔話3」こぐま社　山根玲子
3. おばあさんが、たった一本のこったマッチをだいじにした話　ニューウェル作
   「あたまをつかった小さなおばあさん」福音館書店　樋口美子
4. ロバの耳はなぜ長い　イタリアの昔話　「ネコのしっぽ」ほるぷ出版　浅見和子
5. 小さいお嬢さまのバラ　ファージョン作　「ムギと王さま」岩波書店　張替惠子
6. 金の不死鳥　フランス系カナダ人の昔話　「トンボソのおひめさま」岩波書店　松岡享子

第395回　2009年6月23日
1. ルンペルシュティルツヘン　グリム昔話
   「おはなしのろうそく 12」東京子ども図書館　森本真実
2. 足折れつばめ　日本の昔話　「子どもに語る日本の昔話3」こぐま社　小林優子
3. まほうのかさ　ファイルマン原作　コルウェル再話
   「こどものとも」516号　福音館書店　張替惠子

4. 黄太郎青太郎　タイの昔話　「子どもに語るアジアの昔話1」こぐま社　　浅見和子
5. ヤギとライオン　トリニダード・トバゴの昔話
　　「子どもに聞かせる世界の民話」実業之日本社　　菅原汎子
6. ドシュマンとドゥースト　イランの昔話
　　「子どもに語るアジアの昔話2」こぐま社　　加藤節子

第396回　2009年7月28日

1. 瓜こひめこ　日本の昔話　「ヴァイノと白鳥ひめ」東京子ども図書館　　清水千秋
2. 三人の糸つむぎ女　グリム昔話　「子どもに語るグリムの昔話3」こぐま社　　田中英子
3. ひねくれもののエイトジョン　アメリカの昔話
　　「アメリカのむかし話」偕成社　　加藤節子
4. フクロウ　ハイチの昔話　「魔法のオレンジの木」岩波書店　　浅見和子
5. ちいさなたいこ　松岡享子作　「ちいさなたいこ」福音館書店　　荒井督子
6. ジーニと魔法使い　アメリカの昔話
　　「だめといわれてひっこむな」東京子ども図書館　　内藤直子

第397回　2009年9月29日

1. オオカミと七ひきの子ヤギ　グリム昔話　「ホットケーキ」東京子ども図書館　　清水千秋
2. お月さまの話　ニクレビチョバ作
　　「おはなしのろうそく25」東京子ども図書館　　護得久えみ子
3. 月を射る　中国の昔話　「おはなしのろうそく27」東京子ども図書館　　張替惠子
4. ホットケーキ　ノルウェーの昔話　「ホットケーキ」東京子ども図書館　　松岡享子
5. パン屋のネコ　エイキン作　「しずくの首飾り」岩波書店　　奥村満智子
6. 子どもと馬　ユーゴスラビアの昔話
　　「おはなしのろうそく25」東京子ども図書館　　加藤節子

第398回　2009年10月27日

◆愛蔵版おはなしのろうそく9「ホットケーキ」出版記念

1. かにかに、こそこそ　日本の昔話　　髙橋史子
2. ならずもの　グリム昔話　　浅見和子
3. 〈グループあそび〉ライオン狩り　　張替惠子
4. ねずみのすもう　日本の昔話　　加藤節子

5. オオカミと七ひきの子ヤギ　グリム昔話　　塚原眞理子
6. ホットケーキ　ノルウェーの昔話　　吉井めぐみ
7. 〈わらべうた〉すずめ、すずめ　(東京)　　真子みな、吉田知代
8. 番ねずみのヤカちゃん　ウィルバー作　　松岡享子

第399回　2009年12月22日

1. こびととくつや　グリム昔話　「子どもに語るグリムの昔話6」こぐま社　　加藤節子
2. シュニッツル、シュノッツル、シュヌーツル　ソーヤー作
　　「クリスマス物語集」偕成社　　野村昭子
3. 星の銀貨　グリム昔話　「子どもに語るグリムの昔話3」こぐま社　　内藤直子
4. 人は何によって生きるか　トルストイ作
　　「イワンのばか」岩波書店 より　松岡享子編　　松岡享子

第400回　2010年1月26日

◆アンケートに寄せられたお話から
1. おししのくびはなぜあかい　日本の昔話
　　「おそばのくきはなぜあかい」岩波書店　　加藤節子
2. こぶたのバーナビー　ハウリハン作
　　「おはなしのろうそく22」東京子ども図書館　　荒井督子
3. 屋根がチーズでできた家　スウェーデンの昔話
　　「子どもに語る北欧の昔話」こぐま社　　清水千秋
4. 東風　トラヴァース作
　　「風にのってきたメアリー・ポピンズ」岩波書店 より　張替惠子編　　張替惠子
5. ロバの耳はなぜ長い　イタリアの昔話　「ネコのしっぽ」ほるぷ出版　　浅見和子
6. ボタンインコ　ファージョン作　「ムギと王さま」岩波書店　　内藤直子
7. 山にさらわれたひとの娘　ウテルダール作
　　「子どもの文学――新しい時代の物語」グロリア インターナショナル　　松岡享子

第401回　2010年2月23日

1. いっすんぼうし　日本の昔話　「いっすんぼうし」福音館書店　　織田裕子
2. わらとすみとそら豆　グリム昔話　「子どもに語るグリムの昔話4」こぐま社　　清水千秋
3. 百姓のおかみさんとトラ　パキスタンの昔話
　　「子どもに語るアジアの昔話2」こぐま社　　浅見和子
4. かわいいメンドリ　チェコスロバキアの昔話
　　「世界むかし話 東欧」ほるぷ出版　　松岡享子
5. ツェねずみ　宮沢賢治作　「銀河鉄道の夜」岩波書店　　橋川美智子
6. 熊の皮を着た男　グリム昔話　「ながすね ふとはら がんりき」東京子ども図書館　　張替惠子

第402回　2010年3月23日

1. 〈わらべうた〉ずくぼんじょ
　　「新訂わらべうたであそぼう 年中編」明治図書　　真子みな、吉田知代、護得久えみ子
2. 三人ばか　イギリスの昔話　「おはなしのろうそく4」東京子ども図書館　　伊藤裕恵
3. 歌うふくろ　スペインの昔話　「おはなしのろうそく6」東京子ども図書館　　内藤直子
4. 山の上の火　エチオピアの昔話　「山の上の火」岩波書店　　寺島妙子
5. 九人のきょうだい　中国の昔話　「白いりゅう黒いりゅう」岩波書店　　張替惠子
6. ネズミ捕り屋の娘　ハウスマン作　松岡享子訳　　松岡享子

第403回　2010年4月27日

1. 聞き耳ずきん　日本の昔話　「子どもに語る日本の昔話2」こぐま社　　清水千秋
2. ありこのおつかい　石井桃子作　「ありこのおつかい」福音館書店　　張替惠子
3. チム・ラビットのうん　アトリー作　「チム・ラビットのぼうけん」童心社　　内田直子
4. ロバの耳はなぜ長い　イタリアの昔話　「ネコのしっぽ」ほるぷ出版　　浅見和子
5. やりこめられないおひめさま　ノルウェーの昔話
　　「世界のむかしばなし」のら書店　　加藤節子
6. サムとスーキー　アメリカの昔話　「アメリカのむかし話」偕成社　　松岡享子
7. 茶色の髪の若者　アイルランドの昔話
　　「子どもに語るアイルランドの昔話」こぐま社　　杉本好子

第404回　2010年5月25日

1. かちかち山　日本の昔話　「日本昔話百選」三省堂　　円乗擶子

2. しあわせのテントウムシ　プリョイセン作
　　「しあわせのテントウムシ」岩波書店　　張替惠子
3. バラの花とバイオリンひき　ジプシーの昔話　「太陽の木の枝」福音館書店　　岩田亜紀
4. ふしぎなやどや　中国の昔話　「ふしぎなやどや」福音館書店　　金子惠子
5. おなべとおさらとカーテン　村山籌子作
　　「リボンときつねとゴムまりと月」JULA出版局　　加藤節子
6. 美しいおとめ　北米先住民の昔話
　　「オクスフォード世界の民話と伝説3 アメリカ編」講談社　　松岡享子

第405回　2010年6月22日

1. ふるやのもり　日本の昔話　「おはなしのろうそく4」東京子ども図書館　　渡部伸子
2. 皇帝の玉座でうたをうたったオンドリ　ユーゴスラビアの昔話
　　「三本の金の髪の毛」ほるぷ出版　　浅見和子
3. はらぺこピエトリン　イタリアの昔話
　　「子どもに語るイタリアの昔話」こぐま社　　久末みちえ
4. まほうのかさ　ファイルマン原作　コルウェル再話
　　「こどものとも」516号　福音館書店　　張替惠子
5. ジーリコッコラ　イタリアの昔話　「みどりの小鳥」岩波書店　　土方規子
6. 犬になった王子　中国の昔話　「白いりゅう黒いりゅう」岩波書店　　松岡享子

第406回　2010年7月27日

◆ 首筋に冷たい風が…

1. 狼おじさん　イタリアの昔話　「みどりの小鳥」岩波書店　　加藤節子
2. くわずにょうぼう　日本の昔話　「くわずにょうぼう」福音館書店　　渡部伸子
3. 黒いお姫さま　ドイツの昔話　「黒いお姫さま」福音館書店　　浅見和子
4. 明かりをくれ！　スペインの昔話　松岡享子訳　　内藤直子
5. どっちがどっち？　韓国の昔話　Which was witch? より　松岡享子編・訳　　松岡享子
6. おまえにひとつ、おれにひとつ　イタリアの昔話　剣持弘子訳　　張替惠子
7. 死人の腕　イタリアの昔話　「みどりの小鳥」岩波書店　　奥村満智子
〈おまけ〉おばけ学校の三人の生徒　松岡享子作　　松岡享子

第407回　2010年9月28日

1. 〈わらべうた〉かりかりわたれ　「いっしょにあそぼうわらべうた 3・4歳児クラス編」明治図書
　　　　　　　　　　　　　　　　　　護得久えみ子、神崎直子、村上彩、渡辺千尋
2. おいしいおかゆ　グリム昔話　「エパミナンダス」東京子ども図書館　岩田なほみ
3. 金剛山(クムカンサン)のトラたいじ　朝鮮の昔話　「金剛山のトラたいじ」ほるぷ出版　浅見和子
4. リンゴ娘ニーナ　イタリアの昔話　「子どもに語るイタリアの昔話」こぐま社　小野寺愛美
5. ワタの花と妖精　アメリカの昔話　「子どもに聞かせる世界の民話」実業之日本社　内田直子
6. マレーン姫　グリム昔話　「鉄のハンス」岩波書店　松岡享子

第408回　2010年10月26日

◆ ここにもクマ あそこにもクマ どこにもかしこにもクマとコグマ

1. マーシャとくま　ロシアの昔話　「マーシャとくま」福音館書店　清水千秋
2. くまくんとけがわのマント　ミナリック作
　　「こぐまのくまくん」福音館書店　内田直子
3. 〈人形あそび〉くまさんのおでかけ　中川李枝子作
　　「エパミナンダス」東京子ども図書館　荒井督子
4. 鳥になりたかったこぐまの話　ド・レェーエフ作
　　「おはなしのろうそく23」東京子ども図書館　真子みな
5. おかあさんのたんじょう日　フラック作
　　「おかあさんだいすき」岩波書店　佐藤千代子
6. 五本のゆびさん　ドイツの昔話　「世界のむかしばなし」のら書店　奥村満智子
7. プーがお客にいって、動きのとれなくなるお話　ミルン作
　　「クマのプーさん プー横丁にたった家」岩波書店　張替惠子
8. 〈あそびうた〉クマが山にのぼってった　（アメリカ）
　　「ついでにペロリ」東京子ども図書館　村上彩、渡辺千尋
9. 三びきのクマの話　イギリスの昔話
　　「イギリスとアイルランドの昔話」福音館書店　松岡享子
10. 〈わらべうた〉くまさんくまさん
　　　　　　　　　　　松岡享子、村上彩、渡辺千尋、護得久えみ子、神崎直子

第409回　2010年12月21日

1. ちいさなろば　エインズワース作　「ちいさなろば」福音館書店　清水千秋

2. ヘリコプターのヘンリー　サッチャー作　「おはなしだいすき」新読書社　張替恵子
3. ゆきんこ　ロシアの昔話　「ストーリーテリングについて」子ども文庫の会　内藤直子
4. 〈朗読〉おばあさんのいす　松岡享子作　松岡享子
5. 〈影絵〉ヘンゼルとグレーテル　グリム昔話より脚色　村上彩、渡辺千尋ほか

第410回　2011年1月25日
◆愛蔵版おはなしのろうそく10「まめたろう」出版記念
1. 小犬をひろってしあわせになったじいさんの話　日本の昔話　狩野いう子
2. まめたろう　イランの昔話　護得久えみ子
3. 森の家　グリム昔話　内田直子
4. 〈こもりうた〉ねんねこ小山の白犬コ　(岩手)　村上彩、渡辺千尋
5. 金の髪　コルシカの昔話　松岡享子
6. クナウとひばり　アイヌの昔話　床井文子
7. スズメとカラス　バングラデシュの昔話　浅見和子
8. 〈手玉唄〉一で糸屋のおまきさん　(東京)　村上彩、渡辺千尋
9. こねこのチョコレート　ウィルソン作　小林いづみ
10. 鉄のハンス　グリム昔話　内藤直子

第411回　2011年2月22日
◆「子どもに語るイギリスの昔話」(こぐま社)出版記念
1. ジャックの運さがし　清水千秋
2. 世界の果ての井戸　内田直子
3. 三つの願い　小関知子
4. 魚と指輪　加藤節子
5. フォックス氏　張替恵子
6. なんにもないない ななしっこ　内藤直子
7. ゴッタムのかしこい人たち　浅見和子
8. 脳みそを買う　松岡享子

第412回　2011年4月26日
1. ジャックの運さがし　イギリスの昔話
　　「子どもに語るイギリスの昔話」こぐま社　清水千秋

155

2. 世界の果ての井戸　イギリスの昔話
　　「子どもに語るイギリスの昔話」こぐま社　　内田直子
3. しあわせのテントウムシ　プリョイセン作
　　「しあわせのテントウムシ」岩波書店　　張替惠子
4. おなべとおさらとカーテン　村山籌子作
　　「リボンときつねとゴムまりと月」JULA 出版局　　加藤節子
5. ボタンインコ　ファージョン作　「ムギと王さま」岩波書店　　内藤直子
6. 美しいおとめ　北米先住民の昔話　「おはなしのろうそく28」東京子ども図書館　　松岡享子

第413回　2011年5月24日

1. 山んばのにしき　日本の昔話　「日本のむかし話1」講談社　　川人順子
2. ねずみの小判干し　日本の昔話　「おはなしのろうそく26」東京子ども図書館　　草野祐子
3. 犬と猫とうろこ玉　日本の昔話　「赤鬼エティン」東京子ども図書館　　張替惠子
4. 長ぐつをはいたネコ　ペロー昔話　「ついでにペロリ」東京子ども図書館　　甲斐智子
5. 小さいお嬢さまのバラ　ファージョン作　「ムギと王さま」岩波書店　　内藤直子
6. わらとすみとそら豆　グリム昔話　「子どもに語るグリムの昔話4」こぐま社　　清水千秋
7. メリー・ゴウ・ラウンド　マーヒー作
　　「魔法使いのチョコレート・ケーキ」福音館書店　　柴﨑妙子

第414回　2011年6月28日

1. りこうなおきさき　ルーマニアの昔話　「りこうなおきさき」岩波書店　　清水千秋
2. びんぼうこびと　ウクライナの昔話
　　「おはなしのろうそく26」東京子ども図書館　　井関哲司
3. タールぼうずの話　アメリカの昔話　「ウサギどんキツネどん」岩波書店　　山崎直美
4. ふるやのもり　日本の昔話　「なまくらトック」東京子ども図書館　　渡部伸子
5. パン屋のネコ　エイキン作　「しずくの首飾り」岩波書店　　奥村満智子
6. やっちまったことはやっちまったこと　チェコの昔話
　　「おはなしのろうそく27」東京子ども図書館　　張替惠子
7. 六人男、世界をのし歩く　グリム昔話
　　「子どもに語るグリムの昔話2」こぐま社　　加藤節子

第415回　2011年7月26日

1. 狩人と花の精　モンゴルの昔話　「子どもに語るモンゴルの昔話」こぐま社　　長谷川幸子
2. ざしき童子のはなし　宮沢賢治作　「風の又三郎」岩波書店　　光野トミ
3. 元気な仕立て屋　アイルランドの昔話
　　「イギリスとアイルランドの昔話」福音館書店　　柴﨑妙子
4. ひとのことばを話す犬　スペインの昔話　「ポルコさまちえばなし」岩波書店　　松岡享子
5. 農夫と土の精　ド・モーガン作　「風の妖精たち」岩波書店　　中尾幸

第416回　2011年9月27日

1. 〈わらべうた〉小山のこうさぎ　(佐賀)　「ながすね ふとはら がんりき」東京子ども図書館
　　　　　　むこうのお山　(讃岐)　「ヴァイノと白鳥ひめ」東京子ども図書館
　　　　　　　　　　　　　　　　　　　　　　　　加藤清美、富澤佳恵子
2. 腰折れすずめ　日本の昔話　「赤鬼エティン」東京子ども図書館　　清水千秋
3. 四人のなまけ者　中国の昔話　「赤鬼エティン」東京子ども図書館　　小関知子
4. 瓜こひめこ　日本の昔話　「ヴァイノと白鳥ひめ」東京子ども図書館　　松岡享子
5. 〈わらべうた〉清水の観音さま　(栃木)／コンコンさま　(福島)
　　「赤鬼エティン」東京子ども図書館　　護得久えみ子、小野寺愛美、吉井めぐみほか
6. 小鳥になった美しい妹　ギリシアの昔話
　　「ながすね ふとはら がんりき」東京子ども図書館　　内藤直子
7. アナンシの帽子ふりおどり　ガーナの昔話
　　「赤鬼エティン」東京子ども図書館　　浅見和子
8. ヴァイノと白鳥ひめ　フィンランドの昔話
　　「ヴァイノと白鳥ひめ」東京子ども図書館　　張替惠子

第417回　2011年10月25日
◆ さがして たずねて どこまでも

1. 〈わらべうた〉べろべろの神さん　(福岡)
　　「福岡のわらべ歌」柳原書店　　松岡享子、加藤清美、富澤佳恵子
2. 絵姿女房　日本の昔話　「おはなしのろうそく23」東京子ども図書館　　野坂純子
3. ぬかふくとこめふく　日本の昔話　「おばばの夜語り」平凡社　　半田恵
4. 畑の粟持って行ったはだれか　日本の昔話
　　「東京消防」698号　東京消防協会　　牛久保ゆう子

5. 川の母　ハイチの昔話　「魔法のオレンジの木」岩波書店　　藤川隆子
6. ライオンの大ぞん　村山籌子作
　　　「リボンときつねとゴムまりと月」JULA出版局　　金成正子
7. 金の不死鳥　フランス系カナダ人の昔話　「トンボソのおひめさま」岩波書店　　松岡享子

第418回　2011年12月20日

1. こまどりのクリスマス　スコットランドの昔話
　　　「こどものとも」57号　福音館書店　　張替恵子
2. マッチ売りの少女　アンデルセン作
　　　「おはなしのろうそく23」東京子ども図書館　　浅見和子
3. すてきなクリスマス・ツリー　フリハン作　「おはなしだいすき」新読書社　　加藤節子
4. 十二のつきのおくりもの　スロバキアの昔話
　　　「エパミナンダス」東京子ども図書館　　内藤直子
5. 〈詩〉クリスマスのまえのばん　The night before Christmas（日本語・英語）
　　　ムーア作　松岡享子訳　松岡享子
6. 〈人形劇〉子うさぎましろのお話　ささきたづ作
　　　「子うさぎましろのお話」ポプラ社　より脚色　　加藤清美、富澤佳恵子ほか

第419回　2012年1月24日

1. 〈わらべうた〉正月三日のもちつきは／おしょうがつええもんだ
　　　　　　　　　護得久えみ子、小野寺愛美、吉井めぐみ、加藤清美
2. 干支のはじまり　日本の昔話　「子どもに語る日本の昔話3」こぐま社　　杉本好子
3. かさじぞう　日本の昔話　「かさじぞう」福音館書店　　小関知子
4. 絵姿女房　日本の昔話　「おはなしのろうそく23」東京子ども図書館　　渡部伸子
5. 小さな赤いセーター　マックリー作
　　　「ながすね ふとはら がんりき」東京子ども図書館　　内田直子
6. 火をはく竜　中国の昔話　「中国のむかし話」偕成社　　張替恵子
7. 美しいワシリーサとババ・ヤガー　ロシアの昔話
　　　「なまくらトック」東京子ども図書館　　松岡享子

第420回　2012年2月28日

◆ pre Happy 77（松岡享子の喜寿を前に）

1. こびとのゴブリン　ミナリック作
　　「おじいちゃんとおばあちゃん」福音館書店　　円谷恭子
2. かしこいモリー　イギリスの昔話　「エパミナンダス」東京子ども図書館　　賀谷恭子
3. 雨のち晴　ポター作　「雨のち晴」東京子ども図書館　　奥村満智子
4. あくびが出るほどおもしろい話　松岡享子作
　　「ついでにペロリ」東京子ども図書館　　護得久かづ子
5. かわいいメンドリ　チェコスロバキアの昔話
　　「三本の金の髪の毛」ほるぷ出版　　小関知子
6. 子どもと馬　ユーゴスラビアの昔話　「おはなしのろうそく25」東京子ども図書館　　加藤節子

第421回　2012年3月27日

1. 花さかじい　日本の昔話　「日本のむかしばなし」のら書店　　藤本律子
2. ねずみの小判干し　日本の昔話　「おはなしのろうそく26」東京子ども図書館　　真子みな
3. こすずめのぼうけん　エインワース作　「雨のち晴」東京子ども図書館　　護得久えみ子
4. たまごのカラの酒つくり　アイルランドの昔話
　　「イギリスとアイルランドの昔話」福音館書店　　渡邉春菜
5. わらとせきたんとそらまめ　グリム昔話　「おいしいおかゆ」子ども文庫の会　　加藤節子
6. マレーン姫　グリム昔話　「鉄のハンス」岩波書店　　松岡享子

第422回　2012年4月24日

1. 三人兄弟　日本の昔話　「子どもに語る日本の昔話1」こぐま社　　清水千秋
2. くわずにょうぼう　日本の昔話　「くわずにょうぼう」福音館書店　　小関知子
3. チム・ラビットのうん　アトリー作　「チム・ラビットのぼうけん」童心社　　内田直子
4. ありこのおつかい　石井桃子作　「ありこのおつかい」福音館書店　　張替惠子
5. ムカデとモグラの婚約　朝鮮の昔話　「金剛山(クムカンサン)のトラたいじ」ほるぷ出版　　浅見和子
6. ハープをひくハチとネズミとゴキブリ　アイルランドの昔話
　　「子どもに語るアイルランドの昔話」こぐま社　　渡辺有子
7. 太陽の木の枝　ジプシーの昔話　「太陽の木の枝」福音館書店　　護得久えみ子

第423回　2012年5月22日

1. 長ぐつをはいたネコ　ペロー昔話　「ついでにペロリ」東京子ども図書館　　加藤節子
2. 一つさやから出た五つのエンドウ豆　アンデルセン作
　　「子どもに語るアンデルセンのお話」こぐま社　　内田直子
3. おすだんなと、おすおくさん　イギリスの昔話
　　「イギリスとアイルランドの昔話」福音館書店　　藤原文子
4. たにし長者　日本の昔話　「ながすね ふとはら がんりき」東京子ども図書館　　浅見和子
5. 小さいお嬢さまのバラ　ファージョン作　「ムギと王さま」岩波書店　　張替惠子
6. なんでも金になる話　ギリシア神話　「ワンダ・ブック」岩波書店　　中尾幸

第424回　2012年6月26日

1. チム・ラビットのあまがさ　アトリー作
　　「チム・ラビットのぼうけん」童心社　　護得久えみ子
2. しずくの首飾り　エイキン作　「しずくの首飾り」岩波書店　　吉井めぐみ
3. おやふこうなあおがえる　朝鮮の昔話
　　「おはなしのろうそく24」東京子ども図書館　　張替惠子
4. 小石投げの名人タオ・カム　ラオスの昔話
　　「子どもに語るアジアの昔話2」こぐま社　　池添トモ子
5. 象のふろおけ　ビルマの昔話　「象のふろおけ」ほるぷ出版　　浅見和子
6. 虔十公園林　宮沢賢治作　「風の又三郎」岩波書店　　円乗掃子

第425回　2012年7月24日

1. 足折れつばめ　日本の昔話　「子どもに語る日本の昔話3」こぐま社　　内藤直子
2. まめたろう　イランの昔話　「まめたろう」東京子ども図書館　　護得久えみ子
3. お話を知らなかった若者　アイルランドの昔話
　　「子どもに語るアイルランドの昔話」こぐま社　　伊佐地敦子
4. なまくらトック　ボルネオの昔話　「なまくらトック」東京子ども図書館　　小関知子
5. 五つのだんご　スリランカの昔話　「アジアの昔話6」福音館書店　　張替惠子
6. ひねくれもののエイトジョン　アメリカの昔話
　　「アメリカのむかし話」偕成社　　加藤節子
7. ジャックとマメの木　イギリスの昔話
　　「イギリスとアイルランドの昔話」福音館書店　　浅見和子

第426回　2012年9月25日

1. 月をつろうとしたロー　ソロモン諸島の昔話
　　「マウイの五つの大てがら」ほるぷ出版　　浅見和子
2. 月を射る　中国の昔話　「おはなしのろうそく27」東京子ども図書館　　張替恵子
3. あかりの花　中国の昔話　「あかりの花」福音館書店　　神谷秀子
4. お月さまの話　ニクレビチョバ作
　　「おはなしのろうそく25」東京子ども図書館　　小野寺愛美
5. おんば皮　日本の昔話　「子どもに語る日本の昔話2」こぐま社　　内田直子
6. 三びきのくま　イギリスの昔話　「金のがちょうのほん」福音館書店　　赤松かおる
7. コウノトリになったカリフの話　ハウフ作　「隊商」岩波書店　　牛久保ゆう子

第427回　2012年10月23日

1. 風の神と子ども　日本の昔話　「だめといわれてひっこむな」東京子ども図書館　　加藤節子
2. スープのスープ　トルコの昔話　「天からふってきたお金」岩波書店　　浅見和子
3. ごちそうをたべた上着　トルコの昔話　「天からふってきたお金」岩波書店　　張替恵子
4. ジムのたんじょう日　ファージョン作　「町かどのジム」童話館出版　　寺島妙子
5. 三人の糸つむぎ女　グリム昔話　「子どもに語るグリムの昔話3」こぐま社　　奥村満智子
6. トロルとうでくらべをした少年　スウェーデンの昔話
　　「子どもに語る北欧の昔話」こぐま社　　内田直子
7. 魔法の馬　ロシアの昔話　「ロシアの昔話」福音館書店　　護得久えみ子

第428回　2012年12月25日

1. ゆきんこ　ロシアの昔話　「ストーリーテリングについて」子ども文庫の会　　池添トモ子
2. ねこのお客　エインワース作　「幼い子の文学」中央公論社　　加藤節子
3. マッチ売りの少女　アンデルセン作
　　「おはなしのろうそく23」東京子ども図書館　　張替恵子
4. 小さな家畜　ロシアの昔話　「アーサー・ランサムのロシア昔話」白水社　　浅見和子
5. こびととくつや　グリム昔話　「子どもに語るグリムの昔話6」こぐま社　　杉山秀子
6. 白雪ひめ　グリム昔話　「一つ目二つ目三つ目」子ども文庫の会　　荒井督子

第429回 2013年1月22日

1. 〈わらべうた〉オイノコサンヲ祝イマショ　「まめっちょ1」全音楽譜出版社
   まがんこ　「いっしょにあそぼうわらべうた０・１・２歳児クラス編」明治図書
   　　　　　　　　　　　　　　　森島瑛子、護得久えみ子、林直子
2. かさじぞう　日本の昔話　「かさじぞう」福音館書店　加藤節子
3. 夢見小僧　日本の昔話　「子どもに語る日本の昔話1」こぐま社　張替惠子
4. カラスだんなとイガイ　エスキモーの昔話
   「カラスだんなのおよめとり」岩波書店　浅見和子
5. 三つのねがい　日本の昔話　「子どもに語る日本の昔話3」こぐま社　護得久えみ子
6. 一足の靴　グリパリ作　「木曜日はあそびの日」岩波書店　小関知子
7. 森の中の三人のこびと　グリム昔話　「雨のち晴」東京子ども図書館　内藤直子

第430回 2013年2月26日

1. おそばのくきはなぜあかい　日本の昔話
   「おそばのくきはなぜあかい」岩波書店　加藤節子
2. クナウとひばり　アイヌの昔話　「まめたろう」東京子ども図書館　内藤直子
3. りこうなおきさき　ルーマニアの昔話　「りこうなおきさき」岩波書店　清水千秋
4. 世界一のペンキ屋さん　アメリカの昔話　「アメリカのむかし話」偕成社　張替惠子
5. 百姓のおかみさんとトラ　パキスタンの昔話
   「子どもに語るアジアの昔話2」こぐま社　浅見和子
6. キツネとバルカンツ　ロシアの昔話
   「アーサー・ランサムのロシア昔話」白水社　内田直子
7. ながすね ふとはら がんりき　チェコの昔話
   「ながすね ふとはら がんりき」東京子ども図書館　青山伸子

第431回 2013年3月26日

1. 姉いもと　イギリスの昔話　「イギリスとアイルランドの昔話」福音館書店　内藤直子
2. ふしぎなたいこ　日本の昔話　「ふしぎなたいこ」岩波書店　護得久えみ子
3. 梅の木村のおならじいさん　松岡享子作
   「くしゃみくしゃみ天のめぐみ」福音館書店　小関知子
4. 金のとさかのおんどりと魔法のひきうす　ロシアの昔話
   「ロシアの昔話」福音館書店　小金沢頼子

5. チム・ラビットとカヤネズミ　アトリー作
　　「チム・ラビットのおともだち」童心社　　金城節子
6. 一つ目、二つ目、三つ目　グリム昔話
　　「子どもに語るグリムの昔話5」こぐま社　　梛野薫

第432回　2013年4月23日

1. ねずみの小判干し　日本の昔話　「おはなしのろうそく26」東京子ども図書館　　清水千秋
2. こすずめのぼうけん　エインワース作　「雨のち晴」東京子ども図書館　　護得久えみ子
3. 雌牛のブーコラ　アイスランドの昔話
　　「おはなしのろうそく24」東京子ども図書館　　内藤直子
4. やりこめられないおひめさま　ノルウェーの昔話
　　「世界のむかしばなし」のら書店　　加藤節子
5. 小さなオンドリとダイヤのボタン　セレディ作
　　「お話してよ、もうひとつ」新読書社　　張替惠子
6. りくでも海でもはしる船　フィンランドの昔話　「かぎのない箱」岩波書店　　山崎千惠子

第433回　2013年5月28日

1. 羊飼いの花たば　旧チェコスロバキアの昔話　「三本の金の髪の毛」のら書店　　床井文子
2. アリとお医者さま　トペリウス作　「星のひとみ」岩波書店　　張替惠子
3. 馬の首　ロシアの昔話　「おはなしのろうそく29」東京子ども図書館　　尾家順子
4. ヒキガエルとハゲタカ　ブラジルの昔話
　　「ブラジルのむかしばなし2」東京子ども図書館　　平田美恵子
5. うぐいす　アンデルセン作
　　「子どもに語るアンデルセンのお話」こぐま社　　松岡享子

第434回　2013年6月25日

◆ 新刊出版記念
「ブラジルのむかしばなし」2・3
1. カメのけいりゃく　「ブラジルのむかしばなし3」　　護得久えみ子
2. 二羽のオウム　「ブラジルのむかしばなし2」　　渡部伸子
「おはなしのろうそく29」
3. ウサギとオオカミ　北米先住民の昔話　　浅見和子

4. 月曜、火曜、水曜日　ヘイズ作　　小林いづみ
5. ボルカの冒険　アルメディンゲン作　　小林いづみ

第435回　2013年7月23日

1. あずきとぎのおばけ　日本の昔話　「日本のむかし話2」講談社　　加藤節子
2. じいさん、いるかい　日本の昔話　「ねずみのもちつき」福音館書店　　護得久えみ子
3. ベッチィ・ストーグの赤ちゃん　コーンウォールの昔話
　　　「新編世界むかし話集1」社会思想社　　臼井敬子
4. コヨーテとセミ　北米先住民の昔話
　　　「おはなしのろうそく23」東京子ども図書館　　浅見和子
5. 屋根がチーズでできた家　スウェーデンの昔話
　　　「子どもに語る北欧の昔話」こぐま社　　清水千秋
6. 明かりをくれ！　スペインの昔話　松岡享子訳　　内藤直子
7. 魔女に追われたむすめ　ポーランドの昔話　「三本の金の髪の毛」のら書店　　浅木尚実

第436回　2013年9月24日

◆ あなのはなし あなたのし

1. ねずみじょうど　日本の昔話　「なまくらトック」東京子ども図書館　　西村めぐみ
2. あなのはなし　マラリーク作　「なまくらトック」東京子ども図書館　　護得久えみ子
3. マメジカカンチルが穴に落ちる話　インドネシアの昔話
　　　「ながすね ふとはら がんりき」東京子ども図書館　　加藤節子
4. ウサギとオオカミ　北米先住民の昔話
　　　「おはなしのろうそく29」東京子ども図書館　　浅見和子
5. 穴だらけの町ラゴス　メキシコの昔話　「ふしぎなサンダル」ほるぷ出版　　張替惠子
6. 小石投げの名人タオ・カム　ラオスの昔話
　　　「子どもに語るアジアの昔話2」こぐま社　　奥村満智子
7. 金の足のベルタ　ファージョン作　「年とったばあやのお話かご」岩波書店　　内藤直子

第437回　2013年10月22日

1. かにむかし　日本の昔話　「かにむかし」岩波書店　　松岡享子
2. 間抜けなトッケビ　韓国の昔話　「韓国の昔話100①」より　朴鍾振(パクジョンジン)訳　　清水千秋
3. トロルとうでくらべをした少年　スウェーデンの昔話

「子どもに語る北欧の昔話」こぐま社　　護得久えみ子
4. **魚と指輪**　イギリスの昔話　「子どもに語るイギリスの昔話」こぐま社　　加藤節子
5. **ぐらぐらの は**　エドワーズ作　「きかんぼのちいちゃいいもうと」福音館書店　　張替惠子
6. **リンゴ娘ニーナ**　イタリアの昔話　「子どもに語るイタリアの昔話」こぐま社　　小野寺愛美
7. **オルペウスとエウリュディケ**　ギリシア神話　「ギリシア神話」のら書店　　藁谷祐子

第438回　2013年12月24日

1. 〈人形劇〉**じゃんけんのすきな女の子のクリスマス**　松岡享子作
　　「じゃんけんのすきな女の子」学研教育出版　より脚色
　　　　　　　　　　　　　鋤柄史子、小関知子、渡部伸子、金野早希子、吉田真理
2. **こまどりのクリスマス**　スコットランドの昔話
　　「こどものとも」57号　福音館書店　　張替惠子
3. **ちいさなろば**　エインズワース作　「ちいさなろば」福音館書店　　清水千秋
4. **小さな家畜**　ロシアの昔話　「アーサー・ランサムのロシア昔話」白水社　　浅見和子
5. 〈朗読〉**まずしい子らのクリスマス**　ヴィーヘルト作
　　「まずしい子らのクリスマス」白水社　　松岡享子

第439回　2014年1月28日

1. 〈わらべうた〉**オイノコサンヲ祝イマショ**
　　「まめっちょ1」全音楽譜出版社　　鈴木晴子、鋤柄史子
2. **干支のはじまり**　日本の昔話　「子どもに語る日本の昔話3」こぐま社　　杉本好子
3. **絵姿女房**　日本の昔話　「おはなしのろうそく23」東京子ども図書館　　渡部伸子
4. **旅人馬**　日本の昔話　「子どもに語る日本の昔話2」こぐま社　　護得久えみ子
5. **ねこの大王**　イギリスの昔話　「世界のむかしばなし」のら書店　　池添トモ子
6. **ゆきんこ**　ロシアの昔話　「ストーリーテリングについて」子ども文庫の会　　賀谷恭子
7. **ネズミのおおてがら**　チベットの昔話　「魔法のゆびわ」ほるぷ出版　　浅見和子
8. **しあわせハンス**　グリム昔話　「しあわせハンス」福音館書店　　奥村満智子

第440回　2014年2月25日

◆ろうそくマラソンスタート！
1. **世界でいちばんきれいな声**　ラ・フルール作
　　「おはなしのろうそく11」東京子ども図書館　　床井文子

2. 小さな赤いセーター　マックリー作
　　　「おはなしのろうそく8」東京子ども図書館　　　内田直子
3. こすずめのぼうけん　エインワース作
　　　「おはなしのろうそく13」東京子ども図書館　　　護得久えみ子
4. ホレおばさん　グリム昔話　「おはなしのろうそく15」東京子ども図書館　　加藤節子
5. 金いろとさかのおんどり　ロシアの昔話
　　　「おはなしのろうそく3」東京子ども図書館　　　内藤直子
6. 腰折れすずめ　日本の昔話　「おはなしのろうそく16」東京子ども図書館　　清水千秋
7. かちかち山（兎こむがす）　日本の昔話
　　　「おはなしのろうそく10」東京子ども図書館　　　浅見和子
8. ついでにペロリ　デンマークの昔話　「おはなしのろうそく6」東京子ども図書館　　張替惠子
9. エパミナンダス　ブライアント作　「おはなしのろうそく1」東京子ども図書館　　松岡享子

第441回　2014年3月25日
◆3がつに3のおはなし

1. なぞなぞ三つ　　「なぞなぞの本」福音館書店　　鈴木晴子
2. 三びきの子ブタ　イギリスの昔話
　　　「イギリスとアイルランドの昔話」福音館書店　　加藤節子
3. 三つのねがい　日本の昔話　「子どもに語る日本の昔話3」こぐま社　　護得久えみ子
4. くしゃみ三つ　スイスの昔話
　　　The three sneezes and other Swiss tales より　松岡享子訳　　張替惠子
5. 三枚の鳥の羽　グリム昔話　「おはなしのろうそく11」東京子ども図書館　　林直子
6. ひとり、ふたり、さんにんのこども　まつおかきょうこ作
　　　「おはなしのろうそく26」東京子ども図書館　　　塚原眞理子
7. 三つの金曜日　トルコの昔話　「天からふってきたお金」岩波書店　　浅見和子
8. ハヴローシェチカと三人の娘　ロシアの昔話　尾家順子訳　　松岡享子

第442回　2014年4月22日

1. いっすんぼうし　日本の昔話　「いっすんぼうし」福音館書店　　内田直子
2. こぶたのバーナビー　ハウリハン作
　　　「おはなしのろうそく22」東京子ども図書館　　　護得久えみ子
3. "これから先"氏　イギリスの昔話　「ジャックと豆のつる」岩波書店　　代田知子

4. 小鳥になった美しい妹　ギリシアの昔話
　　「おはなしのろうそく7」東京子ども図書館　　内藤直子
5. はらぺこピエトリン　イタリアの昔話
　　「子どもに語るイタリアの昔話」こぐま社　　甲斐智子
6. 池の中の水の精　グリム昔話　松岡享子訳　　松岡享子

第443回　2014年5月27日

1. たにし長者　日本の昔話　「おはなしのろうそく7」東京子ども図書館　　浅見和子
2. 虔十公園林　宮沢賢治作　「宮沢賢治全集6」筑摩書房　　榊原佳美子
3. わらとすみとそら豆　グリム昔話　「子どもに語るグリムの昔話4」こぐま社　　清水千秋
4. まめたろう　イランの昔話　「おはなしのろうそく19」東京子ども図書館　　護得久えみ子
5. インゲン豆のきらいなアンドルシ　ジプシーの昔話
　　「太陽の木の枝」福音館書店　　張替恵子
6. 小さいお嬢さまのバラ　ファージョン作　「ムギと王さま」岩波書店　　内藤直子
7. いばらひめ　グリム昔話　「子どもに語るグリムの昔話6」こぐま社　　加藤節子

第444回　2014年6月24日

◆ 雨のち がちょうおくさん

1. 〈手あそび〉ぽっつんぽつぼつあめがふる
　　「赤ちゃんと絵本であそぼう!」一声社　　護得久えみ子、三野紗矢香
2. チム・ラビットのあまがさ　アトリー作
　　「チム・ラビットのぼうけん」童心社　　髙橋史子
3. おやふこうなあおがえる　朝鮮の昔話
　　「おはなしのろうそく24」東京子ども図書館　　張替恵子
4. あまぐつがない!　ポター作　「ごきげんいかが がちょうおくさん」福音館書店　　松岡享子
5. 雨のち晴　ポター作　「おはなしのろうそく13」東京子ども図書館　　浅見和子
6. がちょうおくさんのはたけ　ポター作
　　「ごきげんいかが がちょうおくさん」福音館書店　　樋口美子
7. ガチョウおくさんのおふろ　ポター作
　　「おはなしのろうそく15」東京子ども図書館　　奥村満智子
8. レモンタルトのひみつ　ポター作
　　「ごきげんいかが がちょうおくさん」福音館書店　　川添早苗

第445回　2014年7月29日

1. 〈わらべうた〉ほたるこい
　　　「まめっちょ1」全音楽譜出版社　　護得久えみ子、鈴木晴子、渡辺千尋
2. ワタの花と妖精　アメリカの昔話　「子どもに聞かせる世界の民話」実業之日本社　　内田直子
3. おどっておどってぼろぼろになったくつ　グリム昔話
　　　「おはなしのろうそく13」東京子ども図書館　　杉山きく子
4. しずくの首飾り　エイキン作　「しずくの首飾り」岩波書店　　槙枝聖子
5. 小さなオンドリとダイヤのボタン　セレディ作
　　　「お話してよ、もうひとつ」新読書社　　張替惠子
6. 光り姫　インドの昔話　「おはなしのろうそく26」東京子ども図書館　　内藤直子

第446回　2014年9月30日

1. 〈わらべうた〉雀、雀、（東京）
　　　「おはなしのろうそく18」東京子ども図書館　　護得久えみ子、鈴木晴子
2. ぬか福と米福　日本の昔話　「おはなしのろうそく13」東京子ども図書館　　加藤節子
3. 梅津忠兵衛　小泉八雲作　「怪談」偕成社　　小関知子
4. ティッキ・ピッキ・ブン・ブン　ジャマイカの昔話
　　　「おはなしのろうそく22」東京子ども図書館　　伊藤裕恵
5. 雌牛のブーコラ　アイスランドの昔話
　　　「おはなしのろうそく24」東京子ども図書館　　北川典子
6. おばあさんは　まだらのめんどりをかっていました　ポーランドの昔話
　　　「千びきのうさぎと牧童」岩波書店　　円乗攝子
7. 三人のハンター　フランスの小話
　　　「おはなしのろうそく11」東京子ども図書館　　金野早希子
8. キツネと男の子　スウェーデンの小話
　　　「おはなしのろうそく11」東京子ども図書館　　内田直子
9. ムギと王さま　ファージョン作　「ムギと王さま」岩波書店　　内藤直子

第447回　2014年10月28日

1. 文福茶釜　日本の昔話　「子どもに語る日本の昔話2」こぐま社　　久保厚子
2. 三人兄弟　日本の昔話　「子どもに語る日本の昔話1」こぐま社　　清水千秋
3. The three amulets（三枚のお札・英語）　日本の昔話

Folk tales from Asia for children everywhere 5　松岡享子英訳　　張替惠子

4. ならずもの　グリム昔話　「おはなしのろうそく17」東京子ども図書館　　浅見和子
5. イボンとフィネット　フランスの昔話
　　「子どもに聞かせる世界の民話」実業之日本社　　川人順子
6. おなべとおさらとカーテン　村山籌子作
　　「リボンときつねとゴムまりと月」JULA出版局　　加藤節子
7. 北斗七星　トルストイ作　「おはなしのろうそく25」東京子ども図書館　　内藤直子
8. やもめとガブス　インドネシアの昔話
　　「おはなしのろうそく12」東京子ども図書館　　松岡享子

第448回　2014年12月23日

1. 〈ペープサート〉しんせつなともだち　方軼羣(ファンイーチュン)作
　　「しんせつなともだち」福音館書店 より脚色　　三野紗矢香、鈴木晴子、林直子、加藤節子
2. くまくんとけがわのマント　ミナリック作
　　「こぐまのくまくん」福音館書店　　内田直子
3. 北風に会いにいった少年　ノルウェーの昔話
　　「おはなしのろうそく13」東京子ども図書館　　塚原眞理子
4. ガラスのクジャク　ファージョン作　「ムギと王さま」岩波書店　　内藤直子
5. 〈朗読〉The night before Christmas　クリスマスのまえのばん（英語・日本語）
　　ムーア作　松岡享子訳　　スカイ・マクデイド＝バーン、中野百合子
6. 〈朗読〉聖なる夜　ラーゲルレーブ作　「キリスト伝説集」岩波書店　　松岡享子

第449回　2015年1月27日

1. 絵姿女房　日本の昔話　「おはなしのろうそく23」東京子ども図書館　　清水千秋
2. かちかち山（兎こむがす）　日本の昔話
　　「おはなしのろうそく10」東京子ども図書館　　赤松かおる
3. 天福地福　日本の昔話　「おはなしのろうそく14」東京子ども図書館　　浅見和子
4. 〈わらべうた〉おん正、々、々　「新訂わらべうたであそぼう 年長編」明治図書
　　ななくさ
　　　「新訂わらべうたであそぼう 乳児のあそび・うた・ごろあわせ」明治図書
　　　　　　　　　　　　　　　　護得久えみ子、鈴木晴子、三野紗矢香
5. まめたろう　イランの昔話　「おはなしのろうそく19」東京子ども図書館　　斉藤順子

6. ミリー・モリー・マンデー とじこめられる　ブリスリー作
　　「ミリー・モリー・マンデーのおはなし」福音館書店　　内田直子
7. 東風　トラヴァース作
　　「風にのってきたメアリー・ポピンズ」岩波書店 より　張替惠子編　張替惠子

第450回　2015年2月24日
◆「おはなしのろうそく30」出版記念＆チャリティマラソン報告会
1. まぬけなトッケビ　韓国の昔話　　清水千秋
2. 魔法のかさ　ファイルマン原作　コルウェル再話　　張替惠子
3. 明かりをくれ！　スペインの昔話　　内藤直子
4. ネズミの大てがら　チベットの昔話　　浅見和子
5. ネコのお客　エインワース作　　加藤節子
＊おはなしのろうそくチャリティマラソン完走報告会

第451回　2015年3月24日
◆どうぶついろいろ
1. マメジカカンチルが穴に落ちる話　インドネシアの昔話
　　「ながすね ふとはら がんりき」東京子ども図書館　加藤節子
2. 鳥になりたかったこぐまの話　ド・レェーエフ作
　　「おはなしのろうそく23」東京子ども図書館　矢島直子
3. ねずみの小判干し　日本の昔話　「おはなしのろうそく26」東京子ども図書館　池添トモ子
4. 〈わらべうた〉いっぴきちゅー
　　「新訂わらべうたであそぼう 乳児のあそび・うた・ごろあわせ」明治図書
　　　　　　　　　　　　　　　　　　　　　　　　　　　鈴木晴子、三野紗矢香
5. チム・ラビットのうん　アトリー作　「チム・ラビットのぼうけん」童心社　内田直子
6. カメのけいりゃく　ブラジルの昔話
　　「ブラジルのむかしばなし3」東京子ども図書館　護得久えみ子
7. くつやのドラテフカ　ポーランドの昔話　「千びきのうさぎと牧童」岩波書店　浅見和子

第452回　2015年4月28日
1. 聞き耳ずきん　日本の昔話　「子どもに語る日本の昔話2」こぐま社　清水千秋
2. こすずめのぼうけん　エインワース作　「雨のち晴」東京子ども図書館　護得久えみ子

3. チム・ラビットとはさみ　アトリー作　「チム・ラビットのぼうけん」童心社　　加藤節子
4. 手まわしオルガン　ファージョン作　「ムギと王さま」岩波書店　　冨田実栄子
5. ロバの耳はなぜ長い　イタリアの昔話　「ネコのしっぽ」ほるぷ出版　　浅見和子
6. ねずみ経　日本の昔話　「福岡」（ふるさとお話の旅11）星の環会　　内藤直子
7. がまんの石と刀　トルコの昔話　「子どもに語るトルコの昔話」こぐま社　　金城節子

第453回　2015年5月26日
◆ あたまをつかったはなし
1. おんば皮　日本の昔話　「子どもに語る日本の昔話2」こぐま社　　内田直子
2. ウサギとオオカミ　北米先住民の昔話
   「おはなしのろうそく29」東京子ども図書館　　浅見和子
3. ものしり博士　グリム昔話　「子どもに語るグリムの昔話3」こぐま社　　杉本好子
4. うちの中のウシ　ワッツ作　「ついでにペロリ」東京子ども図書館　　小関知子
5. チム・ラビットのいえのがらすまど　アトリー作
   「チム・ラビットのぼうけん」童心社　　奥村満智子
6. 〈朗読〉あたまをつかった小さなおばあさんの話2編
   小さなおばあさんがのんびりした話／小さなおばあさんが手相を見てもらった話
   ニューウェル作　The little old woman carries on より　松岡享子訳　　松岡享子

第454回　2015年6月23日
1. 〈詩〉ほっぺたのはらに　谷川俊太郎作　「めのまどあけろ」福音館書店　　鈴木晴子
2. ふるやのもり　日本の昔話　「なまくらトック」東京子ども図書館　　渡部伸子
3. チム・ラビットのあまがさ　アトリー作
   「チム・ラビットのぼうけん」童心社　　護得久えみ子
4. 火をはく竜　中国の昔話　「中国のむかし話」偕成社　　張替恵子
5. スズメとカラス　バングラデシュの昔話　「まめたろう」東京子ども図書館　　浅見和子
6. おやゆび姫　アンデルセン作　「子どもに語るアンデルセンのお話」こぐま社　　槙枝聖子

第455回　2015年7月28日
1. ひなどりとネコ　ビルマの昔話
   「子どもに聞かせる世界の民話」実業之日本社　　金野早希子
2. かえるの王さま　グリム昔話　「子どもに語るグリムの昔話2」こぐま社　　内藤直子

3. 旅人馬　日本の昔話　「子どもに語る日本の昔話2」こぐま社　　護得久えみ子
4. 浦島太郎　日本の昔話　「おはなしのろうそく25」東京子ども図書館　　浅見和子
5. 月を射る　中国の昔話　「おはなしのろうそく27」東京子ども図書館　　張替惠子
6. 狼おじさん　イタリアの昔話　「みどりの小鳥」岩波書店　　加藤節子
7. 火の鳥と王女ワシリーサ　ロシアの昔話
　　　「子どもに語るロシアの昔話」こぐま社　　岡潤子

第456回　2015年9月29日

1. 〈わらべうた〉チンチロリン　「幼稚園・保育園のわらべうたあそび 秋・冬」明治図書
　　　　　　　　　　　　　　　護得久えみ子、林直子、黒田優香、鈴木晴子
2. ヤギとコオロギ　イタリアの昔話　「子どもに語るイタリアの昔話」こぐま社　　伊澤和恵
3. かちかち山（兎こむがす）　日本の昔話
　　　「おはなしのろうそく10」東京子ども図書館　　浅見和子
4. うけとれ、走れ！　北米先住民の昔話　「世界のはじまり」岩波書店　　倉島葉子
5. トロルとうでくらべをした少年　スウェーデンの昔話
　　　「子どもに語る北欧の昔話」こぐま社　　内田直子
6. お月さまの話　ニクレビチョバ作
　　　「おはなしのろうそく25」東京子ども図書館　　杉山きく子
7. 金の足のベルタ　ファージョン作　「年とったばあやのお話かご」岩波書店　　内藤直子

第457回　2015年10月27日

1. 腹のなかの小鳥の話　アイヌの昔話
　　　「おはなしのろうそく24」東京子ども図書館　　加藤節子
2. 地獄からもどった男　日本の昔話　「子どもに語る日本の昔話1」こぐま社　　島田旬子
3. しおちゃんとこしょうちゃん　エインワース作
　　　「おはなしのろうそく27」東京子ども図書館　　清水千秋
4. 三まいの鳥の羽　グリム昔話　「ヴァイノと白鳥ひめ」東京子ども図書館　　賀谷恭子
5. ぐらぐらのは　エドワーズ作　「きかんぼのちいちゃいいもうと」福音館書店　　張替惠子
6. ふたつの松ぽっくり　フィンランドの昔話
　　　Tales from a Finnish tupa より　松岡享子訳　　内藤直子
7. ジャックとマメの木　イギリスの昔話
　　　「イギリスとアイルランドの昔話」福音館書店　　浅見和子

第458回　2015年12月22日

1. 〈影絵芝居〉**三びきのクマの話**　イギリスの昔話 より脚色
    黒田優香、南佳奈子、渡部伸子、内藤直子、護得久えみ子
2. **ゆきんこ**　ロシアの昔話　「ストーリーテリングについて」子ども文庫の会　　床井文子
3. **すてきなクリスマス・ツリー**　フリハン作　「おはなしだいすき」新読書社　　加藤節子
4. **十二のつきのおくりもの**　スロバキアの昔話
    「エパミナンダス」東京子ども図書館　　張替惠子
5. 〈朗読〉**クリスマス・ローズの伝説**　ラーゲルレーヴ作
    「クリスマス物語集」偕成社　　松岡享子

第459回　2016年1月26日

◆干支の「さる」をテーマに

1. 〈わらべうた〉**あんよなげだす おさるさん**
    「いっしょにあそぼうわらべうた 0・1・2歳児クラス編」明治図書　　林直子、南佳奈子
2. **かにむかし**　日本の昔話　「わらしべ長者」岩波書店　　護得久えみ子
3. **ふるやのもり**　日本の昔話　「なまくらトック」東京子ども図書館　　内田直子
4. **はん点をなくしたヒョウ**　ヒューエット作
    「大きいゾウと小さいゾウ」大日本図書　　張替惠子
5. 〈詩〉**さる**　谷川俊太郎作　「ことばあそびうた」福音館書店　　内藤直子
6. **サルの宮殿**　イタリアの昔話　「カナリア王子」福音館書店　　山根玲子
7. 〈人形あそび〉**おさるとぼうしうり**　スロボドキーナ作
    「おさるとぼうしうり」福音館書店　　内田直子、清水千秋、護得久えみ子
8. 〈わらべうた〉**オイノコサンヲ祝イマショ**　　「まめっちょ1」全音楽譜出版社　　全員

第460回　2016年2月23日

1. 〈わらべうた〉**ひなさまこさま**
    「いっしょにあそぼうわらべうた 0・1・2歳児クラス編」明治図書
    　　黒田優香、南佳奈子、鈴木晴子
2. **ものいうなべ**　デンマークの昔話　「ものいうなべ」岩波書店　　柄川和子
3. **かしこいモリー**　イギリスの昔話　「エパミナンダス」東京子ども図書館　　護得久えみ子
4. **プーがお客にいって、動きのとれなくなるお話**　ミルン作
    「クマのプーさん プー横丁にたった家」岩波書店　　張替惠子

5. ねことねずみ　イギリスの昔話　「おはなしのろうそく21」東京子ども図書館　　内藤直子
6. 魚と指輪　イギリスの昔話　「子どもに語るイギリスの昔話」こぐま社　　加藤節子
7. 雪女　日本の昔話　「子どもに語る日本の昔話2」こぐま社　　青山伸子

第461回　2016年3月22日

1. 桃太郎　日本の昔話　「子どもに語る日本の昔話3」こぐま社　　林直子
2. びんぼうこびと　ウクライナの昔話
　　　「おはなしのろうそく26」東京子ども図書館　　清水千秋
3. 山羊皮の若者　アイルランドの昔話
　　　「ふたりの巨人」新読書社 ほかより　張替恵子編　　張替恵子
4. あなのはなし　マラリーク作　「なまくらトック」東京子ども図書館　　護得久えみ子
5. スリクシェばあさん　ドイツの昔話　「黒いお姫さま」福音館書店　　徐奈美
6. くしゃみくしゃみ天のめぐみ　松岡享子作
　　　「くしゃみくしゃみ天のめぐみ」福音館書店　　浅見和子

第462回　2016年4月26日

1. ねずみのすもう　日本の昔話　「ホットケーキ」東京子ども図書館　　加藤節子
2. まぬけなトッケビ　韓国の昔話　「おはなしのろうそく30」東京子ども図書館　　清水千秋
3. 〈人形あそび〉くまさんのおでかけ　中川李枝子作
　　　「エパミナンダス」東京子ども図書館　　内田直子
4. たこあげ大会　マーヒー作　「魔法使いのチョコレート・ケーキ」福音館書店　　阿部美智子
5. スズメとカラス　バングラデシュの昔話　「まめたろう」東京子ども図書館　　浅見和子
6. 森の花嫁　フィンランドの昔話　「エパミナンダス」東京子ども図書館　　内藤直子

第463回　2016年5月24日

1. ミリー・モリー・マンデー おつかいにいく　ブリスリー作
　　　「ミリー・モリー・マンデーのおはなし」福音館書店　　池添トモ子
2. 犬と猫とうろこ玉　日本の昔話　「赤鬼エティン」東京子ども図書館　　張替恵子
3. おばあさんが、はたけになにをうえたかという話　ニューウェル作
　　　「あたまをつかった小さなおばあさん」福音館書店　　塚原眞理子
4. ジャッカルとワニ　バングラデシュの昔話
　　　「子どもに語るアジアの昔話2」こぐま社　　浅見和子

5. わらとすみとそら豆　グリム昔話　「子どもに語るグリムの昔話4」こぐま社　　清水千秋
6. 火打箱　アンデルセン作　「子どもに語るアンデルセンのお話2」こぐま社　　川村洋子

第464回　2016年6月28日

1. ふしぎなたいこ　日本の昔話　「ふしぎなたいこ」岩波書店　　護得久えみ子
2. かん太さまのいびき　松岡享子作
　　「くしゃみくしゃみ天のめぐみ」福音館書店　　新谷三枝子
3. うたうふくろ　スペインの昔話　「ついでにペロリ」東京子ども図書館　　内藤直子
4. 世界の果ての井戸　イギリスの昔話　「子どもに語るイギリスの昔話」こぐま社　　内田直子
5. 象のふろおけ　ミャンマーの昔話　「象のふろおけ」ほるぷ出版　　浅見和子
6. おやふこうなあおがえる　朝鮮の昔話
　　「おはなしのろうそく24」東京子ども図書館　　張替惠子
7. 一つ目、二つ目、三つ目　グリム昔話
　　「子どもに語るグリムの昔話5」こぐま社　　加藤節子

第465回　2016年7月26日

1. ネコの家に行った女の子　イタリアの昔話
　　「子どもに語るイタリアの昔話」こぐま社　　清水千秋
2. アリョーヌシカとイワーヌシカ　ロシアの昔話　「まほうの馬」岩波書店　　加藤節子
3. やっちまったことはやっちまったこと　チェコの昔話
　　「おはなしのろうそく27」東京子ども図書館　　林直子
4. マハデナ・ムッタ　スリランカの昔話
　　「子どもに語るアジアの昔話1」こぐま社　　浅見和子
5. イボンとフィネット　フランスの昔話
　　「子どもに聞かせる世界の民話」実業之日本社　　服部雅子
6. 北斗七星　トルストイ作　「おはなしのろうそく25」東京子ども図書館　　内藤直子
7. 青いハスの花　ファージョン作　「年とったばあやのお話かご」岩波書店　　藤原文子

第466回　2016年9月27日

1. あゆは かみそり　日本の昔話　「子どもに語る日本の昔話3」こぐま社　　金城節子
2. 頭に柿の木　日本の昔話　「頭に柿の木」語り手たちの会　　杉本好子
3. 熊の皮を着た男　グリム昔話

「ながすね ふとはら がんりき」東京子ども図書館　　張替惠子

4. お月さまの話　ニクレビチョバ作
　　「おはなしのろうそく25」東京子ども図書館　　護得久えみ子

5. ひねくれもののエイトジョン　アメリカの昔話
　　「アメリカのむかし話」偕成社　　加藤節子

6. 耳なし芳一の話　小泉八雲作　「怪談」偕成社　　小関知子

第467回　2016年10月25日

1. 〈わらべうた〉おつきさん、いくつ？
　　「まめっちょ1」全音楽譜出版社　　浅野千尋、林直子
2. 風の神と子ども　日本の昔話　「だめといわれてひっこむな」東京子ども図書館　　浅見和子
3. 屋根がチーズでできた家　スウェーデンの昔話
　　「子どもに語る北欧の昔話」こぐま社　　清水千秋
4. あたしがテピンギー、この子がテピンギー、あたしたちもテピンギー
　　ハイチの昔話　「魔法のオレンジの木」岩波書店　　吉田晴美
5. 王子さまの耳は、ロバの耳　ポルトガルの昔話
　　「子どもに聞かせる世界の民話」実業之日本社　　大西佳代子
6. 月を射る　中国の昔話　「おはなしのろうそく27」東京子ども図書館　　張替惠子
7. 光り姫　インドの昔話　「おはなしのろうそく26」東京子ども図書館　　内藤直子

第468回　2016年12月20日

1. 〈わらべうた〉あめ、こん、こん　「まめっちょ1」全音楽譜出版社
　　オモヤノモチツキ　「幼稚園・保育園のわらべうたあそび 秋・冬」明治図書
　　　　　　　　　　　　　　　　　　　　　　　　　　　　　野上千惠子
2. かさじぞう　日本の昔話　「かさじぞう」福音館書店　　浅見和子
3. だまされたトッケビ　韓国の昔話　「だまされたトッケビ」福音館書店　　光山昌子
4. くまくんとけがわのマント　ミナリック作
　　「こぐまのくまくん」福音館書店　　内田直子
5. マッチ売りの少女　アンデルセン作
　　「おはなしのろうそく23」東京子ども図書館　　林直子
6. 棟の木かざり　ファージョン作　「年とったばあやのお話かご」岩波書店　　宮崎久子
7. やぎのズラテー　シンガー作　「やぎと少年」岩波書店　　坂本惠子

第469回　2016年12月20日

1. 〈影絵芝居〉**ママ、ママ、おなかがいたいよ**　シャーリップほか作
　　「ママ、ママ、おなかがいたいよ」福音館書店 より脚色
　　　　　　　　　　　　　　　浅野千尋、佐藤啓太、床井文子、渡部伸子
2. 〈スライドと詩〉**これはけいとのたま**　まつおかきょうこ作　護得久えみ子
3. **ブレーメンの音楽隊**　グリム昔話　「子どもに語るグリムの昔話4」こぐま社　杉本好子
4. **こまどりのクリスマス**　スコットランドの昔話
　　「こどものとも 年中向き」201号　福音館書店　張替惠子
5. **こびととくつや**　グリム昔話　「子どもに語るグリムの昔話6」こぐま社　関口朱実
6. **ネコのお客**　エインワース作　「おはなしのろうそく30」東京子ども図書館　杉山秀子

第470回　2017年1月24日

◆「3.11からの出発」チャリティ＆「おはなしのろうそく31」出版記念

1. **王さまとオンドリ**　パキスタンの昔話
　　「子どもに語るアジアの昔話2」こぐま社　浅見和子
2. **龍宮女房**　日本の昔話　「日本昔話百選」三省堂　槙枝聖子

「おはなしのろうそく31」より

3. **いぬとにわとり**　石井桃子作　平塚ミヨ
4. 〈手あそび〉**一わのにわとり**　平塚ミヨ
5. **ウサギどん キツネどんとタールぼうず**　アメリカの昔話　光野トミ
6. **アガリパトルマバカアズとフムカジの話**　沖縄の昔話　古謝恵
7. **カッパと瓜**　日本の昔話　滝澤園絵
8. **名人四人きょうだい**　グリム昔話　辻薫

第471回　2017年2月21日

1. **マーシャとくま**　ロシアの昔話　「マーシャとくま」福音館書店　清水千秋
2. **腹のなかの小鳥の話**　アイヌの昔話
　　「おはなしのろうそく24」東京子ども図書館　加藤節子
3. **だんまりくらべ**　日本の昔話
　　「新訂子どもに聞かせる日本の民話」実業之日本社　野本博子
4. **からすのカーさんへびたいじ**　ハクスリー作
　　「からすのカーさんへびたいじ」冨山房　高橋千代子

5. スヌークスさん一家　ウィリアムズ作　「エパミナンダス」東京子ども図書館　　林直子
6. アリババと、召使いのモルジアナに殺された四十人の盗賊　アラビアンナイト
　　「子どもに語るアラビアンナイト」こぐま社　　久保厚子

第472回　2017年3月28日

1. 〈わらべうた〉ひふみよ　「わたしゃうたずき」全音楽譜出版社　浅野千尋、護得久えみ子
2. 舌きり雀　日本の昔話　「おはなしのろうそく28」東京子ども図書館　　床井文子
3. こすずめのぼうけん　エインワース作　「雨のち晴」東京子ども図書館　　林直子
4. アリとお医者さま　トペリウス作　「星のひとみ」岩波書店　　張替惠子
5. りこうな子ども　インドネシアの昔話　「りこうな子ども」こぐま社　　内田直子
6. キンプクリン　日本の昔話　「雪の夜ばなし」ふるさと企画　　鈴木真理亜
7. ジャックとマメの木　イギリスの昔話
　　「イギリスとアイルランドの昔話」福音館書店　　浅見和子

第473回　2017年4月25日

1. いぬとにわとり　石井桃子作　「おはなしのろうそく31」東京子ども図書館
　〈手あそび〉一わのにわとり　「おはなしのろうそく31」東京子ども図書館　　田崎久美子
2. Little duckling tries his voice（世界でいちばんきれいな声・英語）　ラ・フルール作
　　Told under the magic umbrella　　張替惠子
3. 赤ずきん　グリム昔話　「おいしいおかゆ」子ども文庫の会　　加藤節子
4. あるだんなさんとおかみさんの話　クラウス作
　　「ついでにペロリ」東京子ども図書館　　杉本好子
5. 明かりをくれ！　スペインの昔話　「おはなしのろうそく30」東京子ども図書館　　臼井敬子
6. おはなしのだいすきな王さま　エチオピアの昔話　「山の上の火」岩波書店　　杉山きく子
7. 美しいワシリーサとババ・ヤガー　ロシアの昔話
　　「なまくらトック」東京子ども図書館　　内藤直子

第474回　2017年5月23日

1. ヤギとライオン　トリニダード・トバゴの昔話
　　「子どもに聞かせる世界の民話」実業之日本社　　寺島妙子
2. The magic drum（ふしぎなたいこ・英語）　日本の昔話
　　松岡享子・護得久えみ子訳　　護得久えみ子

3. チム・ラビットのうん　アトリー作　「チム・ラビットのぼうけん」童心社　　内田直子
4. 仙人のおしえ　日本の昔話　「ねずみのもちつき」福音館書店　　大塚清美
5. 棟の木かざり　ファージョン作　「年とったばあやのお話かご」岩波書店　　小関知子
6. もっくもっく　ポーランドの昔話　「千びきのうさぎと牧童」岩波書店　　伊藤裕恵

第475回　2017年6月27日
1. ワタの花と妖精　アメリカの昔話
　　「子どもに聞かせる世界の民話」実業之日本社　　内田直子
2. 雨のち晴　ポター作　「雨のち晴」東京子ども図書館　　浅見和子
3. とんだ ぬけさく　エチオピアの昔話　「山の上の火」岩波書店　　飛鳥一枝
4. 三枚の鳥の羽　グリム昔話　「おはなしのろうそく11」東京子ども図書館　　林直子
5. イグサのかさ　イギリスの昔話　「イギリスとアイルランドの昔話」福音館書店　　内藤直子

第476回　2017年7月25日
◆ ネコ・ねこ・猫のお話会
1. 〈わらべうた〉ウチノウラノ　「新訂わらべうたであそぼう 年少編」明治図書
　　　　　　ねこさん、ねこさん　「雨のち晴」東京子ども図書館　　護得久えみ子
2. 犬と猫とうろこ玉　日本の昔話　「赤鬼エティン」東京子ども図書館　　林直子
3. ネコの家に行った女の子　イタリアの昔話
　　「子どもに語るイタリアの昔話」こぐま社　　清水千秋
4. ついでにペロリ　デンマークの昔話　「ついでにペロリ」東京子ども図書館　　張替恵子
5. 長ぐつをはいたネコ　ペロー昔話　「ついでにペロリ」東京子ども図書館　　加藤節子
6. ねことねずみがいっしょにくらせば　グリム昔話
　　「グリムのむかしばなし1」のら書店　　浅見和子
7. ねこの大王　イギリスの昔話　「世界のむかしばなし」のら書店　　甲斐智子
8. パン屋のネコ　エイキン作　「しずくの首飾り」岩波書店　　奥村満智子

第477回　2017年9月26日
1. こぶたのバーナビー　ハウリハン作
　　「おはなしのろうそく22」東京子ども図書館　　護得久えみ子
2. パンドラ　ギリシア神話　「ギリシア神話」岩波書店　　加藤節子
3. 森の家　グリム昔話　「まめたろう」東京子ども図書館　　内田直子

4. ウサギとオオカミ　北米先住民の昔話
　　「おはなしのろうそく 29」東京子ども図書館　　浅見和子
5. おむこさんの買いもの　朝鮮の昔話　「ネギをうえた人」岩波書店　山浦敬子
6. ヴァイノと白鳥ひめ　フィンランドの昔話
　　「ヴァイノと白鳥ひめ」東京子ども図書館　　張替惠子

第478回　2017年10月24日

1. ジャックの運さがし　イギリスの昔話
　　「子どもに語るイギリスの昔話」こぐま社　　清水千秋
2. 三人ばか　イギリスの昔話　「なまくらトック」東京子ども図書館　　林直子
3. Teeny-tiny（ちいちゃい、ちいちゃい・英語）　イギリスの昔話　*English fairy tales*　張替惠子
4. ドシュマンとドゥースト　イランの昔話
　　「子どもに語るアジアの昔話2」こぐま社　　加藤節子
5. なら梨とり　日本の昔話　「日本昔話百選」三省堂　　川添早苗
6. 岩じいさん　中国の昔話　「子どもに聞かせる世界の民話」実業之日本社　　伊佐地敦子
7. 金剛山(クムカンサン)のトラたいじ　朝鮮の昔話　「金剛山のトラたいじ」ほるぷ出版　　浅見和子

第479回　2017年12月19日 午後

1. 〈人形劇〉ころころぱんのクリスマス
　　　　　　　　　小澤圭輔、篠崎知春、渡部伸子、内藤直子、護得久えみ子
2. くまくんとけがわのマント　ミナリック作
　　「こぐまのくまくん」福音館書店　　内田直子
3. ヘリコプターのヘンリー　サッチャー作　「おはなしだいすき」新読書社　　張替惠子
4. 十二のつきのおくりもの　スロバキアの昔話
　　「エパミナンダス」東京子ども図書館　　床井文子
5. つむと杯と縫い針　グリム昔話　「グリムのむかしばなし 2」のら書店　　槙枝聖子
6. 〈朗読〉十二人の異国人たち　バルトス＝ヘップナー作
　　「クリスマスの贈り物」新教出版社　　松岡享子

第480回　2017年12月19日 夜

1. 〈人形劇〉ころころぱんのクリスマス
　　　　　　　　　小澤圭輔、篠崎知春、渡部伸子、内藤直子、護得久えみ子

2. こびととくつや　グリム昔話　「子どもに語るグリムの昔話6」こぐま社　賀谷恭子
3. 子うさぎましろのお話　ささきたづ作　「子うさぎましろのお話」ポプラ社　金城節子
4. 十二のつきのおくりもの　スロバキアの昔話
　　「エパミナンダス」東京子ども図書館　加藤節子
5. マッチ売りの少女　アンデルセン作
　　「おはなしのろうそく23」東京子ども図書館　林直子
6. 〈朗読〉聖なる夜　ラーゲルレーブ作　「キリスト伝説集」岩波書店　松岡享子

第481回　2018年2月27日

1. 〈わらべうた〉ひふみよ、よものけしきを
　　「新訂わらべうたであそぼう 年中編」明治図書　護得久えみ子、林直子
2. 花咲かじい　日本の昔話　「子どもに語る日本の昔話2」こぐま社　塚原眞理子
3. 屋根がチーズでできた家　スウェーデンの昔話
　　「子どもに語る北欧の昔話」こぐま社　清水千秋
4. エコーとナルキッソス　ギリシア神話　「ギリシア神話」のら書店　阿部祐子
5. ゆきんこ　ロシアの昔話　「ストーリーテリングについて」子ども文庫の会　岩田なほみ
6. 子どもと馬　ユーゴスラビアの昔話
　　「おはなしのろうそく25」東京子ども図書館　加藤節子

第482回　2018年3月27日

1. ねずみじょうど　日本の昔話　「おはなしのろうそく3」東京子ども図書館　賀谷恭子
2. くしゃみくしゃみ天のめぐみ　松岡享子作
　　「くしゃみくしゃみ天のめぐみ」福音館書店　小関知子
3. おいしいおかゆ　グリム昔話　「エパミナンダス」東京子ども図書館　林直子
4. まぬけのハンス　アンデルセン作
　　「子どもに語るアンデルセンのお話2」こぐま社　内田ふみ子
5. ロバの耳はなぜ長い　イタリアの昔話　「ネコのしっぽ」ほるぷ出版　浅見和子
6. 漁師とおかみさん　グリム昔話　「グリムのむかしばなし2」のら書店　松岡享子

第483回　2018年4月24日

1. ものいうなべ　デンマークの昔話　「ものいうなべ」岩波書店　林直子
2. なまくらハインツ　グリム昔話　「グリムのむかしばなし1」のら書店　小関知子

181

3. だんなも、だんなも、大だんなさま　イギリスの昔話
　　　「イギリスとアイルランドの昔話」福音館書店　　松岡享子
4. 三人兄弟　日本の昔話　「子どもに語る日本の昔話1」こぐま社　　清水千秋
5. ゆうかんな靴直し　イタリアの昔話
　　　「子どもに語るイタリアの昔話」こぐま社　　池添トモ子
6. 魔法使いのチョコレート・ケーキ　マーヒー作
　　　「魔法使いのチョコレート・ケーキ」福音館書店　　武澤絹子

第484回　2018年5月22日

1. くわずにょうぼう　日本の昔話　「くわずにょうぼう」福音館書店　　小関知子
2. 小さいお嬢さまのバラ　ファージョン作　「ムギと王さま」岩波書店　　張替惠子
3. ほらふきくらべ　旧ユーゴスラビアの昔話　「三本の金の髪の毛」のら書店　　松岡享子
4. セロひきのゴーシュ　宮澤賢治作　「セロひきのゴーシュ」岩崎書店　　二塚はる子

第485回　2018年6月26日

1. 〈わらべうた〉ふーゆべまー　（竹富島）
　　　「おきなわのこどもあそびうた」ギカン文化施設研究所　　小野寺愛美、林直子
2. おんば皮　日本の昔話　「子どもに語る日本の昔話2」こぐま社　　内田直子
3. おやふこうなあおがえる　朝鮮の昔話
　　　「おはなしのろうそく24」東京子ども図書館　　張替惠子
4. アガリパトルマバカアズとフムカジの話　沖縄の昔話
　　　「おはなしのろうそく31」東京子ども図書館　　師子鹿寿美子
5. マメジカカンチルが穴に落ちる話　インドネシアの昔話
　　　「ながすね ふとはら がんりき」東京子ども図書館　　加藤節子
6. ボルカの冒険　アルメディンゲン作
　　　「おはなしのろうそく29」東京子ども図書館　　護得久えみ子

第486回　2018年7月24日

1. 金のとさかのおんどりと魔法のひきうす　ロシアの昔話
　　　「ロシアの昔話」福音館書店　　清水千秋
2. 〈詩〉かまきりりゅうじの詩 三つ　くどうなおこ作
　　　「のはらうた」1～3　童話屋　　加藤節子

3. かにかに、こそこそ　日本の昔話　「ホットケーキ」東京子ども図書館　　　小野寺愛美
4. 十二人の狩人　グリム昔話　「グリム童話集2」偕成社　　　山根玲子
5. 足折れつばめ　日本の昔話　「子どもに語る日本の昔話3」こぐま社　　　内藤直子
6. 北斗七星　トルストイ作　「おはなしのろうそく25」東京子ども図書館　　　林直子
7. 小さなグッディおばさん　エインワース作　松岡享子訳　松岡享子

第487回　2018年9月25日

1. しゃれこうべ　チロルの昔話　「おはなしのろうそく32」（近刊）東京子ども図書館　　　林直子
2. トロルとうでくらべをした少年　スウェーデンの昔話
　　「子どもに語る北欧の昔話」こぐま社　　　護得久えみ子
3. 王さまの秘密　タイの昔話　「象のふろおけ」ほるぷ出版　　　張替惠子
4. 舌きり雀　日本の昔話　「おはなしのろうそく28」東京子ども図書館　　　下澤いづみ
5. 黒いブッカと白いブッカ　イギリスの昔話
　　「新編世界むかし話集1」社会思想社　　　下澤いづみ
6. ムギと王さま　ファージョン作　「ムギと王さま」岩波書店　　　下澤いづみ

第488回　2018年10月23日

1. 風の神と子ども　日本の昔話
　　「だめといわれてひっこむな」東京子ども図書館　　　滝澤千佳子
2. ツルさんの目はなぜ青い　アラスカの昔話
　　「カラスだんなのおよめとり」岩波書店　　　渡邉昌代
3. 梨といっしょに売られた女の子　イタリアの昔話
　　「みどりの小鳥」岩波書店　　　加藤節子
4. ダイヤモンドの谷　アラビアンナイト
　　「子どもに語るアラビアンナイト」こぐま社　　　杉山きく子
5. 行けざんざんの梨　日本の昔話
　　「おはなしのろうそく32」（近刊）東京子ども図書館　　　内田直子
6. 熊の皮を着た男　グリム昔話
　　「ながすね ふとはら がんりき」東京子ども図書館　　　張替惠子

第 489 回　2018年12月18日

◆「子どもたちに本を贈ろうプロジェクト」チャリティ 第1部

1. 〈影絵芝居〉こまどりのクリスマス　スコットランドの昔話
　　「こまどりのクリスマス」より脚色　　小野寺愛美、鈴木晴子、加藤節子、清水千秋
2. 十二のつきのおくりもの　スロバキアの昔話
　　「エパミナンダス」東京子ども図書館　　張替惠子
3. こびととくつや　グリム昔話　「子どもに語るグリムの昔話6」こぐま社　　加藤節子
4. プー横丁にイーヨーの家がたつお話　ミルン作
　　「クマのプーさん プー横丁にたった家」岩波書店　　金城節子
5. 〈朗読〉おばあさんのクリスマス　ニューウェル作
　　「あたまをつかった小さなおばあさん」続編（未刊）　松岡享子訳　　松岡享子

第 490 回　2018年12月18日

◆「子どもたちに本を贈ろうプロジェクト」チャリティ 第2部

1. 〈影絵芝居〉こまどりのクリスマス
　　「こまどりのクリスマス」より脚色　　小野寺愛美、鈴木晴子、加藤節子、清水千秋
2. クリスマスまであけないで　ポター作
　　「ごきげんいかが がちょうおくさん」福音館書店　　川添早苗
3. うみのみずはなぜからい　日本の昔話
　　「おそばのくきはなぜあかい」岩波書店　　甲斐智子
4. 美しいワシリーサとババ・ヤガー　ロシアの昔話
　　「なまくらトック」東京子ども図書館　　内藤直子
5. 〈朗読〉クリスマスのまえのばん　ムーア作
　　Denslow's night before Christmas より　　松岡享子訳　　松岡享子

第 491 回　2019年2月26日

◆「おはなしのろうそく32」出版記念

1. 川へおちたたまねぎさん　村山籌子作　「川へおちたたまねぎさん」JULA出版局　　青山繁
2. ネギをうえた人　朝鮮の昔話　「ネギをうえた人」岩波書店　　加藤節子

「おはなしのろうそく32」より

3. しゃれこうべ　チロルの昔話　　林直子
4. 行けざんざんの梨　日本の昔話　　内田直子

5. ヘビのうらみ　朝鮮の昔話　張替恵子
6. おばけのかぞえうた　松岡享子作　内藤直子、池添トモ子、清水千秋、護得久えみ子
7. いかけ屋と幽霊　スペインの昔話　松岡享子

第492回　2019年3月26日
1. 三つのねがい　日本の昔話　「子どもに語る日本の昔話3」こぐま社　賀谷恭子
2. 〈わらべうた〉ひふみよ、よものけしきを
　　「新訂わらべうたであそぼう 年中編」明治図書　護得久えみ子、林直子
3. かしこいモリー　イギリスの昔話　「エパミナンダス」東京子ども図書館　小野寺愛美
4. わらとすみとそら豆　グリム昔話　「子どもに語るグリムの昔話4」こぐま社　清水千秋
5. 白いゾウ　インドの昔話　「アジアの昔話4」福音館書店　内田ふみ子
6. ねことねずみ　イギリスの昔話　「おはなしのろうそく21」東京子ども図書館　張替恵子
7. ガチョウ番のむすめ　グリム昔話　「なまくらトック」東京子ども図書館　内藤直子

第493回　2019年4月23日
1. ねずみのすもう（鹿児島弁）日本の昔話
　　「ホットケーキ」東京子ども図書館 より　池添トモ子
2. こぶたのバーナビー　ハウリハン作
　　「おはなしのろうそく22」東京子ども図書館　護得久えみ子
3. 百姓のおかみさんとトラ　パキスタンの昔話
　　「子どもに語るアジアの昔話2」こぐま社　田中幸子
4. 一足の靴　グリパリ作　「木曜日はあそびの日」岩波書店　小関知子
5. おかあさんのあんでくれたぼうし　スウェーデンのお話
　　「おかあさんだいすき」岩波書店　岸本洋子
6. マレーン姫　グリム昔話　「鉄のハンス」岩波書店 より　松岡享子

第494回　2019年5月28日
1. りくでも海でもはしる船　フィンランドの昔話
　　「かぎのない箱」岩波書店　大西佳代子
2. カラスととげ　トルコの昔話　「子どもに語るトルコの昔話」こぐま社　小関知子
3. 川の母　ハイチの昔話　「魔法のオレンジの木」岩波書店　北川典子
4. ミリー・モリー・マンデー パーティーにいく　ブリスリー作

　　　　「ミリー・モリー・マンデーのおはなし」福音館書店　　加藤節子
5. **茶色の髪の若者**　アイルランドの昔話
　　　　「子どもに語るアイルランドの昔話」こぐま社　　杉本好子

第495回　2019年6月25日

1. **三人兄弟**　グリム昔話　「グリムのむかしばなし2」のら書店　　甲斐智子
2. **チム・ラビットのあまがさ**　アトリー作
　　　　「チム・ラビットのぼうけん」童心社　　護得久えみ子
3. **おやふこうなあおがえる**　朝鮮の昔話
　　　　「おはなしのろうそく24」東京子ども図書館　　張替惠子
4. **かえるの王さま**　グリム昔話　「子どもに語るグリムの昔話2」こぐま社　　内藤直子
5. **ちっちゃなゴキブリのべっぴんさん**　イランの昔話
　　　　「子どもに語るアジアの昔話1」こぐま社　　松岡享子
6. **がまんの石と刀**　トルコの昔話　「子どもに語るトルコの昔話」こぐま社　　金城節子

第496回　2019年7月23日

1. **かにかに、こそこそ**　日本の昔話
　　　　「おはなしのろうそく17」東京子ども図書館　　小野寺愛美
2. **ナンキンムシのさかもり**　朝鮮の昔話　「ネギをうえた人」岩波書店　　小関知子
3. **まめたろう**　イランの昔話　「まめたろう」東京子ども図書館　　護得久えみ子
4. **はん点をなくしたヒョウ**　ヒューエット作
　　　　「大きいゾウと小さいゾウ」大日本図書　　張替惠子
5. **ネコの家に行った女の子**　イタリアの昔話
　　　　「子どもに語るイタリアの昔話」こぐま社　　清水千秋
6. **世界のはての井戸**　アイルランドの昔話
　　　　「子どもに語るアイルランドの昔話」こぐま社　　内藤直子

第497回　2019年9月24日

1. 〈わらべうた〉**ころりや ころりや ちんころり**
　　　　「新訂わらべうたであそぼう 乳児のあそび・うた・ごろあわせ」明治図書
　　　　　　　　　　　　　　　　　　　　　　　　　護得久えみ子、勝又恵里紗
2. **長ぐつをはいたネコ**　ペロー昔話　「おはなしのろうそく5」東京子ども図書館　　加藤節子

3. ジャックの運さがし　イギリスの昔話
　　「子どもに語るイギリスの昔話」こぐま社　　清水千秋
4. 小さなおいぼれ馬　デンマークの昔話　「子どもに語る北欧の昔話」こぐま社　　林直子
5. 鳥になった妹　ネパールのシェルパ族の昔話
　　「おはなしのろうそく21」東京子ども図書館　　池添トモ子
6. おばあさんは まだらのめんどりをかっていました　ポーランドの昔話
　　「千びきのうさぎと牧童」岩波書店　　小関知子
7. ダイヤモンドの谷　アラビアンナイト
　　「子どもに語るアラビアンナイト」こぐま社　　杉山きく子

第498回　2019年10月29日

1. 〈わらべうた〉おつきさん、いくつ？
　　「まめっちょ1」全音楽譜出版社　　林直子、勝又恵里紗
2. なら梨とり　日本の昔話　「ついでにペロリ」東京子ども図書館　　内藤直子
3. てきぱき シアンシアンのむこえらび　中国の昔話
　　「子どもに語る中国の昔話」こぐま社　　田崎久美子
4. リンゴ娘ニーナ　イタリアの昔話　「子どもに語るイタリアの昔話」こぐま社　　小野寺愛美
5. あなのはなし　マラリーク作　「なまくらトック」東京子ども図書館　　護得久えみ子
6. 火の鳥と王女ワシリーサ　ロシアの昔話
　　「子どもに語るロシアの昔話」こぐま社　　小林いづみ
7. ぐらぐらの は　エドワーズ作　「きかんぼのちいちゃいいもうと」福音館書店　　張替恵子
8. 空飛ぶじゅうたん　アラビアンナイト
　　「子どもに語るアラビアンナイト」こぐま社　　辻薫

第499回　2019年12月24日

◆500回記念チャリティ 第1部（予定）

1. だんなも、だんなも、大だんなさま　イギリスの昔話
　　「イギリスとアイルランドの昔話」福音館書店　　松岡享子
2. 小さな赤いセーター　マックリー作
　　「ながすね ふとはら がんりき」東京子ども図書館　　内田直子

3. 王さまとオンドリ　パキスタンの昔話
　　「子どもに語るアジアの昔話 2」こぐま社　　浅見和子

4. 牛方とやまんば　日本の昔話
　　「ながすね ふとはら がんりき」東京子ども図書館　　渡部伸子

5. 皇帝の新しい着物　アンデルセン作
　　「子どもに語るアンデルセンのお話」こぐま社　　張替惠子

──ちょっと、おやすみ

6. カメのけいりゃく　ブラジルの昔話
　　「ブラジルのむかしばなし 3」東京子ども図書館　　金野早希子

7. おはなしのだいすきな王さま　エチオピアの昔話　「山の上の火」岩波書店　　杉山きく子

8. クナウとひばり　アイヌの昔話　「まめたろう」東京子ども図書館　　床井文子

9. ネコのお客　エインワース作　「おはなしのろうそく 30」東京子ども図書館　　加藤節子

第500回　2019年12月24日

◆ 500回記念チャリティ 第2部（予定）

1. こすずめのぼうけん　エインワース作
　　「雨のち晴」東京子ども図書館　　護得久えみ子

2. ちいさなろば　エインズワース作　「ちいさなろば」福音館書店　　清水千秋

3. 小さなこげた顔　アメリカの昔話　「アメリカのむかし話」偕成社　　内藤直子

4. なまくらトック　ボルネオの昔話　「なまくらトック」東京子ども図書館　　小関知子

5. お月さまの話　ニクレビチョバ作
　　「おはなしのろうそく 25」東京子ども図書館　　小野寺愛美

6. マッチ売りの少女　アンデルセン作
　　「おはなしのろうそく 23」東京子ども図書館　　林直子

──ちょっと、おやすみ

7. 金の不死鳥　フランス系カナダ人の昔話　「トンボソのおひめさま」岩波書店　　松岡享子

お話索引
✻
出典リスト

The spoken word is the memorable word and the voice and personality of the storyteller add richness to the story and lift it from the printed page into life.
— Eileen Colwell

語られたことばは心に残ります。
語り手の声と個性が物語に豊かさを与え、
物語を印刷されたページから立ち上がらせて、
生命のあるものとするのです。
アイリーン・コルウェル

第300回プログラムより

お話索引

- 本文に収載したお話を、題名の 50 音順に配列しました。朗読、詩、わらべうた、絵本の読み聞かせ、劇等は省きました。

- 末尾の数字は第何回かを示します。
    例：青いハスの花 ………… 68, 465　→ 第 68 回、第 465 回

- 題名を変えて語られたお話は、出典に記載されている題名を ［　］に入れて補記しました。
    例：言いまかされたタヌキ［言い負け狸］

- 同じ再話者によるものなど、内容が同じと考えられるお話は、1 つにまとめました。話名が異なる場合は ／ をつけて併記しました。
    例：すて子鳥／みつけどり

- 内容が近いお話でも、再話に差異が認められる場合は、列記して（　）に出典名、国名等を補記して区別しました。
    例：瓜こひめこ（おはなしのろうそく 12）
    　　瓜子姫子（信濃の昔話）

- 同じ題名をもつ異なるお話は、（　）に出典名、国名等を補記して区別しました。
    例：三人兄弟（日本）
    　　三人兄弟（グリム）

あ

青いあかり ……… 32, 51, 67, 161, 214, 245, 277
青いハスの花 …………………… 68, 465
赤いめ牛 ………………………………… 321
赤鬼エティン ………… 22, 136, 273, 349, 377
赤ずきん ……… 4, 47, 64, 135, 137, 222, 235, 240
　　　　　　　　270, 278, 313, 343, 387, 473
あかりの花 ……………………………… 426
アガリパトルマバカアズとフムカジの話
　　　　　　　　　　　　　　… 470, 485

明かりをくれ！ …………… 406, 435, 450, 473
あくびがでるほどおもしろい話 …… 42, 114
　　　　　　　　　　　　　296, 304, 420
悪魔と勝負をした百姓 ………………… 75
悪魔とその弟子 ………………………… 295
あくまのおよめさん …………………… 341
悪魔の生皮 ……………… 79, 91, 136, 201
悪魔の橋 ………………………………… 243
足折れつばめ …………… 395, 425, 486
あずきとぎのおばけ …………………… 435

あたしがテピンギー、この子がテピンギー、
　　あたしたちもテピンギー 218, 467
頭に柿の木 466
アディ・ニハスの英雄 22, 256
穴だらけの町ラゴス 161, 194, 216, 436
あなのはなし 36, 43, 51, 94, 285, 436, 461, 498
アナンシと五 29, 34, 50
アナンシの帽子ふりおどり／ぼうしふりおどり
　　............................ 149, 158, 258, 377, 416
兄と妹 63
姉いもと ... 15, 41, 60, 169, 225, 246, 293, 382, 431
あひるの一族 87
あまぐつがない！ 444
雨の乙女 117, 128, 284
雨のち晴 259, 303, 326, 357, 358, 385
　　　　　　　　　　420, 444, 475
あゆは かみそり 466
ありこのおつかい 8, 301, 313, 373, 403, 422
アリとお医者さま 52, 64, 157, 344
　　　　　　　　　　363, 393, 433, 472
アリババと、召使いのモルジアナに殺された
　　四十人の盗賊 471
アリ・ムハメッドのお母さん 136
アリョーヌシカとイワーヌシカ 58, 76, 86
　　106, 129, 162, 172, 196, 217, 249, 337, 382, 465
あるだんなさんとおかみさんのはなし
　　.. 78, 296, 473
あわれな粉やの若者とねこ 202
アンチの運命 290

い

いい香のする名前 91
言いまかされたタヌキ［言い負け狸］...... 161
いうことをきかないうなぎ 154, 305
いかけ屋と幽霊 337, 491
イグサのかさ 3, 32, 81, 283, 475
行けざんざんの梨 488, 491

池の中の水の精 189, 442
石の裁判 304
いじわる妖精 5
いっすんぼうし 353, 373, 401, 442
一足の靴 262, 429, 493
五つのだんご 100, 157, 200, 217, 273, 425
五つのパン 192
井戸にうかんだ三つの首 77
いぬとにわとり 58, 190, 351, 360, 470, 473
犬と猫とうろこ玉 136, 177, 259, 289
　　309, 325, 352, 360, 377, 383, 413, 463, 476
犬になった王子 142, 159, 223, 279, 345, 405
いばらひめ 375, 443
イボンとフィネット 167, 228, 288, 447, 465
〈いますぐ〉さん、〈だんだん〉さん、〈これから〉
　　さん 14, 143, 186, 196, 219, 317
イラザーデひめのベール 40, 48, 69, 109
岩じいさん 55, 139, 156, 171, 382, 478
インゲン豆のきらいなアンドルシ ... 247, 345
　　　　　　　　　　356, 384, 443

う

ヴァイノと白鳥ひめ 119, 137, 329
　　　　　　　　　　330, 416, 477
うぐいす 179, 269, 289, 354, 433
うぐいすの里 113, 147, 211, 267
ウグイスはなぜ声がいい 234
うけとれ、走れ！ 456
ウサギとオオカミ 434, 436, 453, 477
うさぎとはりねずみ 208, 249
ウサギどん キツネどんとタールぼうず
　　／タールぼうずの話 287, 414, 470
ウサギどんとイバラのしげみ 287
ウサギどんのサカナつり 119
うさぎの狩り　→ お日さまをつかまえたウサギ
うさぎのみみはなぜながい 238
牛飼いと織姫 150

牛方とやまんば 81, 126, 305, 366, 390, 499
牛になったなまけ者 308, 320, 390
ウスマンじいさん 261
ウズラとキツネと犬 6, 89, 120, 181, 218
うたうカメレオン 160
歌うふくろ 59, 74, 183, 194, 216, 249
　　　　　　　　　　　　　273, 296, 402, 464
うちの中のウシ 12, 42, 129, 191, 296
　　　　　　　　　　　　　　　　　390, 453
美しいおとめ 151, 271, 404, 412
美しいワシリーサとババ・ヤガー 14, 43
　　　80, 124, 156, 167, 254, 285, 419, 473, 490
馬とヒキガエル 302
馬の首 433
海からきた力もち 22
海の赤んぼう 129, 260
海の王国 51, 160
うみのみずはなぜからい（日本）............. 490
海の水はなぜからい（ノルウェー）...... 293, 317
　　　　　　　　　　　　　　　　330, 346, 378
梅津忠兵衛 446
梅の木村のおならじいさん 83, 255, 431
浦島太郎 337, 343, 455
瓜こひめこ（おはなしのろうそく12）.... 195, 207
　　　　　　　　　　　226, 329, 392, 396, 416
瓜子姫子（信濃の昔話）................................ 106
瓜コ姫コとアマンジャク 268
うりひめ 366
ウリボとっつぁん 84, 103, 125, 145, 212

え

エコーとナルキッソス 119, 481
絵姿女房（アジアの昔話2）............. 94, 253, 262
　　　　　276, 295, 309, 331, 350, 417, 419, 439, 449
絵姿女房（こぶとり爺さん・かちかち山）
　　　　　　　　　　　　　　　 76, 128, 145

干支のおこり 265, 287, 297, 320, 331
　　　　　　　　　　　　　　　350, 370, 390
干支のはじまり 419, 439
絵のない絵本より　第一夜／第二十八夜..... 212
エパミナンダス 1, 27, 46, 274, 338, 440
エパミナンダス（韓国語）............................ 322
エルシー・ピドック夢で縄とびをする
　　　　　　　　　　...... 47, 229, 313, 338, 373
エンドウ豆の上のお姫さま／豆の上に寝た
　　お姫さま 271, 393

お

おいしいおかゆ 2, 46, 53, 77, 178, 243
　　　　　　　　　　　　　262, 274, 289, 407, 482
お祈りのはじまり 226
おいぽれズルタン 95
王さまとオンドリ 138, 149, 160, 180
　　　　203, 226, 255, 277, 298, 352, 358, 470, 499
王さまにおかゆのたべかたをおしえたむすめ
　　　　　　　　　　　　　　　　　　 88
王さまの秘密 257, 303, 487
王さまノミを飼う／のみ 7, 11, 21, 24
　　　　　　　　　　　　　　　36, 89, 235, 393
王子さまの耳は、ロバの耳 236, 314
　　　　　　　　　　　　　343, 375, 381, 467
王子の夢 178
王女のなぞ［三本の金髪のある王女］........ 109
大うそつき 195, 294
大海ヘビ 12
大男フィン・マクウル 104, 117, 165
狼おじさん 148, 200, 208, 271, 352
　　　　　　　　　　　　　　378, 406, 455
おおかみと七ひきの子やぎ 28, 48, 115, 128
　　134, 147, 157, 158, 183, 197, 199, 215, 397, 398
おおきなかぶ 300
大ザメと少年 337
大歳の火 275, 297, 330, 350, 370

おかあさんのあんでくれたぼうし 493
おかあさんのごちそう 43, 285
おかあさんのたんじょう日 236, 408
お菓子屋のフラッフおばさん 230
おくびょうなこぞうさん 336
おししのくびはなぜあかい 22, 166, 177
　　210, 232, 256, 276, 287, 320, 341, 370, 373, 400
おしまいの話 240
おすだんなと、おスおくさん 250, 371, 423
おそばのくきはなぜあかい 14, 103
　　167, 178, 188, 200, 233, 361, 391, 430
お月さまの話 263, 283, 307, 327, 344
　　358, 368, 397, 426, 456, 466, 500
おとうさんのかたみ 232, 325, 382
おどっておどってぼろぼろになったくつ
　　.................... 4, 19, 37, 39, 80, 114, 116
　　154, 181, 197, 357, 365, 445
おとなしいめんどり 228
おなべとおさらとカーテン 263, 348
　　404, 412, 447
鬼とちっちゃなブケッティーノ 233
鬼の嫁さま 208
おねぼうなじゃがいもさん 321
おばあさんが、たった一本のこったマッチを
　　だいじにした話 394
おばあさんが、はたけになにをうえたかと
　　いう話 84, 463
おばあさんが、はねぶとんを手にいれた話
　　.. 29
おばあさんと泥棒 98
おばあさんとブタ 2, 15, 21, 40, 112
　　241, 248, 272, 305, 335
おばあさんのひっこし 377
おばあさんは まだらのめんどりをかってい
　　ました 351, 446, 497
おばけ学校の三人の生徒 366, 406
おばけのかぞえうた 491

おばさん、コケモモの実をとりにいく
　　.. 100, 116
おはなし 260, 280
おはなしのだいすきな王さま 37, 246
　　300, 473, 499
お話のふくろ　→ 物語のふくろ
お話を知らなかった若者 343, 425
お話を運んだ馬 [お話の名手ナフタリと愛馬ス
　　ウスの物語] 335
お日さまのさずけたむすめ 226
お日さまをつかまえたウサギ 73, 120
お百姓とエンマさま 324
おまえにひとつ、おれにひとつ 406
おむこさんの買いもの 41, 90, 147, 152
　　292, 325, 477
おやふこうなあおがえる 269, 292, 324
　　326, 385, 424, 444, 464, 485, 495
おやゆびたろう 53, 125, 131, 146, 180, 221
おやゆび姫 358, 454
オルペウスとエウリュディケ 437
おんちょろちょろ 111
おんちょろちょろ（英語） 336
オンドリとネズミと小さい赤いメンドリ
　　............................ 109, 208, 312, 329, 351
おんどりとひきうす 14
おんば皮 426, 453, 485

か

かあさん子のたからさがし 120, 392
かえるの王さま 15, 21, 143, 150, 169, 192
　　202, 257, 269, 291, 302, 354, 455, 495
カオ兄弟の物語 139
かごのなかの水 88
かさじぞう（福音館書店） 91, 101, 112
　　133, 144, 176, 198, 264, 331, 350, 419, 429, 468
かさじぞう（高橋書店） 231

笠地蔵（せんとくの金）............................ 187
かしこいエルゼ 15
かしこいグレーテル 378
かしこい証人 68
かしこいモリー 13, 18, 30, 36, 46, 103
　　　　116, 171, 245, 274, 311, 420, 460, 492
かしこすぎた大臣 32, 59, 107, 290, 333
かじやセッポのよめもらい 122, 238, 376
風の神と子ども 10, 57, 141, 196, 252
　　　　　　　　263, 316, 358, 427, 467, 488
カタカタコウノトリの話... 79, 95, 130, 162, 180
かたつの子 243
かたやきパン 6, 9, 24, 60
かちかち山（日本昔話百選）................. 261, 404
かちかち山（おはなしのろうそく 10）............ 94
　　　　117, 166, 237, 247, 280, 287, 302, 316, 440, 449, 456
ガチョウおくさんのおふろ 377, 444
がちょうおくさんのはたけ 392, 444
がちょうはくちょう 358, 388, 389
ガチョウ番の娘............. 27, 33, 44, 69, 83, 86
　　　　　　　　139, 193, 203, 266, 285, 310, 492
カッコウの鳴く時まで 97
カッパと瓜 470
カナリア王子 145
かにかに、こそこそ 216, 243, 248, 281
　　　　　　292, 314, 325, 347, 356, 398, 486, 496
かにむかし 22, 40, 78, 90, 175, 179, 197
　　　　　　　　　　　273, 349, 437, 459
カペラのヒツジ 339
カボチャの種 63
カマスのめいれい 276
がまんの石と刀 452, 495
「がみがみシアール」と少年 22
神こそすべてをたまわるおかた 345
かみなりこぞうがおっこちた 101, 140
　　　　　　　　　　　　　　　　151, 227
かみなりさまのふんどし 118

カメの遠足 87, 99, 148, 179, 191, 213, 335
カメのけいりゃく 434, 451, 499
カメのせなかはなぜまるい 29
かめのふえ 147
カラスだんなとイガイ 17, 76, 183, 223
　　　　　　　　　　　　　　　332, 371, 429
カラスとキツネ 254, 301
カラスととげ 494
からすのカーさんへびたいじ 471
ガラスのクジャク 448
ガラスの心臓を持った三人の姉妹.. 23, 24, 81
狩人と花の精 415
かれい 110, 135
かわいいメンドリ 93, 149, 222, 225
　　　　　　　　280, 290, 351, 352, 376, 401, 420
川の母 417, 494
川へおちたたまねぎさん 491
カワムチと小さなしゃれこうべ 141
かん太さまのいびき 8, 9, 291, 300, 464
カンチル穴に落ちる　→ まめじかカンチルが
　穴に落ちる話

き

ギイギイドア 347
聴耳頭巾（日本昔話百選）............. 125, 169, 192
　　　　　　　　　　　　204, 246, 325, 334
聞き耳ずきん（子どもに語る日本の昔話 2）
　　.. 383, 403, 452
きこりと小鬼たち 251
キジのかね 282
北風に会いにいった少年／北風をたずねていっ
　た男の子／北風をたずねていった少年
　.............. 13, 113, 242, 284, 295, 309, 357, 448
ギターねずみ 352, 380
黄太郎青太郎 116, 137, 245, 347, 395
キツツキのくちばしはなぜ長い... 20, 170, 201

キツネとオオカミ（ロシア）................. 62, 71
　　　　　　　　92, 123, 287, 297, 321, 342
狐と狼（日本）.......................... 56, 224, 257
キツネと男の子 329, 446
キツネとネズミ 280
キツネとバルカンツ 430
きつねのたび 11, 38, 111, 122, 152, 179
木仏長者 84
九百九十九まいの金貨 368, 387
キラキラ光る火の鳥 277, 299
きりの国の王女 82, 251
ギルジスのくつ 264
金いろとさかのおんどり 1, 44, 53, 115
　　　　　　121, 218, 238, 244, 252, 285, 286, 440
きんいろのしか 251, 315, 362, 375
金の足のベルタ 257, 263, 272, 349
　　　　　　　　　　　　　　　　383, 436, 456
金の腕 282
金のガチョウ 41, 92, 135
金の髪／ゴールデンヘァー... 200, 238, 293, 410
金のつなのつるべ..... 2, 62, 73, 173, 194, 230, 325
金のとさかのおんどりと魔法のひきうす
　　　　　　　　　　　　　　　　　431, 486
金の鳥 120, 135, 195
金のはしご 25
金のひき臼 68
金の不死鳥 19, 38, 52, 60, 67, 153, 172
　　　　　　　230, 265, 294, 300, 318, 374, 394, 417, 500
金の水さし 106
キンプクリン 472
金ワシ 119, 192

く

くいしんぼうのアナンシ 269
くぎスープ 242, 266, 299, 307, 319, 332, 361
草かりワリダッド 260, 301, 345, 364
くしゃみくしゃみ天のめぐみ 461, 482

くしゃみ三つ 441
クッチャ クッチャ クーチャ 136
くつやのドラテフカ 451
クナウとひばり 111, 223, 410, 430, 499
九人のきょうだい 402
九人の兄さんをさがしにいった女の子 326
くまくんとけがわのマント ... 408, 448, 468, 479
熊の皮を着た男／熊皮太郎 34, 71, 99
　　　　　　121, 134, 259, 305, 306, 342, 401, 466, 488
金剛山のトラたいじ ⇔ 金剛山のトラ
　　　　　　　　　　　　　　　　407, 478
ぐらぐらの は 268, 307, 437, 457, 498
くらげ骨なし 249
グラの木こり 11, 31, 47, 248
グリーシ 59, 174
クリストフとベルベルとが、自分から望んで、
　ひっきりなしにゆきちがいになった話
　　　　　　　　　　　　26, 54, 126, 181
クリスマスのうたのものがたり 242, 359
クリスマスの奇跡 220
クリスマスまであけないで 490
クルミわりのケイト 18, 28, 88, 131, 141
　　　　　　　153, 163, 175, 185, 207, 223
　　　　　　　229, 267, 275, 289, 306, 316
黒いお姫さま 207, 406
黒いブッカと白いブッカ 108, 154, 328, 487
グロースターの仕たて屋 144, 176, 198, 286
くわずにょうぼう 57, 74, 150, 224, 290
　　　　　301, 312, 333, 345, 355, 366, 406, 422, 484

け

結婚したウサギ 169
月曜、火曜、水曜日 434
けものたちの、ないしょ話 319
元気な仕立て屋 118, 198, 282, 349, 415
虔十公園林 243, 424, 443

こ

小石投げの名人タオ・カム 57, 64, 67
　　　　96, 140, 217, 324, 356, 424, 436
小犬を拾って仕合せになった爺さんの話
　　.................. 124, 184, 190, 210, 217, 222
　　　　235, 320, 331, 360, 410
子うさぎましろのお話 330, 379, 480
皇帝の新しい着物 499
皇帝の玉座でうたをうたったオンドリ
　　.. 69, 125, 405
コウノトリになったカリフの話 426
腰折れすずめ 158, 191, 213, 363, 377
　　　　416, 440
コショウ菓子の焼けないおきさきと口琴のひ
　　けない王さまの話 6, 32, 64, 142, 210
　　　　221, 264, 306, 359
こすずめのぼうけん 44, 61, 62, 85
　　　　137, 147, 169, 174, 290, 357, 374
　　　　421, 432, 440, 452, 472, 500
ごちそうをたべた上着 378, 427
ゴッタムのかしこい人たち 411
子どもと馬 344, 384, 397, 420, 481
小鳥になった美しい妹 76, 85, 116
　　　　132, 138, 159, 170, 181, 192, 200
　　　　234, 250, 305, 364, 382, 416, 442
こねこのチョコレート 188, 200, 211
　　　　317, 334, 378, 410
この世のおわり 56, 91
こびととくつや 144, 155, 176, 231, 253
　　　　275, 286, 308, 379, 399, 428, 469, 480, 489
こびとのゴブリン 420
こぶじいさま 23, 245, 343
五分次郎（子どもに語る日本の昔話3）.......... 394
五分次郎（日本昔話百選）... 241, 278, 288, 304, 331
こぶたのバーナビー 54, 76, 95, 269
　　　　300, 334, 364, 384, 400, 442, 477, 493
こぶとり爺 59, 298
五本のゆびさん 49, 133, 408
こまどりのクリスマス 359, 369, 418, 438, 469
コヨーテとセミ 205, 293, 386, 435
ゴールデンヘァー　→ 金の髪
"これから先"氏 442
ころりんケーキほーい！ 46
金剛山のトラ　⇔ 金剛山のトラたいじ 126

さ

魚と指輪 411, 437, 460
魚のむすめ 94
さきざきさん 334
ざしき童子のはなし 415
サムとスーキー 8, 29, 49, 74, 128, 167
　　　　201, 403
猿とひき蛙の餅争い 341
猿の生き肝 271, 341
サルのきも 347
サルの宮殿 459
山賊の話 35, 138
三人兄弟（日本）................... 102, 422, 447, 483
三人兄弟（グリム）.............................. 495
三人の糸つむぎ女 65, 134, 271, 323
　　　　396, 427
三人のハンター 329, 446
三人ばか 3, 30, 43, 100, 173, 201, 255
　　　　278, 285, 315, 323, 336, 402, 478
三びきのくま 426
三びきのクマの話 10, 11, 26, 37, 81, 115
　　　　137, 145, 168, 224, 237, 313, 323, 408
三びきの子ブタ 2, 3, 11, 30, 35, 45, 118
　　　　205, 265, 271, 310, 441
三びきのやぎのがらがらどん 86, 225, 333
三本の金の髪の毛 95, 96, 127, 149, 191
　　　　252, 392

三本の金の髪をもった鬼 10
三枚のお札／三枚の札コ 9, 39, 42, 60, 95
　　　130, 153, 218, 250, 296, 306, 317, 348, 368, 387
三枚のお札（英語） 447
三枚の鳥の羽 7, 33, 56, 64, 136, 156, 254
　　　312, 322, 329, 441, 457, 475

し

しあわせとふしあわせ 102
しあわせのテントウムシ 259, 404, 412
しあわせばあさん ものしりばあさん 112
しあわせハンス 215, 318, 439
じいさん、いるかい 435
しおちゃんとこしょうちゃん 235, 311
　　　364, 382, 388, 457
しがまの嫁コ 118
地獄からもどった男 457
詩人トマスの話 261
しずくの首飾り 424, 445
地蔵じょうど（雪の夜に語りつぐ）...... 165, 185
地蔵浄土（日本昔話百選） 96
舌きり雀 472, 487
仕立て屋と妖精 299
仕立やのイトチカさんが王さまになったはなし
　　　........ 5, 33, 48, 118, 139, 204, 270, 296, 346, 365
七人さきのおやじさま 13, 59, 73, 111
　　　122, 159, 181, 232
七羽のからす 4, 12, 17, 51, 66, 72, 103
　　　123, 272, 290, 316
尻尾の釣 112, 221
死神の名付け親 213
ジーニと魔法使い 8, 77, 87, 246, 262
　　　307, 316, 396
死人の腕 114, 388, 406
地主のはなよめ 86, 300
ジムのたんじょう日 427
ジャッカルとワニ 140, 244, 267, 336, 463

ジャックとマメの木 3, 12, 33, 76
　　　107, 113, 128, 148, 175, 214, 291
　　　317, 351, 381, 425, 457, 472
ジャックの運さがし 411, 412, 478, 497
しゃれこうべ 487, 491
じゅうたんを織った王さま 232
十二人兄弟 197, 256, 353
十二人の狩人 486
十二のつきのおくりもの 1, 21, 45, 61
　　　92, 220, 242, 252, 264, 274, 286, 308
　　　340, 379, 418, 458, 479, 480, 489
主人と家来 50, 90, 132, 188
シュニッツル、シュノッツル、シュヌーツル
　　　... 379, 399
しようがないヤギ 201
小クラウスと大クラウス 362
しらかばのむすめ 89, 100, 110
白雪ひめ 428
ジーリコッコラ 98, 109, 230, 294, 327, 405
シルベスターとまほうの小石 172, 216
白い石のカヌー 255
白いシカ 72, 144
白いゾウ 108, 492
白いマス 71, 258, 328
白いりゅう黒いりゅう 292
心臓がからだの中にない巨人 16, 34
　　　52, 138, 303
新堀の川狐 184

す

水晶のおんどり 186, 351
水仙月の四日 255
好きな人 145
スコットランドのおばけやしき 222
すずめとからす 50, 63
　　　228, 230, 235, 237, 250, 261, 279, 284, 295
　　　304, 311, 322, 349, 392, 410, 454, 462

すてきなクリスマス・ツリー 330, 418, 458
すて子鳥／みつけどり 1, 10, 25, 58, 61
　　　　　　　　90, 110, 124, 162, 243, 280, 314, 355
スートン王の冒険 104
スヌークスさん一家 45, 96, 244, 274, 375, 471
スープのスープ 427
スリクシェばあさん 461
ずんべえ桃 183

せ・そ

聖地メッカへ行けなかったキツネ 310
世界一のペンキ屋さん 310, 361, 391, 430
世界でいちばんきれいな声 38, 81
　　　　　　　　　　142, 172, 180, 189, 329, 440
世界でいちばんきれいな声（英語） 473
世界でいちばん強いもの 200
世界でいちばんやかましい音 85, 92
　　　　　　　　　　　　　　　291, 316, 375
世界のはての井戸（アイルランド） 496
世界の果ての井戸（イギリス） 78, 96
　　　　　　　　　　　　　　　411, 412, 464
セキレイはなぜしっぽをふる 35, 67, 127, 159
せみになった坊さま 329
セロひきのゴーシュ 484
仙人のおしえ 474
仙人みかん 11
千枚皮 218
象のふろおけ 88, 97, 266, 424, 464
空飛ぶじゅうたん 498
空の星 5, 28, 58, 189

▶た

大工のアンデルセンとクリスマス小人 286
大工の息子 319
大蛇とヒキガエル 293
たいへんたいへん（イギリスの昔話） 229
たいへんたいへん（中川李枝子作） 316
たいぼうとえびと亀 215
ダイヤモンドの谷 488, 497
太陽の木の枝 422
たこあげ大会 462
たなばた 303
たにし長者（おはなしのろうそく7） 69
　　　　83, 104, 115, 127, 137, 148, 159, 168, 181, 202
　　　　　　214, 225, 305, 307, 344, 372, 393, 423, 443
たにし長者（日本昔話百選） 258
たぬきと山伏 58, 67, 107, 118, 129, 140
　　　　　　　　　　　　　　　　151, 251, 300
旅人馬 320, 366, 439, 455
たまごのカラの酒つくり 20, 30, 56
　　　　　　　　　　　　　　　　109, 269, 421
だまされたトッケビ 325, 468
だめといわれてひっこむな 91, 103, 111
　　　　　122, 165, 176, 187, 244, 276, 298, 316, 361, 389
タールぼうずの話 → ウサギどん キツネどんと
　　　　タールぼうず
だれが鐘を鳴らしたか 253
太郎と豆梯子 234
だんなも、だんなも、大だんなさま
　　　　......... 3, 94, 262, 281, 300, 321, 373, 483, 499
だんまりくらべ（トルコ） 376
だんまりくらべ（日本） 471

ち

小さいお嬢さまのバラ 8, 37, 89, 247
　　　　　　　　　　　258, 270, 281, 312, 335, 355
　　　　　　　　　　　364, 394, 413, 423, 443, 484
ちいさちゃんの箱 253
小さな赤いセーター 84, 275, 305, 318
　　　　　　　　　　　　　　　379, 419, 440, 499
小さなおいぼれ馬 497
小さなおうち 23, 101

小さなオンドリとダイヤのボタン
　................................ 335, 432, 445
小さな家畜................................ 428, 438
小さなグッディおばさん......... 191, 237, 258
　　　　　　　　　　　　 315, 344, 486
小さなこげた顔............ 17, 18, 39, 90, 92, 203
　　　　　　　　　　　　 254, 301, 500
小さな仕立屋さん............................. 103
小さなせむしの少女........... 16, 66, 99, 257
ちいさなたいこ......................... 346, 396
ちいさなろば......... 231, 286, 319, 409, 438, 500
チイチイネズミとチュウチュウネズミ
　.................................... 27, 75, 170, 201
ちいちゃい、ちいちゃい............. 2, 295, 328
ちいちゃい、ちいちゃい（英語）............. 478
ちっちゃなゴキブリのべっぴんさん
　...... 82, 109, 129, 169, 183, 247, 324, 368, 495
ちっちゃなわるっこ鳥...................... 86, 99
ちびのふとっちょ........... 1, 81, 114, 123, 154
　　　　　　　　　　　　 179, 200, 268
チム・ラビットとかかし...................... 240
チム・ラビットとカヤネズミ................. 431
チム・ラビットとキツネ........................ 80
チム・ラビットとはさみ........... 6, 10, 27, 56
　　 125, 169, 203, 226, 260, 267, 270, 353, 372, 452
チム・ラビットのあまがさ............. 1, 57, 66
　　　　　 193, 206, 371, 385, 424, 444, 454, 495
チム・ラビットのいえのがらすまど...... 453
チム・ラビットのうん............. 5, 16, 25, 35
　　 115, 148, 170, 192, 213, 371, 403, 422, 451, 474
チム・ラビットみつばちをかう............... 55
チモとかしこいおひめさま............ 126, 131
　　　　　　　　　　　　　 164, 322, 339, 357
茶色の髪の若者......................... 403, 494
ちゃっかりトディエと欲ばりリツェル.... 121
チャールズとミスター・ムーン... 266, 310, 322
中国の三人の市長さん...................... 347

中国のフェアリー・テール.................. 334
忠臣ヨハネス............... 78, 152, 164, 239
注文の多い料理店........................ 236, 360
チワンの錦.. 321

つ

ついでにペロリ............... 41, 57, 63, 228, 275
　　　　　　　　　　　　 296, 363, 440, 476
ついてるね！ついてないね！................. 150
ツェねずみ................................... 166, 401
月はなぜふとったりやせたりするか.... 327
月夜の金貨....................................... 327
月を射る....... 327, 388, 391, 397, 426, 455, 467
月をつろうとしたロー............. 283, 294, 327
　　　　　　　　　　　　　 348, 426
ツグミひげの王さま.................. 87, 102, 316
つくりものの天国............. 182, 234, 323, 369
つばさ［翼］.................................... 101
つむと杼と縫い針............................. 479
鶴おかた... 186
ツルさんの目はなぜ青い........... 34, 106, 488
つるとあおさぎ.................. 186, 188, 210
つる女房（子どもに語る日本の昔話1）
　.................................... 318, 342, 381
鶴女房（日本昔話百選）................ 79, 254

て

ティッキ・ピッキ・ブン・ブン... 264, 268, 446
てきぱきシアンシアンのむこえらび...... 498
鉄のストーブ................................... 240
鉄のハンス........................ 219, 348, 410
手なし娘... 143
手まわしオルガン............................. 452
天下一の馬..................................... 320
てんとうさん かねんつな..................... 232
天のかみさま金んつなください............. 277
天福地福........................ 121, 357, 370, 449

と

とうさん子とかあさん子 105
どこでもないなんでもない 24, 93
　　　　　　　　　　　　　　　 100, 133, 300
年こしのたき火 155
ドシュマンとドゥースト 57, 72, 241
　　　　　　　　　 257, 279, 288, 324, 395, 478
トッケビの土地 325
どっちがどっち？ 406
トム・ティット・トット 3, 13, 29, 39
　　　　　　　　　　　　　　　　　　 48, 61, 74
とめ吉のとまらぬしゃっくり ... 61, 90, 124, 185
トラになった王さま 279
鳥になった妹 250, 292, 384, 497
鳥になりたかったこぐまの話 323, 354
　　　　　　　　　　　　　　　　　　 408, 451
鳥呑爺 170, 260, 277, 303, 310, 323
　　　　　　　　　　　　　　　　　 353, 362, 372
どろぼうの名人 110, 130, 208
トロルとうでくらべをした少年 427
　　　　　　　　　　　　　　　　　 437, 456, 487
とんかちおやじ、家を修理する 162
とんだ ぬけさく 66, 72, 475
とんでいった洋服 102, 114
トンボソのおひめさま 75

な

鳴いてはねるヒバリ 146, 155, 173
　　　　　　　　　 190, 194, 217, 268, 288, 356, 372, 377
長ぐつをはいたねこ 27, 42, 54, 89
　　　　　　　　　 161, 166, 219, 237, 239, 261, 278, 296
　　　　　　　　　 304, 311, 363, 386, 413, 423, 476, 497
ながすね ふとはら がんりき 211, 305
　　　　　　　　　　　　　　　　　　 309, 430

梨といっしょに売られた女の子 228
　　　　　　　　　　　　　　　　　 251, 295, 488
ナシの木 150, 171, 206
なぞなぞのすきな女の子 343
なつかしいクリスマスのうた［年おいたクリスマスの歌］ 176, 198, 209
七ばんめの王女 278
ナニナの羊 105
名まえ 278
なまくらトック 25, 44, 98, 161, 182
　　　　　　　　　 194, 249, 285, 338, 356, 386, 425, 500
なまくらハインツ 483
ナマリの兵隊 361
ならずもの 175, 186, 200, 398, 447
なら梨とり（おはなしのろうそく6）........... 59
　　　　　　　　　　　　　　 119, 184, 195, 296, 498
なら梨とり（日本昔話百選）..... 162, 173, 284, 478
ナルキッソス　→ エコーとナルキッソス
ナンキンムシのさかもり 85, 496
なんげえはなしっこしかへがな ... 113, 156, 164
なんでも金になる話 423
なんでも信ずるおひめさま 12, 78, 284
なんでも見える鏡 74
なんにもないない ななしっこ 411

に・ぬ

にげたにおうさん 92, 158, 189
錦のゆくえ 141, 174
二匹のとかげ 216
二ひきのよくばり子グマ 254
二羽のオウム 434
ぬか福と米福 110, 142, 283, 348, 357, 417, 446

ね

ねがいごとをかなえる木 127
ネギをうえた人 160, 189, 221, 390, 491

ねこ先生と、とらのおでし 140, 166
　　　　　　　　　　　　　　204, 320
ねこっ皮 190, 281
ねことねずみ 255, 278, 288, 303, 362
　　　　　　　　　　　380, 460, 492
ねことねずみがいっしょにくらせば 476
ねことねずみのともぐらし 32, 68, 202
猫の足 98
ネコの家に行った女の子 363, 386, 465
　　　　　　　　　　　476, 496
ねこの王さま 167
ねこのお客 72, 91, 122, 123, 155, 177
　　　　　　　　　　299, 369, 428, 450, 469, 499
ねこの大王 101, 133, 439, 476
ねずみ経（一寸法師・さるかに合戦・浦島太郎）
.... 320
ねずみ経（福岡　ふるさとお話の旅 11） 452
ねずみじょうど（おはなしのろうそく 3）
.... 25, 44, 73, 93, 116, 138, 160, 164, 193
　　　　　244, 272, 285, 299, 315, 436, 482
ねずみ浄土（長野県下水内郡の伝承より）.. 206, 212
ねずみ浄土（日本昔話百選） 157
ネズミとゾウ 52
ネズミ捕り屋の娘 95, 108, 148, 158
　　　　　　　　　　246, 322, 333, 362, 402
ネズミの大てがら 234, 265, 275, 288
　　　　　　　　　　297, 339, 342, 380, 439, 450
ねずみの小判干し 367, 380, 393, 413
　　　　　　　　　　421, 432, 451
ねずみのすもう 41, 55, 62, 133, 154
　　　　　　　　167, 182, 190, 199, 219, 223, 236, 238, 239
　　　　　　　　266, 291, 298, 354, 376, 380, 398, 462, 493
鼠の相撲 2
ネズミのむこさがし 380
ねむりひめ 4, 20, 122, 225, 256

の

農夫と土の精 415
脳みそを買う 411
ノックグラフトンの昔話 72, 209, 302
のっぺらぼう 128
のみ　→王さまノミを飼う
ノロウェイの黒ウシ 15, 30, 54, 177
　　　　　　　　　　222, 336, 352, 371, 390

▶は

ハヴローシェチカと三人の娘 441
ばかなこねずみ 51, 142, 153, 159, 193
白鳥 355
白鳥の王女 244
畑の粟持って行ったはだれだ 391, 417
葉っぱの魔法 132, 154
花咲かじい（子どもに語る日本の昔話 2） 481
花さかじい（日本のむかし話） 105, 157, 421
花仙人 218, 236, 277
花をさかせるむすめ 20
「ババクロウ」というさかな 21
ハープをひくハチとネズミとゴキブリ ... 422
腹のなかの小鳥の話 49, 63, 70, 98
　　　　　　　　　　174, 180, 185, 229, 326, 457, 471
バラの花とバイオリンひき 6, 237, 270, 404
はらぺこピエトリン 405, 442
バワン＝プティとバワン＝メラ 193, 194
パンケーキ　→ホットケーキ
ハンスの花嫁 227, 314
はん点をなくしたヒョウ 315, 341, 386
　　　　　　　　　　459, 496
パンドラ（岩波書店） 477
パンドラ――この世にどうして「くるしみ」
　　がやってきたか（あかね書房） 106

番ねずみのヤカちゃん 163, 178, 188
　　　　　　　　　　199, 220, 241, 398
はんぶんのひよこ 26, 55, 351
パン屋のネコ 195, 250, 303, 397, 414, 476

ひ

火打箱 360, 463
東風 308, 340, 400, 449
光り姫 207, 287, 363, 367, 445, 467
ヒキガエルとハゲタカ 433
羊飼いの花たば 97, 186, 213, 249, 364, 433
一つさやから出た五つのエンドウ豆 ... 356, 423
一つ目、二つ目、三つ目 ... 132, 170, 196
　　　　　　　　　　267, 431, 464
ひとのことばを話す犬 415
人は何で生きるか／人は何によって生きるか
　.. 101, 399
ひとり、ふたり、さんにんのこども ... 367, 441
ひなどりとネコ 70, 162, 197, 284, 455
ひねくれもののエイトジョン 185, 205
　　　　　　　　　　282, 366, 396, 425, 466
火の鳥と王女ワシリーサ 455, 498
百姓のおかみさんとトラ 66, 225, 306
　　　　　　　　　　401, 430, 493
ヒョウとトカゲ 387
ビリー 104
ビリイ・ベグと雄牛 16, 40, 49
火をはく竜 239, 298, 337, 419, 454
びんぼうがみ 253, 308, 330, 350
びんぼうこびと 302, 339, 367, 368
　　　　　　　　　　393, 414, 461

ふ

フォックス氏／ミスター・フォックス
　.. 244, 328, 411
プーがお客にいって、動きのとれなくなるお話
　.. 371, 374, 408, 460

ブキ、コーキーオコーを踊る 184
フクロウ 240, 272, 396
不幸な星の下の娘 65, 126, 157, 207
ふしぎなお客 19, 52, 144, 272, 366
ふしぎなオルガン 7, 12, 53, 121, 195
　　　　　　　　　　225, 259, 276, 300
ふしぎな胡弓 276
ふしぎなたいこ 31, 56, 64, 163, 374, 431, 464
ふしぎなたいこ（英語） 474
ふしぎなやどや 404
ブタ追いとモモ 182
ブタ飼い 9, 73, 123, 357
ふたつの松ぼっくり 457
ふたりのあさごはん 291, 314, 349, 377, 378
ブドーリネク 7, 18, 20, 33, 46, 68, 70
　　　　　　　　　　274, 355
ふゆじのお大臣 227
プー横丁にイーヨーの家がたつお話 489
ふるやのもり（おはなしのろうそく4）
　............. 36, 39, 43, 139, 285, 300, 341
　　　　　　　　　　365, 385, 405, 414, 454, 459
古屋のもり／ふるやのもり［古屋のむる］（日本昔話百選）................ 149, 152, 171, 186, 203
ブレーメンの音楽隊 107, 112, 469
プンクマインチャ 241
文福茶釜 447
フンブとノルブ 62

へ

ベッチィ・ストーグの赤ちゃん ... 93, 108, 435
へび 118
ヘビのうらみ 491
蛇婿入り 131
屁ひりおなご 233
へやの起こり 240
ヘリコプターのヘンリー 389, 409, 479
ヘンゼルとグレーテル 94

ペンナイフ 113

ほ

ぼうしふりおどり　→ アナンシの帽子ふりおどり
北斗七星 342, 348, 376, 447, 465, 486
ぼくのおまじない 45, 274
星の銀貨 80, 187, 209, 264, 389, 399
星のひとみ 187
ホジャとカボチャ 346
ホジャ、ロバを売りにいく ... 279, 342, 354, 375
ボダイジュがかなでるとき 112
ぼたもち蛙 270
ボタンインコ 14, 31, 87, 107, 108, 172
　　　　　　　249, 261, 374, 400, 412
ホットケーキ／パンケーキ 47, 193
　　　　　199, 203, 226, 245, 378, 397, 398
ほらふきくらべ 65, 71, 89, 205, 317, 484
ボルカの冒険 434, 485
ホレおばさん 31, 198, 209, 231, 265
　　　　　287, 297, 340, 361, 369, 377, 440

▶ま

まえがみ太郎 第1章 300
マカトのたから貝 231, 251
マーシャとくま 50, 82, 117, 220, 256
　　　　　　　263, 309, 381, 391, 408, 471
魔女に追われたむすめ 99, 435
マッチ売りの少女 231, 297, 300, 308
　　　　　359, 379, 418, 428, 468, 480, 500
まぬけなトッケビ 372, 437, 450, 462
まぬけのハンス 482
まのいいりょうし 145, 331
マハデナ・ムッタ 69, 115, 324, 465
魔法使いのチョコレート・ケーキ
　　　　　　　　　　　............ 347, 378, 483
まほうの馬 (まほうの馬) 79, 142

魔法の馬 (ロシアの昔話) 183, 312, 427
魔法のかけぶとん 256
魔法のかさ ... 314, 336, 338, 365, 375, 395, 405, 450
魔法の小鳥 19, 41
魔法のユビワ 196, 224
魔法をならいたかった男の子 272
マメ子と魔物 54, 65, 77, 96, 205, 268
　　　　　　　289, 336, 393
まめじかカンチルが穴に落ちる話／カンチル
　穴に落ちる 99, 212, 214, 245, 281
　　　　　293, 305, 341, 436, 451, 485
まめたろう 210, 214, 353, 410, 425
　　　　　　　443, 449, 496
豆の上に寝たお姫さま　→ エンドウ豆の上の
　お姫さま
マリアさまとかるわざ師 242, 297, 340
　　　　　　　369, 389
マリアの子ども 134
マレーンひめ 135, 141, 146, 210
　　　　　　　247, 407, 421, 493
マロースじいさん 210, 298, 381, 391
マローンおばさん 264

み

ミアッカどん 2, 9, 43, 252, 307
みじめおばさん 368
ミスター・フォックス　→ フォックス氏
味噌買橋 47
みつけどり　→ すて子鳥
三つの金のオレンジ 97, 108, 161, 180
　　　　　　　205, 215, 281
三つの金曜日 28, 130, 441
三つのねがい (日本) 365, 429, 441, 492
三つの願い (イギリス) 411
三つめのかくればしょ 70
ミドリノハリ 173
水底の主ニッカーマン 77, 259, 387

耳なし芳一の話 282, 466
ミリー・モリー・マンデー おつかいにいく
.... 387, 463
ミリー・モリー・マンデー とじこめられる
.... 449
ミリー・モリー・マンデー パーティーにいく
.... 383, 494
見るなのお蔵 184

む・め

ムカデとモグラの婚約 97, 132, 158
233, 292, 309, 325, 422
ムギと王さま 171, 204, 302, 314
386, 446, 487
むねあかどり 189
棟の木かざり 131, 468, 474
ムフタール通りの魔女 266
無法者の町からやってきた弱虫 107
名人四人きょうだい 470
雌牛のブーコラ 60, 64, 69, 202, 227
326, 332, 384, 390, 432, 446
メリー・ゴウ・ラウンド 113, 413
めんぼうをもったキツネ 219, 223, 229

も

茂吉のねこ 110, 143, 273
木竜うるし 298
もっくもっく 474
ものいうたまご 15, 38, 139, 156, 182
206, 235, 304, 318, 382
ものいうなべ 17, 28, 58, 84, 174, 323
332, 383, 460, 483
物語のふくろ／お話のふくろ 49, 212
ものぐさジャック 7, 124, 141
ものしり博士 86, 117, 130, 134, 146
160, 165, 283, 453
桃太郎 461

モモの木をたすけた女の子 104, 248
桃の子太郎 311
森の家／森の中の家 13, 50, 84, 135
146, 178, 212, 221, 232, 410, 477
森のなかの三人のこびと 23, 166, 177
211, 357, 429
森の花嫁 45, 74, 85, 274, 280, 380, 391, 462

▶ や

山羊皮の若者 461
ヤギとオオカミ 319
ヤギとコオロギ 456
ヤギとライオン（パキスタン） 214
ヤギとライオン（トリニダード・トバゴ）
.... 83, 97, 119, 337, 346, 385, 395, 474
やぎのズラテー 275, 468
やさしのドーラ 105, 213
やったのは"わたし" 26
やっちまったことはやっちまったこと
.... 102, 118, 293, 338, 376, 388, 414, 465
屋根がチーズでできた家 339, 362, 366
382, 400, 435, 467, 481
やまなし 239
山にさらわれたひとの娘 70, 114, 233
299, 370, 400
山の上の火 71, 82, 102, 123, 222, 402
山のゲートブラント 164
山んばのにしき 413
やもめとガブス 55, 151, 184, 329, 385, 447
やりこめられないおひめさま 17, 216
258, 310, 342, 403, 432
ヤング・ケート 26, 60, 105, 190

ゆ

遊園地 143, 163
ゆうかんな靴直し 483

幽霊をさがす	185, 328
雪女	460
雪のぼうや	209
ゆきんこ	13, 62, 71, 93, 176, 199, 321, 340, 361, 409, 428, 439, 458, 481
指輪	388
夢見小僧	321, 331, 350, 429
ゆめみむすこ	300, 334, 353
ユルマと海の神	31, 34, 66, 98, 129, 227, 304, 332

よ

ようせいにさらわれた王子	147, 168, 202, 311
妖精の丘が燃えている	328
妖精のぬりぐすり	37, 85, 262, 328
ようせいのゆりかご	294, 337, 363
四人のなまけ者	377, 416
ヨリンデとヨリンゲル	227, 252, 336

ら

ライオンの大ぞん	417
ラピンさんとシチメンチョウ	10, 289
ラプンツェル	42, 55, 127, 191, 260, 296, 381
ランパンパン	197, 215, 279
リキ・ティキ・タヴィ物語	48, 65
りくでも海でもはしる船	432, 494
りこうなおきさき	16, 36, 53, 63, 83, 100, 152, 175, 193, 224, 368, 376, 414, 430
りこうな子ども	346, 472
龍宮女房	470
漁師とおかみさん	482
漁師の娘	140
リンゴ娘ニーナ	407, 437, 498
りんの歌	322

ルンペルシュティルツヘン	35, 62, 73, 75, 88, 171, 204, 216, 238, 276, 282, 295, 308, 315, 326, 329, 333, 395
レモンタルトのひみつ	444
六人男、世界をのし歩く／六人男のし歩く	4, 5, 68, 100, 134, 206, 248, 273, 301, 414
六羽の白鳥	263
ロバの耳はなぜ長い	175, 187, 211, 220, 234, 312, 354, 383, 394, 400, 403, 452, 482

わ

若返りの臼	17, 24, 63, 235
ワシにさらわれたおひめさま	283
ワタの花と妖精	407, 445, 475
わらとすみとそら豆／わらとせきたんとそらまめ	163, 302, 365, 384, 401, 413, 421, 443, 463, 492
わるいガチョウ	40, 79, 88

The kind elephant	295
Little duckling tries his voice（世界でいちばんきれいな声）	473
The magic drum（ふしぎなたいこ）	474
Teeny-tiny（ちいちゃい、ちいちゃい）	478
The three amulets（三枚のお札）	447

出典リスト

- 本文に収載したお話、詩、わらべうた等の出典を、書名の50音順に配列しました。
- 画家名は、絵本のみ記載しました。
- シリーズ名は、判別に必要なときのみ記載しました。

あ

アイヌ童話集　金田一京助，荒木田家寿著　東都書房／講談社
アイルランドのむかしばなし　バージニア・ハビランド再話　まさきるりこ訳　福音館書店
赤鬼エティン（愛蔵版おはなしのろうそく8）　東京子ども図書館編・刊
赤ちゃんと絵本であそぼう！　金澤和子編著　一声社
あかりの花――中国苗族民話　肖甘牛採話　君島久子再話　赤羽末吉画　福音館書店
あくまのおよめさん――ネパールの民話　稲村哲也，結城史隆再話　イシュワリ・カルマチャリャ画　福音館書店
アーサー・ランサムのロシア昔話　アーサー・ランサム著　ヒュー・ブローガン編　神宮輝夫訳　白水社
アジアの昔話1〜6　ユネスコ・アジア文化センター企画　アジア地域共同出版計画編集委員会編　松岡享子訳　福音館書店
アジアの笑いばなし　アジア地域共同出版計画会議 企画　ユネスコ・アジア文化センター編　松岡享子監訳　東京書籍
頭に柿の木――語りをつくる人のための昔話　語り手たちの会，大島広志編著　語り手たちの会
あたまをつかった小さなおばあさん　ホープ・ニューウェル作　松岡享子訳　福音館書店
あのうた このうた　まど・みちお著　理論社
雨のち晴（愛蔵版おはなしのろうそく7）　東京子ども図書館編・刊
アメリカ童話集　渡辺茂男訳　あかね書房
アメリカのむかし話（偕成社文庫）　渡辺茂男編訳　偕成社
アラビア物語2――ジュハーおじさんのお話　川真田純子訳　講談社
ありこのおつかい　石井桃子作　中川宗弥画　福音館書店
アンデルセン童話集1――おやゆび姫他　H・C・アンデルセン作　大畑末吉訳　岩波書店
アンデルセン童話集2（岩波文庫）　[H・C・アンデルセン著]　大畑末吉訳　岩波書店
アンデルセン童話集2（岩波少年文庫）　H・C・アンデルセン作　大畑末吉訳　岩波書店
アンデルセン童話全集1　H・C・アンデルセン作　高橋健二訳　小学館

い

イギリスとアイルランドの昔話　石井桃子編訳　福音館書店
イギリス童話集　石井桃子訳　あかね書房
イギリス昔話集——English fairy tales　Joseph Jacobs［著］　坂井晴彦編　研究社
石井桃子集7 エッセイ集　石井桃子著　岩波書店
伊豆の民話　岸なみ編　未来社
いっしょにあそぼうわらべうた 0・1・2歳児クラス編　コダーイ芸術教育研究所著　明治図書
いっしょにあそぼうわらべうた 3・4歳児クラス編　コダーイ芸術教育研究所著　明治図書
いっすんぼうし　いしいももこ作　あきのふく画　福音館書店
一寸法師・さるかに合戦・浦島太郎（岩波文庫）　関敬吾編　岩波書店
いぬとにわとり　石井桃子作　やしまみつこ／堀内誠一画　福音館書店
いばら姫——グリム童話選1　グリム兄弟編　相良守峯訳　岩波書店
イワンのばか　レフ・ニコラーエヴィッチ・トルストイ作　金子幸彦訳　岩波書店
インドネシアのむかし話　松野明久編訳　偕成社

う・え

ヴァイノと白鳥ひめ（愛蔵版おはなしのろうそく6）　東京子ども図書館編・刊
ウサギどんキツネどん——リーマスじいやのした話　J・C・ハリス作　八波直則訳　岩波書店
うさぎのみみはなぜながい——テウアンテペックの昔ばなし　北川民次作　福音館書店
潮の日録　石牟礼道子著　葦書房
ウスマンじいさん（新編雨の日文庫）　きみしまひさこ訳　麦書房
羽前小国昔話集 山形（全国昔話資料集成7）　佐藤義則編　岩崎美術社
うたうカメレオン　掛川恭子訳　ほるぷ出版
うたはよいものだ——わらべうた・二声三声歌唱集　コダーイ芸術教育研究所編　全音楽譜出版社
海からきた力もち——デンマーク民話　じんぐうてるお作　ほりうちせいいち画　ポプラ社
海の王国　ジョーン・エイキン作　猪熊葉子訳　岩波書店
絵のない絵本（新潮文庫）　H・C・アンデルセン著　矢崎源九郎訳　新潮社
エパミナンダス（愛蔵版おはなしのろうそく1）　東京子ども図書館編・刊

お

おいしいおかゆ　［グリム兄弟再話］　石井桃子, 佐々梨代子, 荒井督子再話　子ども文庫の会
おーいぽぽんた——声で読む日本の詩歌166　茨木のり子ほか編　福音館書店
大分の民話　土屋北彦編　未来社
おおかみと七ひきのこやぎ——グリム童話　［グリム兄弟再話］　せたていじ訳　フェリクス・ホフマン画　福音館書店
大きいゾウと小さいゾウ　アニタ・ヒューエット著　清水真砂子訳　大日本図書

大きいツリー小さいツリー　ロバート・バリー作　光吉夏弥訳　大日本図書
おおきなかぶ——ロシア民話　A・トルストイ再話　内田莉莎子訳　佐藤忠良画　福音館書店
おかあさんだいすき　まーじょりー・ふらっく作・画　光吉夏弥訳・編　大澤昌助画　岩波書店
おきなわのこどもあそびうた　高江洲義寛著　ギカン文化施設研究所
オクスフォード世界の民話と伝説3　アメリカ編　ルース・サンダース著　渡辺茂男訳　講談社
オクスフォード世界の民話と伝説8　ロシア編　チャールズ・ダウニング著　西郷竹彦訳　講談社
幼い子の文学　瀬田貞二著　中央公論社
おさるとぼうしうり　エズフィール・スロボドキーナ作　まつおかきょうこ訳　福音館書店
おじいちゃんとおばあちゃん　E・H・ミナリック作　まつおかきょうこ訳　モーリス・センダック画　福音館書店
おじいちゃんのむかしばなし 第四夜　小泉八雲著　宇野重吉語り　麥秋社
おそばのくきはなぜあかい——にほんむかしばなし　石井桃子作　初山滋画　岩波書店
お月さまの話 ほか　内田莉莎子訳　講談社
お父さんのラッパばなし　瀬田貞二著　福音館書店
おとなしいめんどり　ポール・ガルドン作　谷川俊太郎訳　瑞木書房
おばけのトッカビ　松谷みよ子，瀬川拓男再話　太平出版社
お話してよ、もうひとつ　アイリーン・コルウェル選　よつだゆきえ訳　新読書社
おはなしだいすき　アイリーン・コルウェル選　よつだゆきえ訳　新読書社
おはなしのろうそく1～32　東京子ども図書館編・刊
お話を運んだ馬　I・B・シンガー作　工藤幸雄訳　岩波書店
おばばの夜語り——新潟の昔話　水沢謙一著　平凡社

か

かあさんねずみがおかゆをつくった——チェコのわらべうた　いでひろこ訳　ヘレナ・ズマトリーコバー画　福音館書店
怪談——小泉八雲怪奇短編集（偕成社文庫）　小泉八雲作　平井呈一訳　偕成社
改訂版日本の昔話　柳田国男著　角川書店
かぎのない箱——フィンランドのたのしいお話　ジェイムズ・C・ボウマン，マージェリイ・ビアンコ文　瀬田貞二訳　岩波書店
かさじぞう　瀬田貞二再話　赤羽末吉画　福音館書店
かさじぞう　谷真介作　赤坂三好画　高橋書店
風にのったヤン＝フェッテグラーフ　小澤俊夫編訳　ぎょうせい
風にのってきたメアリー・ポピンズ　P・L・トラヴァース作　林容吉訳　岩波書店
風の又三郎　宮沢賢治作　岩波書店
風の妖精たち　メアリ・ド・モーガン作　矢川澄子訳　岩波書店
家族と友だち　まど・みちお著　理論社

語りつぐ人びと2——インドの民話　長弘毅著訳　福音館書店

カナリア王子——イタリアのむかしばなし　イターロ・カルヴィーノ再話　安藤美紀夫訳
　福音館書店

かにむかし——日本むかしばなし　木下順二作　清水崑画　岩波書店

かもとりごんべえ——ゆかいな昔話50選　稲田和子編　岩波書店

カラスだんなのおよめとり——アラスカのエスキモーのたのしいお話　チャールズ・ギラム文
　石井桃子訳　岩波書店

からすのカーさんへびたいじ　オールダス・ハクスリー文　じんぐうてるお訳　冨山房

河内の兄マ——庄内むかしばなし　佐藤公太郎著　みちのく豆本の会

川へおちたたまねぎさん　村山籌子作　村山籌子作品集編集委員会編集　JULA出版局

韓国の昔話100①　→原題 우리가 정말 알아야 할 우리 옛이야기 백가지 1　서정오 글　현암사

完訳アンデルセン童話集1　[H・C・アンデルセン著]　大畑末吉訳　岩波書店

完訳グリム童話集4　[グリム兄弟再話]　金田鬼一訳　岩波書店

き

きかんぼのちいちゃいいもうと　ドロシー・エドワーズ作　渡辺茂男訳　福音館書店

聴耳草紙　佐々木喜善著　筑摩書房

ギターねずみ　アニタ・ヒューエット著　清水真砂子訳　大日本図書

キバラカと魔法の馬——アフリカのふしぎばなし　さくまゆみこ編訳　冨山房

吸血鬼の花よめ——ブルガリアの昔話　八百板洋子編訳　福音館書店

ギリシア神話　(岩波文庫)　アポロドーロス[著]　高津春繁訳　岩波書店

ギリシア神話　石井桃子編　あかね書房

ギリシア神話　石井桃子編訳　のら書店

キリスト伝説集　(岩波文庫)　ラーゲルレーヴ作　イシガオサム訳　岩波書店

きりの国の王女——ジプシーのむかしばなし2　イェジー・フィツォフスキ再話　内田莉莎子訳
　福音館書店

きんいろのしか——バングラデシュの昔話　ジャラール・アーメド案　石井桃子再話　秋野不矩画
　福音館書店

銀色の時——イギリスファンタジー童話傑作選　(講談社文庫)　神宮輝夫編　講談社

銀河鉄道の夜　宮沢賢治作　岩波書店

金のがちょうのほん——四つのむかしばなし　レズリー・ブルック文・画　瀬田貞二，松瀬七織訳
　福音館書店

銀のかんざし　なたぎりすすむ訳　ほるぷ出版

#

くしゃみくしゃみ天のめぐみ　松岡享子作　福音館書店

クマのプーさん　(岩波少年文庫)　A・A・ミルン作　石井桃子訳　岩波書店

クマのプーさん プー横丁にたった家　A・A・ミルン作　石井桃子訳　岩波書店
金剛山のトラたいじ（クムカンサン）　鳥越やす子，佐藤ふみえ訳　ほるぷ出版
金剛山の虎退治（クムガンサン）　松谷みよ子，瀬川拓男再話　太平出版社
クリスマスの贈り物——家庭のための詩とお話の本　バルバラ・バルトス＝ヘップナー編
　伊藤紀久代訳　新教出版社
クリスマス物語集　中村妙子編訳　偕成社
グリム童話集　［グリム兄弟再話］　高橋健二訳　あかね書房
グリム童話集 1, 3　グリム兄弟編　相良守峯訳　岩波書店
グリム童話集 2（偕成社文庫）　［グリム兄弟再話］　大畑末吉訳　偕成社
グリムのむかしばなし 1・2　［グリム兄弟再話］　ワンダ・ガアグ編・画　松岡享子訳　のら書店
グリムの昔話 1, 3　グリム兄弟［再話］フェリクス・ホフマン編・画　大塚勇三訳　福音館書店
グリム昔話集 2, 5（角川文庫）　［グリム兄弟再話］　関敬吾，川端豊彦訳　角川書店
黒いお姫さま——ドイツの昔話　ヴィルヘルム・ブッシュ採話　上田真而子編訳　福音館書店
グロースターの仕たて屋　ビアトリクス・ポター作　いしいももこ訳　福音館書店
くわずにょうぼう　稲田和子再話　赤羽末吉画　福音館書店

こ

子うさぎましろのお話　ささきたづ作　みよしせきや画　ポプラ社
黄金の馬　森口多里著　三弥井書店
ごきげんいかが がちょうおくさん　ミリアム・クラーク・ポター作　まつおかきょうこ訳
　福音館書店
こぎつねルーファスのぼうけん　アリソン・アトリー作　石井桃子訳　岩波書店
こぐまのくまくん　E・H・ミナリック作　まつおかきょうこ訳　モーリス・センダック画
　福音館書店
こすずめのぼうけん　ルース・エインワース作　いしいももこ訳　ほりうちせいいち画　福音館書店
ことばあそびうた　谷川俊太郎詩　福音館書店
ことばあそびの本　コダーイ芸術教育研究所編　筒井書房
子どもと本 13 号 1983 年 4 月　子ども文庫の会　（きこりと小鬼たち）
　J・B・エセンワイン，マリエッタ・ストッカード作　山本まつよ訳
子どもに語るアイルランドの昔話　渡辺洋子，茨木啓子編訳　こぐま社
子どもに語るアジアの昔話 1・2　アジア地域共同出版計画会議企画　松岡享子訳　こぐま社
子どもに語るアラビアンナイト　西尾哲夫訳・再話　茨木啓子再話　こぐま社
子どもに語るアンデルセンのお話・［同］2　H・C・アンデルセン著　松岡享子編　こぐま社
子どもに語るイギリスの昔話　ジョセフ・ジェイコブズ［再話］　松岡享子編訳　こぐま社
子どもに語るイタリアの昔話　剣持弘子訳・再話　平田美恵子再話協力　こぐま社
子どもに語るグリムの昔話 1〜6　グリム兄弟［再話］　佐々梨代子，野村泫訳　こぐま社
子どもに語る中国の昔話　松瀬七織訳　湯沢朱実再話　こぐま社

子どもに語るトルコの昔話　児島満子編訳・カット　山本真基子編集協力　こぐま社
子どもに語る日本の昔話１～３　稲田和子，筒井悦子著　こぐま社
子どもに語る北欧の昔話　福井信子，湯沢朱実編訳　こぐま社
子どもに語るモンゴルの昔話　蓮見治雄訳・再話　平田美恵子再話　こぐま社
子どもに語るロシアの昔話　アレクサンドル・アファナーシエフ［編］　伊東一郎訳・再話
　　茨木啓子再話　こぐま社
子どもに聞かせるグリムの童話　［グリム兄弟再話］　高橋健二，植田敏郎，矢崎源九郎訳
　　実業之日本社
子どもに聞かせる世界の民話　矢崎源九郎編　実業之日本社
こどものとも 57 号 1960 年 12 月号　福音館書店　（こまどりのクリスマス）渡辺茂男訳
こどものとも 80 号 1962 年 11 月号　福音館書店　（あかずきん）　［グリム兄弟再話］大塚勇三訳
こどものとも 145 号 1968 年 4 月号　福音館書店　（たいへんたいへん）
　　［Joseph Jacobs 著］渡辺茂男訳
こどものとも 179 号 1971 年 2 月号　福音館書店　（かみなりこぞうがおっこちた）瀬田貞二作
こどものとも 189 号 1971 年 12 月号　福音館書店　（12 のつきのおくりもの）内田莉莎子再話
こどものとも 384 号 1988 年 3 月号　福音館書店　（天のかみさま金んつなください）
　　津谷タズ子再話
こどものとも 516 号 1999 年 3 月号　福音館書店　（まほうのかさ）
　　R・ファイルマン原作　E・コルウェル再話　松岡享子，浅木尚実訳
こどものとも 年中向き 85 号 1993 年 4 月号　福音館書店　（しおちゃんとこしょうちゃん）
　　ルース・エインワース作　こうもとさちこ訳
こどものとも 年中向き 201 号 2002 年 12 月号　福音館書店　（こまどりのクリスマス）
　　渡辺茂男訳
子どもの文学──新しい時代の物語　石井桃子責任編集　グロリア インターナショナル
子どもの文学──昔々の物語　石井桃子責任編集　グロリア インターナショナル
子どもの館 94 号 1981 年 3 月号　福音館書店　（おばあさんと泥棒）三宅忠明訳
子どもの館 118 号 1983 年 3 月号　福音館書店　（メリー・ゴウ・ラウンド）M・マヒー作
　　石井桃子訳
こぶじいさま──日本民話　松居直再話　赤羽末吉画　福音館書店
こぶとり爺さん・かちかち山（岩波文庫）　関敬吾編　岩波書店
こまどりのクリスマス　→こどものとも 57 号
これはのみのぴこ　谷川俊太郎作　和田誠画　サンリード
ころりんケーキほーい！　ルース・ソーヤー作　やまだじゅんいち訳　ロバート・マックロスキー画
　　ポプラ社
こわいおばけ　日本民話の会　ポプラ社
こんどまたものがたり　ドナルド・ビセット作　木島始訳　岩波書店

さ

さてさて、きょうのおはなしは……日本のむかしばなし　瀬田貞二再話　福音館書店
ザリガニ岩の燈台　ジェームス・クリュス作　植田敏郎訳　偕成社
サンタと小人の国のお話集　マルヤッタ・クレンニエミ作　いながきみはる訳　偕成社
三びきのやぎのがらがらどん──アスビョルンセンとモーによるノルウェーの昔話
　アスビョルンセン，モー［再話］　せたていじ訳　マーシャ・ブラウン画　福音館書店
三本の金の髪の毛　松岡享子訳　ほるぷ出版
三本の金の髪の毛──中・東欧のむかしばなし　松岡享子訳　のら書店

し

しあわせのテントウムシ　アルフ・プリョイセン作　大塚勇三訳　岩波書店
しあわせハンス──グリム童話　［グリム兄弟再話］　せたていじ訳　フェリクス・ホフマン画
　福音館書店
しおちゃんとこしょうちゃん　ルース・エインズワース作　こうもとさちこ訳・画　福音館書店
ししの子は──言ってみようわらべうた２　羽仁協子編　コダーイ芸術教育研究所
しずくの首飾り　ジョーン・エイキン作　猪熊葉子訳　岩波書店
児童文学世界 '90 秋号　中教出版　（フォックス氏）間崎ルリ子訳
児童文学世界 平成３年11月20日号　中教出版　（がちょうはくちょう）間崎ルリ子訳
支那童話集　佐藤春夫著　アルス
信濃の昔話　岩瀬博，太田東雄，箱山貴太郎編　稲田浩二監修　日本放送出版協会
ジャックと豆の木 ほか　三宅忠明著　家の光協会
ジャックと豆のつる──イギリス民話選　ジェイコブズ作　木下順二訳　岩波書店
じゃんけんのすきな女の子　松岡享子訳　学研教育出版
少年少女世界文学全集29 フランス編５　那須辰造ほか訳　講談社
植物のうた──まど・みちお詩集　まど・みちお著　かど創房
白いオオカミ──ベヒシュタイン童話集　ルードヴィヒ・ベヒシュタイン作　上田真而子訳　岩波書店
白いりゅう黒いりゅう──中国のたのしいお話　賈芝，孫剣冰編　君島久子訳　岩波書店
新庄のむかしばなし　大友儀助採話　新庄市教育委員会
しんせつなともだち　方軼羣作　君島久子訳　村山知義画　福音館書店
新選日本児童文学３ 現代編　鳥越信ほか編　小峰書店
新訂 子どもに聞かせる日本の民話　大川悦生著　実業之日本社
新訂 わらべうたであそぼう 乳児のあそび・うた・ごろあわせ　コダーイ芸術教育研究所著
　明治図書
新訂 わらべうたであそぼう 年少編　コダーイ芸術教育研究所著　明治図書
新訂 わらべうたであそぼう 年中編　コダーイ芸術教育研究所著　明治図書

新訂 わらべうたであそぼう 年長編　コダーイ芸術教育研究所著　明治図書
新編 世界むかし話集1 イギリス編　山室静編著　社会思想社
新編 世界むかし話集3 北欧・バルト編　山室静編著　社会思想社
新編 世界むかし話集7 インド・中近東編　山室静編著　社会思想社

す

すえっ子Oちゃん　エディト・ウンネルスタード作　下村隆一，石井桃子共訳　学習研究社
スコットランドの民話　三宅忠明著　大修館書店
ストーリーテリングについて　ユーラリー・S・ロス［著］　山本まつよ訳　子ども文庫の会
素直な疑問符——吉野弘詩集　吉野弘著　水内喜久雄選・著　理論社
スペインのむかしばなし　バージニア・ハビランド再話　まさきるりこ訳　福音館書店

せ・そ

聖夜——うたものがたり　ヘルタ・パウリ著　津川主一訳　音楽之友社
世界少年文学名作集21　ソログーブ作　前田晁訳　精華書院
世界でいちばんやかましい音　ベンジャミン・エルキン作　松岡享子訳　こぐま社
世界のはじまり　マーグリット・メイヨー再話　百々佑利子訳　ルイーズ・ブライアリー画　岩波書店
世界の民話1 ドイツ・スイス　小沢俊夫編訳　ぎょうせい
世界の民話と伝説4 ソ連・東欧編　袋一平，徳永康元，内田莉莎子共著　さ・え・ら書房
世界のむかし話　瀬田貞二訳　学習研究社
世界のむかしばなし　瀬田貞二訳　のら書店
世界むかし話 アフリカ　→うたうカメレオン
世界むかし話 イギリス　三宅忠明訳　ほるぷ出版
世界むかし話 インド　→魔法のゆびわ
世界むかし話 太平洋諸島　→マウイの五つの大てがら
世界むかし話 中近東　→ものいう馬
世界むかし話 中南米　→ふしぎなサンダル
世界むかし話 朝鮮　→金剛山のトラたいじ
世界むかし話 東欧　→三本の金の髪の毛
世界むかし話 東南アジア　→象のふろおけ
世界むかし話 南欧　→ネコのしっぽ
世界むかし話 フランス・スイス　八木田宜子訳　ほるぷ出版
世界むかし話 北欧　→ソリア・モリア城
世界むかし話 北米　田中信彦訳　ほるぷ出版
せみを鳴かせて　巽聖歌著　大日本図書
セロひきのゴーシュ（フォア文庫）　宮澤賢治作　岩崎書店

せんとくの金──江口ヨシノとんと昔七十二話　江口ヨシノ［語り］　江口文四郎編　山形とんと昔の会
千びきのうさぎと牧童　ヤニーナ・ポラジンスカ文　内田莉莎子訳　岩波書店
象のふろおけ　光吉夏弥訳　ほるぷ出版
ソビエト昔話選　宮川やすえ編　三省堂
ソリア・モリア城　瀬田貞二訳　ほるぷ出版
それ ほんとう？　松岡享子作　福音館書店

た

隊商──キャラバン　ヴィルヘルム・ハウフ作　高橋健二訳　岩波書店
大草原の小さな家　ローラ・インガルス・ワイルダー作　恩地三保子訳　福音館書店
たいへんたいへん　→ こどものとも 145 号
太陽の木の枝──ジプシーのむかしばなし 1　イェジー・フィツォフスキ再話　内田莉莎子訳　福音館書店
太陽の東月の西　ペテル・クリステン・アスビョルンセン，ヨルゲン・モオ編　佐藤俊彦訳　岩波書店
たなばた　君島久子再話　初山滋画　福音館書店
だまされたトッケビ──韓国の昔話　神谷丹路編訳　福音館書店
だめといわれてひっこむな（愛蔵版おはなしのろうそく5）　東京子ども図書館編・刊

ち

小さいきょうだい──四つの物語　アストリッド・リンドグレーン作　大塚勇三訳　岩波書店
小さなスプーンおばさん　アルフ・プリョイセン作　大塚勇三訳　学習研究社
ちいさなたいこ　松岡享子作　秋野不矩画　福音館書店
ちいさなろば　ルース・エインズワース（エインワース）作　石井桃子訳　酒井信義画　福音館書店
地球へのピクニック　谷川俊太郎詩　教育出版センター
ちくま日本文学全集 3 宮沢賢治　宮沢賢治著　筑摩書房
チム・ラビットのおともだち　アリソン・アトリー作　石井桃子訳　童心社
チム・ラビットのぼうけん　アリソン・アトリー作　石井桃子訳　童心社
チャールズのおはなし　ルース・エインズワース作　上條由美子訳　福音館書店
中国の民話と伝説　沢山晴三郎訳　太平出版社
中国の民話 101 選 1　人民中国編集部編　平凡社
中国のむかし話（偕成社文庫）　君島久子，古谷久美子共訳　偕成社
注文の多い料理店（復刻版）　宮沢賢治著　光原社

つ・て

ついでにペロリ（愛蔵版おはなしのろうそく3）　東京子ども図書館編・刊
つきをいる——中国民話　君島久子訳　瀬川康男画　福音館書店
月をかじる犬——中国の民話　君島久子著　筑摩書房
てつがくのライオン——工藤直子少年詩集　工藤直子著　理論社
鉄のハンス——グリム童話選2　グリム兄弟編　相良守峯訳　岩波書店
天下一の馬——豊島与志雄童話集（偕成社文庫）　豊島与志雄著　偕成社
天からふってきたお金——トルコのホジャのたのしいお話　アリス・ケルジー文　岡村和子訳　岩波書店
天使がうたう夜に　小塩トシ子、久世礼子編　日本基督教団出版局
てんとうさん　かねんつな　大川悦生作　斎藤博之画　第一法規
てんとうむし　阪田寛夫作　童話屋

と

東京消防 698 号 1988 年 9 月号　東京消防協会　（畑の粟持って行ったはだれだ）津谷タズ子[再話]
どうぶつのこどもたち　サムイル・マルシャーク作　石井桃子訳編　レーベデフほか画　岩波書店
年とったばあやのお話かご　エリナー・ファージョン作　石井桃子訳　岩波書店
とんと一つあったてんがな——越後の昔話　水澤謙一編　未来社
とんと昔があったけど　第1集——越後の昔話　水澤謙一編　未来社
トンボソのおひめさま——フランス系カナダ人のたのしいお話
　マリュース・バーボー, マイケル・ホーンヤンスキー文　石井桃子訳　岩波書店

な

長い長いお医者さんの話　カレル・チャペック作　中野好夫訳　岩波書店
ながすね　ふとはら　がんりき（愛蔵版おはなしのろうそく4）　東京子ども図書館編・刊
なぞなぞのすきな女の子　松岡享子作　学習研究社
なぞなぞの本　福音館書店編集部編　福音館書店
なまくらトック（愛蔵版おはなしのろうそく2）　東京子ども図書館編・刊
ナマリの兵隊　アンデルセン、シャルル・ペロー文　光吉夏弥訳　マーシア・ブラウン画　岩波書店
なんげえはなしっこしかへがな　北彰介作　太田大八画　銀河社

に

にほんごにこにこ　まど・みちお著　理論社
日本の民話2　東北1　加藤瑞子、佐々木徳夫編　ぎょうせい
日本のむかし話　瀬田貞二作　学習研究社
日本のむかしばなし　瀬田貞二文　のら書店

日本のむかし話1・2（青い鳥文庫）　松谷みよ子著　講談社
日本昔話百選　稲田浩二・稲田和子編著　三省堂

ね・の

ネギをうえた人——朝鮮民話選　金素雲編　岩波書店
ネコのしっぽ　木村則子訳　ほるぷ出版
ねずみじょうど　瀬田貞二再話　丸木位里画　福音館書店
ねずみのもちつき（日本の昔話5）　おざわとしお再話　福音館書店
ねむりひめ——グリム童話　［グリム兄弟再話］　せたていじ訳　フェリックス・ホフマン画　福音館書店
のはらうた1～3　工藤直子作　童話屋

は

白鳥　H・C・アンデルセン作　松岡享子訳　マーシャ・ブラウン画　福音館書店
波多野ヨスミ女昔話集　波多野ヨスミ著　佐久間惇一編　「波多野ヨスミ女昔話集」刊行会
パディントン街へ行く　マイケル・ボンド作　松岡享子訳　福音館書店
はなさかじい（日本の昔話1）　おざわとしお再話　福音館書店
花仙人　松岡享子文　蔡皋画　福音館書店
母の友72号 1959年9月号　福音館書店　（おくびょうなこぞうさん）いぬいとみこ作
母の友75号 1959年12月号　福音館書店　（クナウとひばり）瀬田貞二［再話］
母の友151号 1965年12月号　福音館書店　（エパミナンダス［おつかいにいったエパミナンダス］）
　まつおかきょうこ訳
母の友156号 1966年5月号　福音館書店　（うちの中のウシ）松岡享子訳
母の友184号 1968年9月号　福音館書店　（ゆめみむすこ）小河内芳子再話
母の友263号 1975年4月号　福音館書店　（世界でいちばんきれいな声）
　マージョリー・ラフルール作　山口雅子訳
母の友437号 1989年10月号　福音館書店　（チャールズとミスター・ムーン）
　ルース・エインワース作　上條由美子訳

ひ

一つさやから出た五つのエンドウまめ ほか（アンデルセン童話全集4）
　H・C・アンデルセン作　平林広人訳　講談社
一つ目二つ目三つ目　［グリム兄弟再話］　石井桃子，佐々梨代子，荒井督子再話　子ども文庫の会
ヒナギク野のマーティン・ピピン　エリナー・ファージョン作　石井桃子訳　岩波書店
ヒマラヤの民話を訪ねて　茂市久美子著　白水社
びんぼうこびと——ウクライナ民話　内田莉莎子再話　太田大八画　福音館書店

ふ

福岡──筑紫ん国のおもしろか話（ふるさとお話の旅11）　徳永明子編著　野村純一監修　星の環会
福岡のわらべ歌　友野晃一郎著　柳原書店
ふしぎなオルガン　リヒャルト・レアンダー作　國松孝二訳　岩波書店
ふしぎなサンダル　福井恵樹訳　ほるぷ出版
ふしぎなたいこ──にほんむかしばなし　石井桃子作　清水崑絵　岩波書店
ふしぎなやどや　はせがわせつこ文　いのうえようすけ画　福音館書店
富士北麓昔話集　土橋里木著　山梨民俗の会
ふたごの小鳥ミムルグ ほか　宮川やすえ著　家の光協会
ふた子の星　宮沢賢治著　岩崎書店
ぶたのめいかしゅローランド　ウィリアム・スタイグ作　せたていじ訳　評論社
ふたりの巨人──アイルランドのむかしばなし　エドナ・オブライエン再話　むろの会訳　新読書社
ふたりはともだち　アーノルド・ローベル作　三木卓訳　文化出版局
ブラジルのむかしばなし 2・3　カメの笛の会編　東京子ども図書館
ブリ・ブラ・ブル──保育園・幼稚園の文学 1　コダーイ芸術教育研究所編　明治図書
ふるやのもり　瀬田貞二再話　田島征三画　福音館書店
プンクマインチャ──ネパール民話　大塚勇三再話　秋野亥左牟画　福音館書店

ほ

星のひとみ　サカリアス・トペリウス作　万沢まき訳　岩波書店
ホットケーキ（愛蔵版おはなしのろうそく9）　東京子ども図書館編・刊
ほほえみにはほほえみ　川崎洋詩　童話屋
ポリネシア メラネシアのむかし話　ダイクストラ好子編訳　偕成社
ポルコさまちえばなし──スペインのたのしいお話　ロバート・デイヴィス文　瀬田貞二訳　岩波書店
ホレおばさん　［グリム兄弟再話］　石井桃子, 佐々梨代子, 荒井督子再話　子ども文庫の会
ほんまにほんま──大阪弁のうた二人集　島田陽子, 畑中圭一著　サンリード

ま

まいごのひと──真田亀久代詩集　真田亀久代著　かど創房
マウイの五つの大てがら　光吉夏弥訳　ほるぷ出版
まえがみ太郎　松谷みよ子作　偕成社
マザーグースのうた 1　谷川俊太郎訳　草思社
マーシャとくま──ロシア民話　内田莉莎子訳　エフゲーニ・M・ラチョフ画　福音館書店
まずしい子らのクリスマス　エルンスト・ヴィーヘルト作　川村二郎訳　白水社
町かどのジム　エリノア・ファージョン作　松岡享子訳　学習研究社／童話館出版

まつを姻百歳を生きる力　石川純子著　草思社
まど・みちお全詩集　まど・みちお著　伊藤英治編　理論社
まぬけなワルシャワ旅行　I・B・シンガー作　工藤幸雄訳　岩波書店
魔法使いのチョコレート・ケーキ——マーガレット・マーヒーお話集　マーガレット・マーヒー作
　石井桃子訳　福音館書店
まほうの馬——ロシアのたのしいお話　A・トルストイ，M・プラートフ文　高杉一郎，田中泰子訳
　岩波書店
魔法のオレンジの木——ハイチの民話　ダイアン・ウォルクスタイン採話　清水真砂子訳　岩波書店
魔法のゆびわ　光吉夏弥訳　ほるぷ出版
ママのおはなし——村山籌子童話集　村山籌子著　童心社
ママ、ママ、おなかがいたいよ　レミイ・シャーリップほか作　つぼいいくみ訳　福音館書店
まめたろう（愛蔵版おはなしのろうそく10）　東京子ども図書館編・刊
まめっちょ1——わらべうた・カノン曲集　コダーイ芸術教育研究所編　全音楽譜出版社
マローンおばさん　エリナー・ファージョン作　阿部公子，茨木啓子訳
　エドワード・アーディゾーニ画　こぐま社

み・む・め

みえる詩あそぶ詩きこえる詩　はせみつこ編　冨山房
身代わり花むこ ほか　前田式子・岡田恵美子・堀内勝著　家の光協会
みどりの小鳥——イタリア民話選　イタロ・カルヴィーノ作　河島英昭訳　岩波書店
ミノスケのスキー帽　宮口しづえ著　小峰書店
宮沢賢治全集6（ちくま文庫）　宮沢賢治著　筑摩書房
宮沢賢治全集8（ちくま文庫）　宮沢賢治著　筑摩書房
ミリー・モリー・マンデーのおはなし　ジョイス・L・ブリスリー作　上條由美子訳　福音館書店
みんなのこもりうた　トゥルード・アルベルチ作　いしいももこ訳　なかたにちよこ画　福音館書店
むかしばなし・イギリスの旅　アイリーン・コルウェル再話　むろの会訳　新読書社
ムギと王さま　エリナー・ファージョン作　石井桃子訳　岩波書店
めのまどあけろ　谷川俊太郎作　長新太画　福音館書店

も

茂吉のねこ（偕成社文庫）　松谷みよ子著　偕成社
木曜日はあそびの日　ピエール・グリパリ作　金川光夫訳　岩波書店
ものいう馬　こだまともこ訳　ほるぷ出版
ものいうなべ——デンマークのたのしいお話　メリー・C・ハッチ文　渡辺茂男訳　岩波書店
ものいうバナナ——南太平洋の昔ばなし　山下欣一編訳　小峰書店

や

やかまし村の春・夏・秋・冬　アストリッド・リンドグレーン作　大塚勇三訳　岩波書店
やぎと少年　I・B・シンガー作　工藤幸雄訳　岩波書店
山の上の火——エチオピアのたのしいお話　ハロルド・クーランダー，ウルフ・レスロー文
　渡辺茂男訳　岩波書店
山のグートブラント——アルプス地方のはなし　小澤俊夫編訳　ぎょうせい
ゆかいな吉四六さん　富田博之著　講学館
雪の夜に語りつぐ——ある語りじさの昔話と人生　笠原政雄語り　中村とも子編　福音館書店
雪の夜ばなし——福島の民話　遠藤登志子訳　ふるさと企画
ようせいのゆりかご　ルース・エインワース作　河本祥子訳　岩波書店
幼稚園・保育園のわらべうたあそび 秋・冬　畑玲子，知念直美，大倉三代子著　明治図書
4つのすてきなクリスマス　イヴェット・トゥボー作　波木居慈子訳　ルシル・ビュテ画
　リブロポート

ら

ランパンパン——インドみんわ　マギー・ダフ再話　山口文生訳　ホセ・アルエゴほか画　評論社
りこうなおきさき——ルーマニアのたのしいお話　モーゼス・ガスター文　光吉夏弥訳　岩波書店
りこうな子ども——アジアの昔話　松岡享子編訳　こぐま社
リボンときつねとゴムまりと月　村山籌子作　村山籌子作品集編集委員会編　JULA出版局
ロシアのむかし話（偕成社文庫）　松谷さやか，金光せつ編訳　偕成社
ロシアの昔話　内田莉莎子編訳　福音館書店
ロシヤの民話　A・N・トルストイ編　勝田昌二訳　未来社

わ

わたしゃうたずき——わらべうた（二声・三声・四声）歌唱集　コダーイ芸術教育研究所編
　全音楽譜出版社
笑いころげた昔——日本民話　稲田和子著　講談社
わらしべ長者——日本の民話二十二編　木下順二作　岩波書店
わらべうた　赤羽末吉作　偕成社
ワンダ・ブック——子どものためのギリシア神話　ホーソン作　三宅幾三郎訳　岩波書店

出典リスト

Coyote & : native American folk tales, retold by Joe Hayes, Mariposa Publishing.
Denslow's night before Christmas, by Clement Clarke Moore, illustrated by W. W. Denslow, G. W. Dillingham Co. Publishers.
English fairy tales, collected by Joseph Jacobs, G.P. Putnam's Sons.
English fairy tales, by Joseph Jacobs, 研究社 .　→ イギリス昔話集
Folk tales from Asia for children everywhere 5, sponsored by Asian Culutural centre for UNESCO, Wetherhill/Heibonsha.
Gone is gone, retold and illustrated by Wanda Gág, Faber and Faber.
Hey world, here I am!, by Jean Little, Harper & Row.
The little old woman carries on, by Hope Newell, T. Nelson & sons.
Loudmouse, by Richard Wilbur, Crowell-Collier Press.
More English fairy tales, [by Joseph Jacobs]
Once there was and was not : Armenian tales retold, by Virginia A. Tashjian, Little, Brown.
The parent's guide to storytelling , by Margaret Read MacDonald, Harper Collins Publishers.
Sylvester and the magic pebble, by William Steig, Simon and Schuster.
The shepherd's nosegay : stories from Finland and Czechoslovakia, retold by Parker Fillmore, Harcourt, Brace & World.
Tales from a Finnish tupa, by James Cloyd Bowman and Margery Bianco, Albert Whitman.
The three sneezes and other Swiss tales, written & illustrated by Roger Duvoisin, Alfred A. Knopf.
Time for a story, compiled by Eileen Colwell, Penguin Books.
Told under the magic umbrella, selected by the Literature Committee of the Association for Childhood Education, The Macmillan Company.
When the lights go out : twenty scary tales to tell, by Margaret Read MacDonald, H. W. Wilson.
Which was witch? , by Eleanore M. Jewett, The Viking Press.

本書の作成にあたっては、下記のおふたりのほか、
多くのみなさまにご協力いただきました。
心より感謝申し上げます。（敬称略）

　佐藤苑生　山田純子

編集担当者
　張替恵子◆　護得久えみ子◆　綿引淑美◆　吉田真理●
　藤本万里　阿部公子　清水千秋　古賀由紀子　杉山きく子
　内藤直子　加藤節子

（◆は編集責任者、●はデザイン担当者）

東京子ども図書館　出版あんない (2019年12月)

おはなしのろうそく 1 〜 32 ［以下続刊］

東京子ども図書館 編　大社玲子 さしえ　A6判　48p　各定価：本体 400 円＋税
（増刷時に順次 500 円＋税に価格改定しています）

てのひらにのる小さなお話集です。各巻に幼児から小学校中・高学年までたのしめる日本や外国の昔話、創作、わらべうた、指遊びなど数編を収録。1973 年刊行開始以来、語りのテキストとして圧倒的な支持を受け、現在までに発行部数 181 万部を超えるロングセラーです。

愛蔵版おはなしのろうそく 1 〜 10

東京子ども図書館 編　大社玲子 絵
16 × 12cm　約 180p　各定価：本体 1600 円＋税

「おはなしのろうそく」の活字を少し大きくした子ども向きの小型ハードカバー本です。大社玲子さんの魅力的な挿絵がたっぷりはいりました。もとの小冊子の 2 冊分が 1 巻になっています。続く 11 巻を来春刊行予定。

新装版 お話のリスト

東京子ども図書館 編　B6 判　224p
定価：本体 1200 円＋税　ISBN 978-4-88569-081-5

子どもに語るのに向く 226 のお話を選び、あらすじ、語り方、子どもの反応、出典、対象年齢、時間を紹介。1999 年刊『お話のリスト』の新装版。件名索引、お話のプログラム例つき。

レクチャーブックス ◆ お話入門 シリーズ（全 7 巻）

松岡享子 著　1 〜 6：B6 判　各定価：本体 800 円＋税
　　　　　　7：A5 判　定価：本体 1200 円＋税

お話（ストーリーテリング）についての基本的な問題をていねいに論じたシリーズです。

1. お話とは　2. 選ぶこと　3. おぼえること　4. よい語り
5. お話の実際　6. 語る人の質問にこたえて　7. 語るためのテキストをととのえる

絵本の庭へ　児童図書館 基本蔵書目録 1

東京子ども図書館 編　A5 判　400p　定価：本体 3600 円＋税
ISBN 978-4-88569-199-7

1950 年代から 2010 年までに刊行された絵本から、子どもに手渡し続けたい 1157 冊を厳選。表紙の画像と簡潔な紹介文をつけました。件名索引、お話会に役立つ読み聞かせマークも充実。

物語の森へ　児童図書館 基本蔵書目録 2

東京子ども図書館 編　A5 判　408p　定価：本体 3600 円＋税
ISBN 978-4-88569-200-0

戦後出版された児童文学（創作物語、昔話、神話、詩）から選りすぐった約 1600 冊。主人公名からも引ける件名索引が便利です。展示、ブックトークなどに、ご活用ください。

 TCLブックレット

よみきかせのきほん── 保育園・幼稚園・学校での実践ガイド

東京子ども図書館 編　B5 判　88p　定価：本体 750 円＋税
ISBN 978-4-88569-227-7

集団の子どもたちへの読み聞かせに向く 304 冊を対象年齢別に紹介。読み方のポイントを分かりやすく解説しました。プログラム例、件名索引付き。

ブックトークのきほん── 21 の事例つき

東京子ども図書館 編　A5 判　88p　定価：本体 600 円＋税
ISBN 978-4-88569-226-0

ブックトークは、子どもを本の世界へ招き入れる手だてのひとつです。その基本となる考えや、実演に当たって気をつけることを具体的に論じた入門書。

出版物をご希望の方は、お近くの書店から、地方・小出版流通センター扱いでご注文ください。当館への直接注文の場合は、書名、冊数、送り先を明記のうえ、はがき、ファックス、メール（アドレス honya@tcl.or.jp）でお申込みください。総額2万円以上（税抜）ご注文の方、東京子ども図書館に賛助会費を1万円以上お支払の方は、送料をこちらで負担いたします。URL http://www.tcl.or.jp

東京子ども図書館は、子どもの本と読書を専門とする私立の図書館です。1950年代から60年代にかけて、東京都内4ヵ所ではじめられた家庭文庫が母体となり1974年に設立、2010年に内閣総理大臣より認定され、公益財団法人になりました。子どもたちへの直接サービスのほかに、"子どもと本の世界で働くおとな"のために、資料室の運営、出版、講演・講座の開催、人材育成など、さまざまな活動を行っています。くわしくは、当館におたずねくださるか、ホームページをご覧ください。ＵＲＬ http://www.tcl.or.jp

おはなし 聞いて語って
東京子ども図書館 月例お話の会500回記念 プログラム集

2019年12月24日初版発行

編　集　　東京子ども図書館
発行者　　張替惠子
発行所・著作権所有

公益財団法人 東京子ども図書館
〒165-0023　東京都中野区江原町1-19-10
Tel. 03-3565-7711　Fax. 03-3565-7712
URL http://www.tcl.or.jp

印刷・製本　　株式会社 ユー・エイド

©Tokyo Kodomo Toshokan 2019　　Printed in Japan
ISBN 978-4-88569-215-4

本書の内容を無断で転載・複写・引用すると著作上の問題が生じます。
ご希望の方は必ず当館にご相談ください。